The Brief Wondrous Life of Oscar Wao

奥斯卡·瓦奥
短暂而奇妙的一生

〔美〕朱诺·迪亚斯 著

吴其尧 译

人民文学出版社
PEOPLE'S LITERATURE PUBLISHING HOUSE

著作权合同登记号　图字 01-2023-1660

THE BRIEF WONDROUS LIFE OF OSCAR WAO
by Junot Díaz
Copyright © 2007 Junot Díaz
This edition arranged with The Marsh Agency Ltd & Aragi, Inc through Big Apple Agency, Labuan, Malaysia. Simplified Chinese edition copyright © 2024 Shanghai 99 Readers' Culture Co., Ltd
All rights reserved.

图书在版编目(CIP)数据

奥斯卡·瓦奥短暂而奇妙的一生 ／（美）朱诺·迪亚斯著；吴其尧译. -- 北京：人民文学出版社，2025.
ISBN 978-7-02-019024-9

Ⅰ. I712.45

中国国家版本馆 CIP 数据核字第 2024HJ8070 号

责任编辑　卜艳冰　邰莉莉
封面设计　李苗苗

出版发行　人民文学出版社
社　　址　北京市朝内大街 166 号
邮　　编　100705

印　　刷　山东新华印务有限公司
经　　销　全国新华书店等

字　　数　200 千字
开　　本　889 毫米×1194 毫米　1/32
印　　张　8.625
版　　次　2025 年 1 月北京第 1 版
印　　次　2025 年 1 月第 1 次印刷

书　　号　978-7-02-019024-9
定　　价　69.00 元

如有印装质量问题，请与本社图书销售中心调换。电话：010-65233595

目录

1　引子

7　**第一部**

9　第一章
世界尽头贫民窟里的书呆子（1974—1987）

44　第二章
原始林（1982—1985）

64　第三章
贝莉西亚·卡布莱尔的三段伤心史（1955—1962）

135　第四章
情感教育（1988—1992）

165　**第二部**

172　第五章
可怜的阿贝拉德（1944—1946）

212　第六章
失去的土地（1992—1995）

247	**第三部**
251	**第七章** 最后的旅程
257	**第八章** 尾　声
265	**鸣　谢**

"对宇宙吞噬者来说……重要的就是那些无名的短暂生命?"
——《神奇四侠》

斯坦·李和杰克·科比
（第一卷，第49集，1966年4月）

基督垂怜所有沉睡的动物!
从赖特森路上那条正在腐烂的狗
到我也成了一条狗徘徊街头;
假如爱这些岛屿必使我受累,
我的魂灵将插上双翅逃离堕落,
但他们已开始毒害我的魂灵,
用大宅,用大车,用一流的欺骗,
用苦力、黑鬼、叙利亚人和法裔克里奥尔人,
因此我将魂灵留给他们和他们的狂欢节——
我在海水中洗浴,我沿着大道走下去。
从摩诺斯到那索,我对这些岛屿了如指掌,
一个笨蛋水手,有双海一般的绿眼睛,
他们给他起绰号叫傻八,那是称呼
所有红皮黑鬼的土话,而我,傻八,见证了
这些帝国的贫民窟曾是人间天堂。
我只是一个热爱大海的红皮黑鬼,
我受过正统的殖民教育,
我身上流淌着荷兰人、黑鬼和英国人的血液,
我要么寂寂无名,要么就是一个民族。

德里克·沃尔科特[1]

---

[1] 德里克·沃尔科特(1930—),圣卢西亚诗人,1992年获诺贝尔文学奖。

引 子

  他们说它最初来自非洲，夹杂于黑奴的惨叫声中；说它是泰诺人[①]的死亡之咒，产生于一个世界灭亡、另一世界诞生之际；说它是一个魔鬼，被拖入神造的天地而撑破了安的列斯群岛上的梦魇之门。"美洲的诅咒"，或者用更顺口的说法，"诅咒"——广义而言是指某种祸祟或厄运；具体而言则是指"新大陆的祸祟和厄运"。它还被称为"哥伦布的诅咒"，因为正是哥伦布把它迎接到这世上，又死在它手上，和其他欧洲伟人一样；尽管哥伦布"发现"了新大陆，他最终还是在上帝的召唤声中悲惨地死去，死于梅毒。在圣多明各，"他的至爱之地"——最后被奥斯卡称为"新大陆的震中"，哥伦布的大名已经成了这两种厄运的代名词；一旦说出他的名字，甚至只不过是听见人提起，你就等着大难临头吧。

  无论它被冠以何名，也无论它源自何处，人们坚信，自从欧洲人踏上伊斯帕尼奥拉岛，诅咒就被释放到这世上，于是我们所有人便在劫难逃。圣多明各也许是这诅咒的起点，是它的入境港，而我们所有的人都是它的孩子，无论是否意识到。

  但是这诅咒不只是一段老话，一个再也吓唬不了人的老掉牙的鬼故事。在我父母那辈人所处的时代，诅咒是他妈的真真切切，平

[①] 南美洲土著人。——译者注，下同，未特别标注的均为译者注。

头百姓都坚信不疑的。每个人都能说出谁谁谁就曾被这诅咒吞了，就像每个人都能说出谁谁谁在皇家发达了。它无处不在，你可以这么说，只不过，大家都不真去谈论它，就和这岛上所有至关重要的东西一样。不过早些时候，这诅咒还有过一段好光景，甚至还出现过一个风云人物，一个所谓权威。我们当时的终身大独裁者拉斐尔·列奥尼德斯·特鲁希略·莫利纳。没有人知道特鲁希略究竟是这诅咒的奴仆还是它的主子，究竟是它的经纪人还是委托人，但他和它显然达成了默契，而且他们两个关系密切。即便在知识界，人们都认为，任何人如果密谋反对特鲁希略，都会招致最强大的诅咒，厄运会殃及七代甚至更远。如果你哪怕只是对特鲁希略怀有一丝恶意，呼啦，飓风就会把你全家卷入大海，呼啦，巨石就会从天而降把你砸得粉碎，呼啦，你今天吃的河虾明天就会置你于死地。这就是为什么每一个试图刺杀他的人结果总是自取灭亡，为什么那些家伙最后确实把他赶下台了，但都不得好死。而那个该死的肯尼迪又怎么样呢？就是他，1961年对刺杀特鲁希略睁一只眼闭一只眼，命令美国中央情报局向岛内输送武器。头儿，糟透了。因为肯尼迪的情报专家没有把那件多米尼加尽人皆知的事告诉他，每一个多米尼加人，从最有钱的小白脸到最可怜的大傻瓜，从圣弗朗西斯科最年长的老头到最年幼的娃娃都知道：谁杀了特鲁希略，谁家就会遭受最可怕的诅咒，这诅咒能让当年附在哥伦布身上的诅咒都相形见绌。①沃伦委员会问：是谁杀了肯尼迪？您想知道一个最

---

① 你们这些没赶上托管时代的人，我来讲几句多米尼加历史给你们听听：特鲁希略，这个20世纪最臭名昭著的独裁者之一，在1930年至1961年间残暴无情地统治着多米尼加共和国。这个大腹便便、变态好色的杂种，长了对猪眼，漂白了肤色，穿一双高履，对拿破仑时代的男装情有独钟，这个特鲁希略（又叫"领袖""失败的偷牛贼""王八蛋"）上台后，用暴力、威胁、谋杀、强奸、拉拢、恐吓等等（司空见惯的）强力手段，控制了共和国从政治、文化到社会、经济的方方面面；似乎整个国家就是种植园，而他自己是奴隶主。（转下页）

终的权威答复吗？请让我，您最谦卑的观察者，干脆利落地告诉您确凿无误的真相：凶手不是什么乌合之众，不是林登·贝恩斯·约翰逊，也不是那个骚货玛丽莲·梦露的鬼魂。凶手不是什么外星人，不是克格勃，也不是单枪匹马的狙击手。凶手不是什么得克萨斯的亨特兄弟，不是李·哈维，更不是三边委员会。凶手就是特鲁希略；凶手就是诅咒。你以为那所谓的"肯尼迪家族的诅咒"究竟是从哪里来的？① 那越南又是怎么回事？你以为世界上最强大的国家为什么一上来就输给越南这样的第三世界国家？我说，黑鬼，拜

（接上页）乍一看，他就是一个典型的拉美军事首脑，但是他的权力在众多方面都达到了极限，连大部分历史学家或作家都没有真正注意过，或者说，想到过。他就是我们的魔王索伦，我们的威尔士冥王，我们的黑暗暴君，我们"生生世世的独裁者"，那么稀奇古怪、那么刚愎自用、那么令人恐惧的一个大人物，即便是科幻作家也难以给他穷形尽相。他的所作所为正是尽人皆知：把多米尼加共和国境内所有著名景点都改成以他命名（杜阿尔特峰成了特鲁希略峰，新大陆第一座也是最古老的城市圣多明各城成了特鲁希略城）；对每一丝每一毫国有财产都滥加垄断（这很快使他跻身地球上最富有的人）；建立南半球最庞大的军队（这家伙他妈的连轰炸机部队都有）；一看见有点姿色的女人就要搞到手，就连手下人的老婆都不放过，成千上万、成千上万的女人；要求，不，是强制人民对他绝对崇拜（举国高喊的口号就是"上帝和特鲁希略同在"，此乃明证！）；管理国家就像指挥海军陆战队新兵训练营；无缘无故就剥夺亲信和盟友的地位和财产；还有他那些几乎是超自然的能力。

他的杰出成就包括：1937年针对海地及海地—多米尼加部落的种族大屠杀；在美国扶持的西半球独裁政府中，历时最久、破坏面最严重（而如果说我们拉丁民族有什么擅长的话，那就是容忍美国扶持的独裁者，所以这真是一场赢得艰难的胜利，而智利人和阿根廷人还在呼号）；缔造了第一个现代盗贼帝国（在蒙博托成为蒙博托之前，特鲁希略就是蒙博托）；有条不紊地向美国参议员行贿；最后，也同样重要的是，把多米尼加各民族熔铸成一个现代国家（在占领期间，完成了他的海军陆战队新兵训练官们没能做到的事）。——作者注

① 给你们这些满脑子阴谋诡计的傻瓜举个例子：就在小约翰·肯尼迪带着卡罗琳·贝塞特和她妹妹劳伦乘坐派普·萨拉托加飞机南下的那个夜晚，约翰-约翰的父亲最信任的仆人——多米尼加人普罗维登西亚·帕雷德斯正在玛莎葡萄园里为约翰-约翰烹饪他最喜欢的菜肴：炸鸡块。但是诅咒总是最先下口，单独下口。——作者注

托。说不定你会有兴趣听听,就在美国跑到越南耀武扬威的当口,林登·贝恩斯·约翰逊非法入侵了多米尼加共和国(1965年4月28日)。(在伊拉克成为伊拉克之前,圣多明各就是伊拉克。)美国所向披靡,然后参与圣多明各"民主化"的各支部队和情报小组被立即运往西贡。你以为那些大兵、工兵和间谍都带去了些什么,在他们的帆布背包里、手提箱里、衬衫口袋里、鼻毛里,还有粘在鞋子上的都是些什么呢?那不过是我的同胞送给美国的一件小小的礼物,对一场非正义战争的小小的报答。没错,同胞们。诅咒。

所以必须牢记,诅咒并非总是快如闪电。有时候它很有耐心,一点一点淹死一个黑鬼,就像对付哥伦布和西贡郊外水稻田里的美国人那样。有时候它慢条斯理,有时候它行动迅速。如此一来,它便是命中注定,难以改变,难以防范。但有一点可以确信:不管这鬼玩意儿如何拐弯抹角、灰蛇草线,就像黑暗暴君的欧米伽效应,就像莫高斯的毒液①,它总是会——没错,它总是会——抓住它的目标。

我是否相信众口流传的那所谓"美国大厄运",这并不重要。你和我一样,都一直住在诅咒之国的首善之区,你也一直听说那些故事。在圣多明各,每一个人都遇到过一段关于诅咒的故事,在他的家族里横冲直撞。我有个叔叔在奇堡,生了十二个女儿,他就坚信是某个旧情人诅咒他今生不会有儿子。诅咒。我有个婶婶,坚信她的幸福已经被剥夺,因为她曾在某个情敌的葬礼上放声大笑。诅

---

① "我是老国王:梅尔克,梵拉大地最初也是最强者,先于世界而在,创造这个世界。我意志的阴影笼罩着阿达,那里的一切必然慢慢屈从于我的意志。但是厄运的阴云将压临所有热爱我思想的人的头顶,将把他们带入黑暗和绝望。他们走到何方,何方就生邪恶。他们一旦开言,言辞就带来恶果。无论他们有何作为,都将对他们自己有害。他们将绝望而死,无论生死都永受诅咒。"——作者注

咒。我爷爷坚信，背井离乡，就是特鲁希略对叛徒的报复。诅咒。

要是你不相信这些"迷信"，一点也没关系。实际上，不只是没关系——那简直太好了。因为无论你信什么，诅咒都信你。

几个星期前，这部书稿即将完成的时候，我在DR1论坛（drl.com，多米尼加共和国新闻及旅游信息网站）上发表了有关诅咒的帖子，仅仅是为了好玩。你看我那些天就那么书呆子气。而回帖简直太他妈的火爆了。你真该瞧瞧我收到多少回复，就那么源源不断地贴上来。回复的也不单单是多米尼加人。波多黎各人想要谈谈他们的诅咒，而海地人也有类似的鬼玩意儿。诅咒的故事数不胜数。就连我妈妈，平常几乎绝口不提圣多明各的，也开始要和我说起她知道的那些事儿了。

我敢说，你肯定已经猜到了，我也有一个关于诅咒的故事。我真是希望我的故事是最精彩的——诅咒第一名——可惜它不是。我的这个故事不是最恐怖、最直截了当，也不是最悲痛或者最动听的。

只不过，它正轻轻地扼住了我的咽喉。

我不敢确信奥斯卡是否会喜欢这提法。诅咒的故事。他可是个铁杆科幻和魔幻小说迷，认定我们大家就是活在那一类故事里的。他会问：还有比圣多明各更科幻的吗？还有什么比安的列斯群岛更魔幻的吗？

但既然我知道了它的结局，就该轮到我问了：还有更大的诅咒吗？

托托[1]，在我们告别堪萨斯之前，还有最后最后一条注释：根

---

[1] 美国《绿野仙踪》里的小狗。《绿野仙踪》的故事发生在美国堪萨斯。

据圣多明各的传统，万一你提到或者听到了哥伦布的名字，万一诅咒抬起了它的万千头颅，你想防止灾难缠身，就只有一个法子，只有一个好法子能够解除咒语，保你全家无恙。毫不奇怪，它只是一个词，一个再简单不过的词（以及重重交叉的食指）。

　　破咒（Zafa）。

　　它在以往更为流行，也就是说，它在马孔多① 要比在麦贡多② 更普遍。话虽如此，还是有些人时时刻刻要破咒，比如我那个住在布朗克斯区③ 的舅舅米盖尔。他就是那种老派男人。如果扬基队在最后一局犯了错误，这就是"破咒"；如果有人从沙滩带回了贝壳，这就是"破咒"；如果你给一个人端上一份百香果，这还是"破咒"。连续"破咒"二十四小时，就有可能使厄运没有时间聚集。即便是此刻我正写着这些话，我也不知道这部书算不算某种"躲避"，为我自己解咒。

---

① 加西亚·马尔克斯的小说《百年孤独》中的小镇。
② 当代拉丁美洲文学运动，意在摆脱魔幻现实主义文学传统的影响。
③ 位于纽约北部。

第一部

第一章 世界尽头贫民窟里的书呆子
（1974—1987）

黄金时代

我们的主人公可不属于那些随处能遇到的多米尼加崽——他既不是什么本垒打击球手，也不是什么腾空球接球手，更不是那种下体护身永远发热的花花公子。

而且这家伙从来就没有多少女人缘（他真是太不多米尼加人了！），除了他小时候的某个时期。

那年他七岁。

在奥斯卡幸福的童年时光中，他有那么点卡萨诺瓦①的味道。就是那种还没上学的小男生，总是千方百计想去亲女孩子，跳默朗格舞的时候总往女孩子身后靠，抬起胯骨撞她们，这个小黑鬼老早就学会了小狗舞，一有机会就想跳。因为那时候，他（仍然）是一个"正常"的多米尼加男孩，在"典型"的多米尼加家庭长大，热血和臭味相投的朋友正将他脸上的粉刺隐隐催生出来。开舞会的时候——在那很久很久以前的七十年代，当华盛顿高地还不是华盛顿高地，当卑尔根大街②还没有笔直串联起一百个西班牙人的街区，

---

① 18世纪意大利冒险家、作家，被称为"世界上最伟大的情人"。
② 新泽西州哈得孙县的主干道。

那时候舞会可真是多啊——总会有哪个醉醺醺的亲戚,把奥斯卡一把推到某个小女孩身上,然后所有人都会哄然大笑,看着这两个孩子学着大人的样子,翘着屁股舞蹈。

你真该见见他,他妈妈在临终前叹息道。他是我们的小波尔菲利奥·鲁比罗萨①。

同龄的其他男孩都对女孩避之唯恐不及,仿佛她们是流感②重症患者。奥斯卡可不一样。这个小家伙就喜欢女的,"女朋友"一大把(他是个小胖墩,大有越长越胖之势,不过他妈妈把他的发型和穿着都收拾得很齐整;在他头部比例大变之前,还是双眼炯炯、两颊粉嫩的可爱样儿,在他那些照片中都是如此)。据说女孩们——他姐姐洛拉的朋友、他妈妈的朋友,甚至他的邻居玛丽·科隆,一个三十来岁的邮局雇员,双唇红艳,走起路来好像屁股上挂了铃铛——都迷上了他。这孩子真不赖!(说他为人真挚却完全不

---

① 在四五十年代,波尔菲利奥·鲁比罗萨——报纸上都叫他鲁比——是世界上第三号多米尼加名人(头一名就是"失败的偷牛贼",第二名则是"眼镜蛇女"玛丽娅·蒙特兹)。鲁比罗萨身材高大,气度温雅,相貌英俊,他那"巨大的阳具在欧洲和北美引起了骚动",他是那种最典型的花花公子,乘着喷气式飞机四处旅行,沉湎于赛车和马球,反映了特鲁希略性格中快乐的一面(他也的确是特鲁希略身边尽人皆知的宠臣)。鲁比罗萨曾经是业余模特儿,打扮入时,风流倜傥。1932年他娶了特鲁希略的女儿弗洛尔·德·奥洛,轰动一时,尽管如此,他们还是在五年后离婚了,正是在那一年,发生了针对海地种族的大屠杀。可这伙计还是继续得到领袖的欢心,直到其统治的终结。跟他的前连襟拉姆菲斯(他们俩联系密切)不同,鲁比罗萨似乎没有多次实施谋杀的魄力;1935年他前往纽约向流亡领袖安琪儿·莫拉雷斯传达领袖下达的死刑判决,但是拙劣的谋杀行动还没有开始,他就仓皇逃走了。鲁比是地地道道的多米尼加大玩家,玩过各种各样的女人,比如说,芭芭拉·赫顿、多莱斯·杜克(她偏巧是世界上最有钱的女人),法国女演员达尼埃尔·达里厄,还有加博尔,等等等等。像他的伙伴拉姆菲斯一样,波尔菲利奥·鲁比罗萨于1965年在一场车祸中丧生,他那辆十二缸发动机的法拉利赛车在布洛尼森林的一条路上打滑翻车(在我们的叙述中很难夸大车子的作用)。——作者注

② 美国惊悚小说家斯蒂芬·金的小说《末日逼近》中的一种流感病毒。

被注意,岂不是很令人伤心?根本不会!)在多米尼加的时候,每当夏天回老家巴尼,他的表现糟透了,他常常站在外婆拉英卡家的屋前,对路过的女人大喊——你很漂亮!你很漂亮!——终于有一次,一个基督复临安息日会教友向他外婆告状,外婆飞速关掉了流行乐唱片。该死的孩子!这儿可不是什么夜总会!

那可真是奥斯卡的黄金时代,并在他七岁那年的秋天达到了辉煌之巅,当时他正拥有两个小女友,那是他所经历的第一次也是唯一一次三角恋爱。和玛丽察·查康以及奥尔加·波兰科。

玛丽察是洛拉的朋友。一头长发,纤柔娇媚,漂亮得可以去扮演幼年的德嘉·索瑞斯①。而奥尔加却不是家里任何人的朋友。她住在街区深处的一幢房子里,那儿塞满了波多黎各人,整天喝着啤酒在走廊上晃荡,对此她妈妈没少抱怨(什么,他们为什么就不能去酒吧!奥斯卡的妈妈愤怒地问)。奥尔加大概有九十来个堂表亲,几乎每个人都叫作赫克托或者路易斯或者万达之类的。因为她妈妈是个该死的酒鬼(用奥斯卡妈妈的话来说),奥尔加身上常常散发出尿味,所以孩子们都喜欢叫她"酒香夫人"。

不管她是不是"酒香夫人",奥斯卡就喜欢她的娴静,喜欢她愿意跟他摔跤并让他把自己摔倒,喜欢她对他的《星舰迷航》② 兴趣浓厚。玛丽察简直太漂亮了,不需要什么动机,又总是见得到,而那纯粹是他灵机一动,决定同时向她们俩发动进攻。一开始,他假装和她们约会的是他心中的头号英雄谢扎姆③。而当她们应允之后,他就不玩假装了。不是谢扎姆——是奥斯卡。

那还是很纯真的年代,所以他们的关系只不过是肩并肩站在公

---

① 美国作家埃德加·赖斯·巴勒斯火星系列小说中的公主。
② 美国科幻系列小说。
③ 20世纪80年代初美国卡通片《和谢扎姆在一起的超能量时刻》里的人物。

共汽车站旁,暗地里牵牵手,再就是躲在街边的灌木丛后面郑重其事地吻一下嘴唇,先是和玛丽察,再是和奥尔加(瞧这个小男子汉,他妈妈的朋友们说。这个男子汉)。

美妙的三角关系只持续了短短一周。一天放学后,玛丽察把奥斯卡逼到秋千架后面,放下话来,有她没我!奥斯卡握住玛丽察的手,满脸严肃、慢条斯理地倾诉了他对她的爱,提醒她说他们曾经相约分享彼此的爱,可玛丽察根本不理这一套。她有三个姐姐,对于她理应知道的关于分享的任何情况,她全都知道。别跟我说话了,除非你把她给甩了!玛丽察有着深褐色的皮肤和细长的眼睛,此刻仿佛已经显示出奥贡①般的能量,仿佛在其余生她都将以这样的能量劈砍每一个人。奥斯卡郁郁地回到家,闷头就看他那前韩国血汗工厂年代的卡通画——《大力神》和《太空鬼魂》。你怎么了?妈妈问道。她正准备出门去做她的第二份工,手上满是湿疹,像是粘了玉米楂子。一听见奥斯卡抽抽搭搭地说"女孩们",做妈妈的就发起了狮子脾气。你犯得上为一小妞这样哭哭啼啼吗?她揪着奥斯卡的耳朵把他拎了起来。

妈妈,住手,他姐姐大声叫道,住手啊!

她把他扔在地上。给她一记耳光,她气喘吁吁地说,看看那个小娼妇还敢不敢不把你当回事。

如果他是别人,他也许会想到去给她一记耳光。那不仅仅是因为他没有一个父亲——是的,他没有——向他传授男人的手段,他的性情中根本就缺乏一种好斗和动武的倾向(不像他的姐姐,她经常和男孩子打架,还会打那些嫉妒她有窄鼻子、直头发的黑女孩)。而奥斯卡的格斗等级近乎零;即便是奥尔加那牙签般的小胳膊也能将他揍得晕头转向。冒犯和恫吓人家绝对不可能。于是他仔细思忖

---

① 海地神话中的神灵,掌管火、铁、狩猎、政治和战争。

了一番。没有多久就做出了决定。毕竟,玛丽察很美,奥尔加不美;奥尔加常有尿味,玛丽察没有。玛丽察可以进他们家门,奥尔加不可以(一个波多黎各人要来?他妈妈嘲笑道,绝对不行!)。他的逻辑非此即彼,简直就像黑鬼数昆虫。第二天他就在操场上宣布和奥尔加分手,玛丽察就在他身边,而奥尔加哭得伤心极了!只见她哆嗦个不停,身上穿着人家剩下的旧衣服,脚上的鞋子足足大出四码!一把鼻涕一把眼泪!

多年以后,他和奥尔加都胖得不成个样子,当他看见奥尔加慢腾腾地穿过马路或者站在纽约公共汽车站旁瞪着空洞的双眼,心底难免会闪过些许内疚,不禁会想,她眼下的糟糕处境究竟有多少是他当年的无情断交所造成的呢?(他还记得,断交的时候,他丝毫没觉得怎么样;甚至当她开始哭泣了,他依然无动于衷。他只是说,别孩子气了。)

然而,真正伤心的是,玛丽察却抛弃了他。就在他狠心丢开奥尔加后的那个星期一,他带着心爱的"人猿猩球"①饭盒来到公共汽车站,却看见美丽的玛丽察牵着丑八怪尼尔逊·帕尔多的手。这个尼尔逊·帕尔多长得像极了《失去的土地》②里的查卡!这个尼尔逊·帕尔多竟然傻到以为月亮是上帝忘记清除的一个污点(他还向全班保证,不久就能登上月球)。这个尼尔逊·帕尔多后来成了当地佰宜家居的专家,还参加了海军陆战队,在第一次海湾战争中失去了八个脚趾。一开始,奥斯卡以为自己看错了;阳光正射进他的眼睛,他昨天晚上一夜没睡好。他就站在他们旁边,欣赏着自己的饭盒,赞斯博士画得那么狰狞,像真的一样。可是,玛丽察甚至都不朝他笑一下!她假装没看见他。我们应该结婚,她对尼尔逊

---

① 法国作家皮埃尔·布勒的小说,曾两次拍成电影。
② 20 世纪 70 年代美国科幻电视剧。

说，尼尔逊就像白痴一样傻笑着，脸朝马路转过去看公交车来了没有。奥斯卡痛苦得说不出话来。他在马路边坐下，觉得某种难以抑制的东西从胸口涌起，他害怕极了，他还没明白过来就已经号啕大哭起来；后来他姐姐洛拉走过来问他怎么了，他只顾摇头。快来瞧这个扭扭捏捏的男孩，有人在哧哧窃笑。还有人踢了踢他心爱的饭盒，又在厄尔科将军的脸上刮了一道。他上了公交车，还在抽抽搭搭，司机——谁都知道他以前是个瘾君子，现在改邪归正了——对他说，得了，别他妈长不大似的。

　　分手对奥尔加的伤害有多大？其实他真正想问的是：分手对奥斯卡的伤害有多大？

　　对于奥斯卡来说，从玛丽察抛弃他——谢扎姆！——那一刻，他的生活就完了。接下来的几年里他越长越胖。一进入青春期，他更是备受打击，脸膨胀得再也谈不上可爱了，斑斑点点的全是青春痘，这让他更加害羞；他越长越胖，连对女孩子的兴趣也消失了——以前谁也不曾说过他什么，突然间他成了名副其实的失败者的同义词。他后半辈子都不能结交朋友了，太惹人厌，太害羞，而且（如果他邻居家的孩子们值得信任的话）太捉摸不透了（他就喜欢用大词，尽管是前一天刚刚学会的）。他再也不去任何能挨到女孩子边的地方，运气好的话，她们不过是不睬他，运气差的话，她们就会尖叫起来，还骂他是讨厌的胖鬼！他再也不记得什么小狗舞了，再也不记得家里的女人们叫他男子汉时的那种满心骄傲。很久很久以来，他再也没有吻过哪个女孩子，仿佛他在女孩这一领域里所拥有的一切，都在那个倒霉的星期里烧了个精光。

　　并不是说他的"女朋友们"就过得更好。降临于奥斯卡的无爱之业，她们也不能幸免。七年级的时候，奥尔加已经庞大得令人畏惧，仿佛她身上有一种巨人基因，她开始口对口地喝巴卡迪 151 烈酒，常常在年级教室里尖叫，最后被逐出校门。她的乳房——后来终于显山露水——软塌塌怪吓人的。有一次在公交车上，奥尔加骂奥斯卡是浪荡子，他差点回骂她，瞧谁在胡言乱语，肥猪，但是他怕她回击，会踏扁他；他的潇洒指数已经很低，不可能挺过那样一番毒打，结果可能会落得和残疾儿童以及当众手淫的乔·罗科若坦多为伍。

而那个讨人喜欢的玛丽察·查康呢？那个三角关系中的斜边，她又过得怎样呢？哎哟，你还没来得及说"啊！伟大的伊希斯①！"，玛丽察早已出落成帕特森城最窈窕的美人儿。奥斯卡和她一直是邻居，所以经常能见到她，她是贫民窟里的玛丽·简，浓密的黑发宛如雷雨前的乌云，多半是地球上唯一一个头发比他姐姐还鬈的秘鲁女孩（那时候他还不曾听说过非裔秘鲁人，也不曾听说过一个叫作钦查②的城市），优美的体态几乎使老人忘记自己的衰弱，从六年级起就开始和年龄比自己大上一两倍的男人约会（玛丽察可能并没有多少擅长之事——不擅长运动，不擅长功课，不擅长工作——但她擅长与男人周旋）。这是否意味着她已经躲过了诅咒——她比奥斯卡和奥尔加快乐？不见得。据奥斯卡观察，玛丽察似乎是那种乐于被男友摔来拍去的女孩。因为这样的事情从未间断。如果哪个男孩子胆敢揍我，洛拉气咻咻地说，我就咬烂他的脸。

瞧瞧玛丽察：在家门前的露台上热吻，和卡车司机勾搭来勾搭去，被一把推倒在人行道上。奥斯卡就这样看着这一幕幕热吻、进出和推搡，度过了整个无趣而无性的青春期。除此之外，他还能干什么呢？他卧室的窗户正对着她家前门，因此他在画《龙与地下城》人物像或读最新版斯蒂芬·金的时候，就总能窥到她。在那些年里，一切都一成不变，除了汽车的款式、玛丽察的臀围，以及汽

---

① 古埃及女神。
② 秘鲁城市名。

车音响翻滚出的音乐。先是自由风格,再是"坏威尔"①时代的嘻哈音乐,而最后,就那么一阵子,是赫克托·拉沃②他们。

他几乎天天都和她打招呼,有时候是真高兴,有时候是假快乐,而她也满不在乎地回声好,算是打了招呼。他不指望她会记得他吻过她——但是他当然是忘不了的。

白痴地狱

中学上的是唐博斯科技校。唐博斯科技校是城里一所天主教男校,几百个超活跃不安分的少年凑在一起,对于奥斯卡这样整天沉湎于科幻作品的胖傻小子来说,简直是苦难无穷。在奥斯卡眼里,中学全然一派中世纪的景象,仿佛被戴上手枷,被迫忍受一群弱智狂人的鞭笞和辱骂,这样一番经历使他自以为本该磨炼得更好,但事实并非如此——而假如说那些年的磨难真有什么教训可吸取的话,他也从来就没怎么明白那究竟都是些什么教训。每天他就是一个孤零零走进校门的胖傻小子,脑袋里时时刻刻想着某一天他将获得解放,将最终从那无穷无尽的恐惧中逃脱。喂,奥斯卡,火星上有柴火吗?——喂,卡仔,把它点着喽。当他第一次听到白痴地狱这个词的时候,他就立刻想到它在哪儿,都住了些什么人。

二年级的时候,奥斯卡发现自己居然有整整二百四十五磅(而每当他心情低落——这是常有的事儿——就会有二百六十磅),每个人,尤其是他家里人,都清楚,他已成为这一带的"聚会看客"③了。全然没有那种典型多米尼加男人的强大威力,而如果他

---

① 指饶舌音乐歌手纳斯。
② 秘鲁歌手。
③ 观察者们认为,贬义词聚会看客(parigüayo)是英语新词"聚会看客"(party watcher)的误用。在1916年至1924年美国对多米尼加共和国第一(转下页)

的生活离不开这一点,就无法笼络住女孩。他根本玩不了什么运动,连多米诺骨牌都不行,完全不协调,扔个球就像扔出去个女孩。不管是音乐、生意还是舞蹈,都一窍不通。哈斯尔舞,不会;饶舌乐,不会;G大调,不会。最最糟糕的是:没样儿。他蓄着一头半鬈不鬈的波多黎各式蓬蓬发,晃着一架硕大无朋的廉价眼镜——被他仅有的朋友阿尔和米格斯称为"抗娘装置",上唇可笑地留着一撇很难讨人喜欢的小胡子,还有一双紧挨着的眼睛,使他看上去总有那么点迟钝。明戈斯[1]的眼睛(这种相似是他有一天翻看妈妈的唱片时发现的;在他所认识的老派多米尼加人中,只有她曾经和拉丁裔男人约会过,后来这么一场"全非洲世界聚会"被奥斯卡的父亲终结了)。你的眼睛长得和你外公一模一样,有一次他来多米尼加,他的拉英卡对他说,这应该是一种安慰——谁不喜欢自己像某位祖上呢?——只有这个在狱中度过一生的除外。

奥斯卡从小就是个书呆子——很小就喜欢读汤姆·斯威夫特,喜欢看连环漫画和《奥特曼》——进了中学,他更是无条件地投身于科幻之中。想当年别的孩子开始学玩壁球、棒球,开大哥的汽车,在父母眼皮底下勾搭女生,他却在狼吞虎咽地阅读洛夫克拉夫

(接上页)次占领时期,这个词开始普及(怎么你不知道我们在20世纪曾两次被占领?没事儿,等你孩子出生后,他们也不会知道美国曾占领过伊拉克)。据说在第一次占领期间,美国占领军的士兵们经常去参加多米尼加人的聚会,但这些外国人没有和大家一起寻欢作乐,而只是站在舞场外面看看。这当然是天底下最荒唐不过的事了。有谁去参加聚会而只是为了看看呢?打那以后,海军陆战队士兵就是"聚会看客"——现在这个词用来指那些站在外面眼看着别人和姑娘们玩的人。如果有谁既不跳舞,也不参加节目,任人取笑,那么他就是"聚会看客"。

如果你查阅多米尼加百科词典,聚会看客这个词条还包含另一个适合奥斯卡形象的词。这个词将纠缠他一生而且使他成为另一种"观察者"——"观看月亮蓝色一面的人"。——作者注

[1] 美国爵士乐手。

特①、威尔斯②、巴勒斯③、霍华德、亚历山大、赫伯特、阿西莫夫④、博瓦⑤以及海茵莱茵⑥,甚至那些已经开始被人淡忘的老家伙——E.E."多克"史密斯⑦、斯特普尔顿⑧,还有那个写了多克·萨维奇系列的家伙⑨。他如饥似渴地从这一本书读到那一本书,从这一个作家读到那一个作家,从这一个时代读到那一个时代(也算他幸运,帕特森城的那些图书馆都是资金严重不足,因此保存了大量书呆子气十足的前辈作品)。要是你无论如何无法将他从电影、电视剧或卡通片前拉走,那么他准是正沉湎于怪兽、飞船、变形金刚、末日武器、命运女神、魔法师或邪恶的歹徒。仅在这些方面,奥斯卡就显示了非凡的天才,而他外婆认定这就是家族的遗传。能写埃尔韦语,能说查科巴萨话,能够分辨斯兰⑩、多尔赛⑪和摄影师⑫的细微差别,比斯坦·李⑬还要了解"神奇宇宙"⑭。"神奇宇宙",还是一个互动游戏迷(要是他擅长电玩,那准是玩扣篮,但是他对扣篮毫无本能反应,尽管他有雅达利和英特尔电视两款游戏机)。说不定如果他能像我这样掩饰自己的痴迷,那么他或许也能信口开

---

① 美国20世纪初悬疑科幻小说家。
② 英国20世纪初科幻小说家。
③ 美国作家,《人猿泰山》的作者。
④ 美国科幻小说家,生于俄罗斯。
⑤⑥ 美国科幻小说家。
⑦ 美国科幻小说家,被称为"太空歌剧之父"。
⑧ 英国哲学家、科幻小说家。
⑨ 指美国畅销作家莱斯特·邓特,多克·萨维奇是他笔下的英雄,流行于20世纪30～40年代。
⑩ 加拿大科幻作家A.E.范·沃格特塑造的机器人形象。
⑪ 指多尔赛人,美国作家戈登·鲁珀·狄根森科幻系列小说《贵族青年故事集》中的家族。
⑫ 指"摄影师系列"小说,E.E.史密斯的重要作品。
⑬ 美国作家,曾任神奇漫画公司总裁。
⑭ 神奇漫画公司出版物中的主要故事场景。

河，可他就是做不来。这家伙就是脱不掉那股子呆气，就像绝地武士[1]离不开他们的小剑，摄影师离不开他的镜头。

他不能被认为是正常人，即便他想做正常人[2]。

奥斯卡性格内向，不善交际，上体操课会吓得发抖，喜欢看那

---

[1] 科幻小说《星球大战》中的武士。

[2] 似乎没人说得清这种对科幻的痴迷是从哪儿来的。也许是因为身为安的列斯群岛人（谁还能比我们更科幻？），也许是因为小时候住在多米尼加，尔后一下子搬到新泽西——就那么一张绿卡，改变的不仅是世界（从第三到了第一），还有世纪（从几乎没有电视没有电到两者俱全而且太多）。经历了这样的变化后我想可能只有最极端的环境才会满足他要求了。也许是因为在多米尼加时他看了太多的《蜘蛛侠》、太多的邵逸夫兄弟电影公司的功夫片，听外婆讲了太多的怪兽和吃人女妖的吓人故事？也许是因为在美国他遇到的第一个图书管理员引诱他钻进书堆，因为他第一次触到邓丹尼小说时被静电击中？也许只是因为时代精神（那七十年代初期难道不正是"书呆子时代"？）或是因为他的童年基本上连一个朋友都没有？或者，是因为某种更深刻的原因，和祖上有关？

谁能说得清？

显而易见的是，自从成了读书粉丝（再也找不到更合适的词了），他才能最终熬过艰难的童年岁月，但这也使他有勇气——尽管不需要这么多勇气——留在帕特森城的穷巷陋街。受其他男孩子的迫害——拳头、推搡、挑衅、破碎的眼镜以及把他新买的学术书（五角一本）当着他的面一撕为二。你不是喜欢书吗？你现在有两本了！哈哈！唉，受压迫的滋味只有受压迫者自己知道。连他妈妈也觉得他这样专注也太傻了。快出去玩玩！她每天至少要下一次这样的命令。应该像一个正常的男子汉。

（只有他姐姐站在他一边，她也喜欢读书。从她自己的学校借书给他看，那儿的图书馆好一些）你真的想知道做一个 X 人（"神奇宇宙"里的英雄人物——译者注）是什么感觉吗？在当代美国贫民区做一个聪明的爱读书的黑人。我的天哪！那就像你当胸长出蝙蝠翅膀或是一对触须。给我出去！妈妈一声咆哮。他就走了出去，被谴责了似的，挨过几个小时忍受其他男孩的折磨。——求求你！我想待在家里，他就这样求他妈妈，但她还是把他轰了出去——你又不是女人，整天待在家里——一个小时、两个小时，最后他神不知鬼不觉地溜回来，躲在楼上的壁橱里，借着门缝里射进来的光线读书。最后，他妈妈又把他给搜了出来：你到底怎么回事？（而他已经开始随手涂写，在纸片上、在作文本里、在手背上，那不是严肃的创作，只是抄下他最喜欢的故事，也没有任何迹象表明这些胡乱拼凑的东西将会成为他的"命运"）——作者注

种书呆气十足的 BBC 科幻剧《神秘博士》和《布莱克斯七号》,会告诉你超时空要塞战士和太空堡垒步行者有什么不一样,还会在中学勉强毕业的黑人面前大张旗鼓地用一些书呆气的词,比如"坚持不懈"以及"放诸四海"之类。他就是那种整天躲在图书馆的书呆子,崇拜托尔金,后来又迷上了玛格丽特·韦斯和特雷西·希克曼[①]的小说(他最喜欢的人物自然是雷斯特林),而到了八十年代,他又开始对"世界末日"着了迷(没有任何一部预示末日恐怖的电影、书籍或游戏他不曾看过、读过或玩过——温德姆[②] 和伽马世界[③])。现在你知道了。他这种青春期的呆气把仅有的一丁点爱的机会也蒸发掉了。当其他人正在经历初次热恋、初次约会、初次接吻的恐慌和喜悦时,奥斯卡则坐在教室后排,面对着动漫屏幕,眼看着青春缓缓流走。青春期留下那些失望的感觉,就好像关在金星上的壁橱里,而这时太阳正在升起,一百年来的第一回。如果他像某些和我一起长大的书呆子那样,对女孩子毫不在乎,这完全可以理解,可他偏偏又是个多情种子,很容易坠入爱河而难以自拔。他的暗恋对象遍布全城,那些身材高大的鬈发女孩子,尽管她们对他这种失意者根本不屑一顾,他却从未停止过对她们的幻想。他的爱——他对周围每一个女孩子倾注的爱意、恐惧、渴望、欲念乃至情欲,仿佛每一个女孩,不论相貌,不论年龄,不论是否可能得到,都对他具有万有引力的力量——每一天每一刻都在破碎他的心灵。尽管他将此视为一种喷薄而发的巨大力量,但事实上它更像是一个幽灵,因为似乎从来没有哪个女孩子真正注意到它的存在。偶尔当他走近时,她们也许会颤抖或者抱起双臂,但那不是爱的表

---

① 韦斯和希克曼,都是美国悬疑小说家。下文中的雷斯特林是两人合著小说《龙枪》中的人物。
② 英国科幻小说家。
③ 20 世纪 70 年代末流行的科幻互动游戏。

现。他常常会因为自己爱上了某个女孩而哭泣。在浴室里，那里没有人能听见他的哭声。

在其他任何地方，像他这样对付女人零命中率的情况也许没人会说上一句话就过去了，但我们现在说的是一个多米尼加男孩，生长在一个多米尼加家庭：这孩子就应该具有原子G级能量，就应该双手逮住娘儿们。人人都注意到他不会玩儿，而且因为他们是多米尼加人，所以每个人都在议论这事儿。他的舅舅鲁道尔佛（最近刚从法官那儿得到最终假释，现在住在他们梅因大街的家里）特别愿意教导他。听着，臭小子：你得去逮个小娘儿们，强行进入她的体内。那就什么都搞定了。从丑女人开始。强行进入那个丑女人体内！鲁道尔佛舅舅分别跟三个女人生了四个孩子，所以这黑鬼无疑是家族中的搞女人专家了。

他妈妈怎么说的？只有一句：你看看你的分数。而有时候她会反省：你应该高兴，不像我这样倒霉，亲爱的。

倒什么霉？舅舅哼了一声。

就是倒霉，她说道。

他的哥们儿阿尔和米格斯怎么说的呢？小子，你看你都肥死了。

他的外婆拉英卡怎么说的呢？亲爱的，我没见过比你更帅的男人了！

奥斯卡的姐姐洛拉就要实际得多。既然已经过了荒唐的年龄——哪个多米尼加姑娘不曾如此？——她自然就成了强硬的新泽西多米尼加人，开自己的车跑很远的路，有自己的支票簿，骂男人是狗，敢当着你的面吃掉一只肥猫而面不改色。她上四年级的时候，被一个大她几岁的熟人强暴了，这件事整个家族（以及相当一部分帕特森城、尤宁城及蒂内克市的人）都知道，在挺过了因遭强暴而带来的痛苦、批评和流言蜚语之后她变得比金刚石还强硬。最近她剪短了头发——再次逼得她妈妈差点发疯——我觉得部分原因是小时候家里人让她留长发，甚至长到了屁股以下，还引以为豪，我敢说强暴她的人肯定注意到了并且很爱慕那头长发。

奥斯卡，洛拉不止一次地警告他，你得改变自己，不然你会到死都是童男。

你以为我不知道？就这样再过五年，我敢打赌有人会用我的名字命名一座教堂。

头发剃了，眼镜摘了，多锻炼。扔掉那些黄色杂志，太恶心了，让妈妈都心烦。有它们在，你永远别想约到女孩。

正确的忠告，可他最终没有采纳。有好多次，他试着锻炼，高抬腿，仰卧起坐，清早绕着街区疾走，等等，但每当他看见别人都有女朋友唯独他没有，就沮丧极了，便又重新投入暴吃、《阁楼》、《龙与地下城》以及自哀自怜。

可能我是对勤奋感冒，洛拉说道，哈。而让你感冒的则是尝试。

假如帕特森城及其周边地区就和唐博斯科技校那样，或者像他读的那些七十年代女性科幻小说那样排除任何男性的话，情况也许不致如此糟糕。然而，帕特森城却是女性的，正像纽约是女性的，正像圣多明各是女性的。帕特森有的是疯丫头，假如你还觉得不够劲，那么好，他妈的，你就一路往南，你会看到纽瓦克、伊丽莎白市、泽西市、南北奥兰治、尤宁城、西纽约、韦霍肯、玻斯安玻尔——那一带城市被黑人们都称为"头号黑人都市"。也就是说他能看到女孩子——讲西班牙语的加勒比海女孩——无处不在。

即便是在自己家里他也不安全，他姐姐的女朋友们总是进进出出，她们是永远的客人。她们一来，他就不需要《阁楼》了。她的朋友不算太靓但都很好，属于那种尽情作乐型的拉丁女孩，只和力举千斤的拉丁裔或者屋子里藏枪的拉美小子约会。她们都是排球队的，又高又壮像小马驹一样，而如果她们跑起来那简直就像恐怖乐园里的田径队。她们是伯根县土生土长的精灵：最出挑的是格拉迪斯——永远在抱怨自己胸太大，说是如果小一些她说不定能找到正常的男友；玛丽索尔——即将从麻省理工学院毕业，最烦奥斯卡，偏偏奥斯卡最喜欢她；利蒂希娅——刚来到此地，半海地半多米尼加血统，那是多米尼加政府严厉禁止的混血，说话口音极重，连着拒绝和三个男友睡觉，真是个正经女孩！假如这些小娘儿们没有把奥斯卡当成既聋又哑的后宫侍卫，任意摆布他、支使他为她们跑腿、取笑他玩的游戏和他的模样，事情也许不会这么糟；而更糟的是，她们竟肆无忌惮地大讲她们性生活的细节，完全不顾他正坐在厨房里，攥着最新版的《龙与地下城》。喂，他大喝一声，难道你们不知道这里还有男性？

哪儿呢？玛丽索尔淡淡地说。我也没看见啊。

而当她们说起怎么每个拉丁男人都好像只要白人女孩的时候，他会凑上去说，我喜欢说西班牙语的女孩，玛丽索尔就屈尊俯就地回答，好极了，奥斯卡。但是有一个问题，没有哪个说西班牙语的女孩会约你啊。

别烦他，利蒂希娅说，我觉得你很可爱，奥斯卡。

嗬，说得对，玛丽索尔大笑起来，眼睛一转。说不定他会给你写本书呢。

这就是奥斯卡的复仇女神，他心目中的诸神，他时常梦到并为之手淫的女孩们，最终进入他的小小故事的女孩们。在他的梦境里，他要么是把她们从外星人手中救出，要么就是荣归故里，腰缠万贯，名声赫赫——看他来啦！多米尼加的斯蒂芬·金！——这时玛丽索尔出现了，带着他的每一本书求他签名。奥斯卡，求求你，娶我吧！奥斯卡（开玩笑地）：很抱歉，玛丽索尔，我不要无知的母狗（当然，随后他当然会要的）。而玛丽察，他仍在远远观察她，相信有一天原子弹爆炸（或者瘟疫爆发或者三足怪物入侵），文明消亡，他最终将她从一群发光的食尸鬼中拯救出来，然后他俩一起出发跨过惨遭蹂躏的美洲大陆去寻找美好的明天。在这些启示录般的白日梦中他总是扮演多克·萨维奇般的英雄角色，他是一个把世界顶级武术和致命火器完美结合的超级天才。对于一个从未打过气枪、亮过拳头而在其数次参加过的全国统考中的战绩从未高过一千分的黑人来说，这已经相当不错了。

勇敢的奥斯卡

四年级的时候，他已经身材臃肿、性情抑郁，而最为残酷的是，只剩下他还没有女朋友。他那两个呆头呆脑的哥们儿，阿尔和米格斯，竟然有不可思议的好运气，都在那一年捞到了女朋友。一点不出挑，说真的还很邋遢，但毕竟是女孩子。阿尔是在门罗公园遇到他那位的。她上了他，他夸口说，然后跟他说她有个女朋友想交男朋友想疯了，于是阿尔就把米格斯从电子游戏机前拖了一起去看电影，剩下的事，照他们的说法，过来了。到了那个周末，米格斯把他那位也搞定了，而直到那时候奥斯卡才听到些风声。当时他们在他房间里安装一个"毛骨悚然"的冠军历险以对抗"致命毁灭者"（奥斯卡不得不退出他那著名的"最终结果！"战役，因为除了他没有人会孜孜不倦地在病毒肆虐、沦为废墟的美国土地上继续游戏）。起先，奥斯卡听了他们那场双人劫掠行动，不置一词。他只是一遍又一遍地翻动着操纵杆，嘴里说，你们两个家伙真是走运。他们在猎艳行动中居然根本没想到带上他，他恼火极了；他恨阿尔竟然带米格斯而不带他，他也恨米格斯竟然猎到了女孩，完毕。阿尔找到女孩奥斯卡还能理解；阿尔（真名叫阿洛克）是那种高大英俊的印第安小子，从来不会被人当成只会爱玩电子游戏的呆子。可米格斯搞到女孩子,他真是想不通,这让他大吃一惊然后嫉妒得要命。奥斯卡始终认为米格斯比他还恶心人(是一个不折不扣的怪物。粉刺数不胜数,笑起来跟个弱智似的,小时候吃了什么药满口大灰牙)。那你女朋友逗人爱吗?他问米格斯。米格斯说,伙计,你应该见见她,她美极了。奶子妈的真叫大,阿尔附和道。那一天奥斯卡对世界许下的小小誓言就是把 SS-N-17 狙击枪对准自己的脑袋。而最终他只能可怜兮兮地问,哦,这些女孩就没有其他朋友了吗?

阿尔和米格斯手里握着人物单,互相递了个眼色。我猜是没有了,伙计。

而就在此刻他意识到某些以前从不了解的有关他朋友的事(或者说是他自己从不愿意承认的事)。就在此刻,发自他那肥胖的自我,他顿悟了。他意识到他那些爱看漫画、爱打电玩、杜绝运动的狐朋狗友是被他拖累了。

把腿上的建筑撞开,他早早关掉游戏机,正当灭绝者发现了毁灭者的藏身之处——过分,阿尔抱怨道。他把他们统统送走,把自己锁在房间里,倒在床上昏昏沉沉地睡了几个小时,然后爬起来,走进再也没人合用的浴室(姐姐进了罗格斯大学),脱下衣服,观察着镜子里的自己。胖子!几里长的肥胖纹!膨胀得完全比例失调!他看上去简直就是刚从丹尼尔·克洛斯[①]的漫画书里走出来,就是贝托·埃尔南德斯[②]那个帕洛玛黑肥仔。

天哪!他小声说道,我就是个莫洛克[③]。

第二天吃早饭的时候,他问他妈妈:我是不是很难看?

---

① 美国作家、漫画家。
② 即吉尔伯托·埃尔南德斯,美国漫画家。《帕洛玛》是他的一部作品,讲述中美洲某地帕洛玛村民的故事。
③ 英国科幻小说家 H.G. 威尔斯《时间机器》里的未来人类,蛰居地下。

她叹了口气。唉，亲爱的，你长得根本不像我。

多米尼加的父母！你怎能不爱他们！

整整一个星期，他每天都对着镜子观察自己，每一个角度，仔细检查，毫不退缩，最后下定决心要像罗伯托·杜兰①那样：不能再这样了。那个星期天他去了理发店，让理发师把他那头波多黎各式蓬蓬发全剃了。（咦，理发店伙计说，你是多米尼加人？）接着，奥斯卡刮掉了胡子，然后摘掉了眼镜，用他在贮木场打工赚来的钱买了隐形眼镜，努力改进身上保留的多米尼加气质，努力使自己看上去更像他那些趾高气扬的表兄弟，仅仅是因为他开始猜想自己兴许能够在他们的拉丁大男子气概中找到答案。不过他这些应急措施也实在过分了些。阿尔和米格斯再见到他的时候，他已经整整节食三天了。米格斯问，伙计，你这是怎么了？

要改变，奥斯卡故作神秘地回答。

是吗，你上唱片封面了？

他严肃地摇摇头。我正在踏上新一轮生命。

听这小子说了什么。听起来他已经进大学了。

那年夏天他妈妈把他和姐姐送去圣多明各，而这次他不像上一次那样抗命不从。似乎美国并没有什么能让他留恋。他到达巴尼，随身带了一大堆笔记本并计划都要把它们一一填满。既然已经不可能做什么游戏通，他决定试试看能否成为一名真正的作家。后来证明，这次出行成了他生活的转折点。外婆拉英卡从来不像他妈妈那样，阻止他写作，逼着要他走出家门，她总是由着他。允许他坐在里屋，想待多久就待多久，不会硬逼着他去"外面的世界"（她总是溺爱他们姐弟俩的。这一家子太倒霉了，她哼了一声）。总是关掉音乐，一日三餐总是按时送到他面前。他姐姐则跟着岛上那

---

① 巴拿马职业拳手，享有盛名。

些热力四射的朋友到处疯跑，总是穿着比基尼跳出家门，到岛上各地旅行，可他就待着。每次家族中有谁来找他，他外婆就威严地一挥手把他们全赶跑了。你们没看见小伙子正在工作吗？他在忙活什么？他的表兄弟们问，好不疑惑。他忙活什么，他在展示天才，拉英卡傲慢地答道。快走开（后来他记起这件事的时候，想到当时如果他费心跟他们出去，说不定他们就帮他全办妥了。不过你无法为自己没有选择的生活懊恼）。到了下午，当他再也写不出一个字了，他就和外婆坐在家门口看着街景，听着邻居们粗声粗气地交谈。就在他快要回去的时候，有一天晚上，外婆透露了一个秘密：你妈妈本来可以做医生的，就像你外公那样。

怎么回事？

拉英卡摇了摇头。她凝视着她最喜欢的照片，那是他妈妈第一天上私立学校时拍的，典型的一丝不苟的多米尼加照片。还不就是那回事。一个该死的人。

那年夏天他写了两本书，讲述一个年轻人在世界末日与多变怪物搏斗的故事（两本书都没有保留下来）。他还做了不计其数的田野记录，记下事物的名称以便将来用于科幻和幻想小说创作。（听人说起所谓家族诅咒差不多有一千遍，但奇怪的是他就是觉得那不值得写进小说——我说，拉美裔家族难道就认为没有受到诅咒吗？）等到他和姐姐该回帕特森城的时候，他都快伤心了。快了。他的外婆把手放在他头上为他祝福。小心啊，宝贝。记住这个世界上有一个人永远爱你。

在肯尼迪机场，他的舅舅几乎都认不出他来了。好极了，舅舅说，瞟了一眼他的面色，现在你看上去像海地人了。

回来以后他跟米格斯和阿尔他们出去，跟他们一起看电影，跟他们谈埃尔南德斯兄弟、法兰克·米勒和阿兰·莫尔，但总的说来他们的友谊再也恢复不到他去圣多明各以前那样了。奥斯卡听了他们的电话录音,却忍住不去他们那儿。每星期就跟他们见上一两次。集中精力写作。那几个星期真他妈的孤单,和他相伴的只有游戏、书籍,以及他自己的文字。看来我有个隐士儿子了,他妈妈苦恼地抱怨道。晚上睡不着觉,他就看了好多劣质电视剧,尤其迷上了两部电影:《萨杜斯》(在他们第二次把他送走之前他曾和舅舅看过这部电影)和《病毒》(日本的世界末日电影,里面那个性感的小妞还演过《罗密欧与朱丽叶》)。特别是《病毒》,他没法儿不哭着看完全剧,那位日本主人公为了他的梦中情人,从华盛顿出发沿着整个安第斯山脉一路往南,最后抵达南极基地。我在写我的第五部小说了,当那些人问起他怎么失踪了,他这样告诉他们。太棒了。

瞧,我怎么说的来着?大学生先生。

以前当他那些所谓朋友伤害他或百般打击他信心的时候,他总是自甘受辱,因为恐惧和孤独,这也是常常令他自恼的地方,但这次他没有。如果说中学时代曾有过令他自豪的时刻,那显然就是这一次。甚至在姐姐回来的时候他把这事也告诉了她。她说,好样的,继续!他终于挺起了脊梁,为此他有几分得意,虽然因此受了伤,但感觉真他妈的棒。

奥斯卡来了

十月,奥斯卡寄出了所有的大学入学申请书(菲尔莱狄更森、蒙特克莱、罗格斯、德鲁、葛拉斯堡罗州立大学、威廉帕特森;他甚至寄了一份给纽约州立大学,百万分之一的命中率,而他们的拒绝来得如此迅速,令他诧异地以为他们没通过驿马快递[①]寄这

[①] 美国邮递公司,1866—1990 年间存在。

封信呢），肃杀的冬天正降临新泽西北部，他爱上了全国统考预备班上的一个女孩。预备班设在某个"学习中心"，离他住的地方不远，还不到一英里，所以他一直步行去，以为有益于减肥。他不指望碰到谁，但是他看见了坐在后排的那位美人，一下子魂不守舍。她叫安娜·奥布勒冈，漂亮、丰满、爱说话，本该绞尽脑汁做逻辑题时，她却在读亨利·米勒。可能在第五堂课上，他发现她在读亨利·米勒的《性爱之旅》，而她也发现他发现了，于是，她凑过来，给他看书上的一段话，他就要命地勃起了。

你肯定以为我很怪，是吗？课间休息的时候她问他。

你不怪，他回答。相信我——在这方面我是绝对的专家。

安娜很健谈，有一双加勒比海女孩特有的漂亮眼睛，仿佛纯净的无烟煤，那种岛上每个黑鬼都要去挖的沉沉的无烟煤，而那副身材，你就知道不管穿没穿衣服都很漂亮；从来不避讳自己的体重；和周围其他女孩子一样，她也穿着黑色紧身马裤、能买得起的最性感的内衣，化起妆来一丝不苟，她那种玲珑复杂的心思和一心多用的能力，永远令奥斯卡着迷。她就是淘气包和小女孩的混合体——还没去过她家，他就知道她床上堆满了毛绒动物玩具——而她能够极为自然地在两种角色之间转换，令他坚信这两者都只是面具，还有第三个安娜存在，一个隐性的安娜，决定着什么场合戴什么面具，除此以外却是隐约而无从辨认。她迷上米勒是因为她的前男友曼尼参军前把这些书送给她了。他以前经常读一些段落给她听：叫我浑身发热。他们开始约会的时候她十三，他二十四，正在戒除毒瘾——安娜说起这些的口气就好像它们根本没什么稀奇。

你才十三岁，你妈妈就让你跟个老头约会？

我爸妈都很喜欢曼尼，她回答道，我妈还经常给他做晚饭。

他说，这看起来可太不合常规了。后来他姐姐放寒假回家，他还问过她，假使你女儿正值青春期，你会让她和一个二十四岁的男人交往吗?

我先把他宰了。

他听见这话竟如释重负,连他自己都很惊讶。

我猜啊,是你认识的哪个人就这样的吧?

他点点头。是我全国统考预备班上的同桌。我觉得她是在炫耀。

洛拉凝视着他,虹膜似虎纹一般。她已经回家一星期了,而大学生活显然让她够呛,她那双大眼睛里的虹膜上布满了道道血丝。你看,最后她说道,我们这些有色人种总是口口声声说我们爱自己的孩子,但实际上我们根本不爱。她叹了口气。不爱,不爱,我们不爱。

他想把一只手放在姐姐肩膀上,但她耸耸肩躲开了。你最好别在外面惹麻烦,先生。每当她受了触动或者遭冤枉了,就这样称呼他。先生。后来她还想把这个称呼写在他的墓碑上,但没有人同意,连我也不同意。

愚蠢。

爱个屁啊

他和安娜一起上统考预备班,后来他和安娜一起去停车场,他和安娜一起去麦当劳,他和安娜成了朋友。每天奥斯卡都想她可能不来了,每天她却又来了。他们已经习惯了每周通几次电话聊几句天,也不真的聊什么,就没话找话地说些鸡毛蒜皮。第一次是她打电话给他,说他可以搭她的车去上课;一个星期之后他打电话给她,只不过是打打试试。他的心跳得快极了,他以为自己都快死了,而当她开车来接他的时候,她只是一个劲地说,奥斯卡,你听听我姐姐都胡扯些什么,就这样,他们继续找些话来说。

到第五次他给她打电话的时候,他已经不指望有什么结果了。除了他家里人,只有她告诉过他自己正来月经,实际上她说的是,我在流血,就像头猪。他一遍又一遍地回想着这种令人吃惊的坦白,这肯定意味着什么,而当他想到她哈哈大笑的那副样子,仿佛周围的空气都是归她所有,他的心就在胸口怦怦直跳,一个孤独的小海湾。和他秘密天地中的任何其他女孩都不同的是,当他们越来越互相了解,他也真真切切地为安娜·奥布勒冈而倾心。因为她是如此突然地出现在他的生活中,因为她就在他的雷达底下闯了进来,他还没来得及像往常那样竖起无谓之墙或消除对她那种不着边际的期待。也许是四年来一无所获,令他彻底厌倦了,也许他最终找到了自己的位置。而有一点令人难以置信,大家可能会以为他会表现得像个白痴,毕竟她是他平生第一个能说上话的女孩,可他根本没有出丑,甚至他有一段时间把每天交流的内容都记录了下来。他对她说的那些话,再简单不过,再随意不过,而他发现她就喜欢听他那些自我否定。他们俩之间的交流可真是奇妙;他就说了些最明显最无聊的话,她却说,奥斯卡,你他妈的真有才。有一次她说,我爱死男人的手了,他就把手伸出来遮住自己的脸,装出一副随随便便的样子问道,噢,真的吗?逗得她都笑翻了。

她从来没提过他俩究竟是什么关系;她只是说,天,真高兴能认识你。

他则说,真高兴我就是那个认识你的我。

一天晚上他正在听新秩序乐队[①],慢慢地啃读《克莱的方舟》,姐姐敲敲他房间的门。

有人找你。

找我吗?

[①] 英国摇滚乐队。

是啊。洛拉靠在房间门框上。她剃了个大光头,就像西尼德① 那样,现如今人人都相信她已经成了同性恋,就连她妈妈也不例外。

可能你该收拾一下。她轻轻摸摸他的脸。把那些毛给剃了。

来的是安娜。站在他家前厅,穿着长及脚踝的皮大衣,微黑的皮肤冻得发红,她的脸被眼线笔、睫毛膏、粉底霜和口红描画得那么美。

外面可冻死了,她说道。她把手套捏在一只手里,宛如一束揉皱了的花。

嗨,他终于挤出一个字。他能听见姐姐就在楼上偷听。

你在干什么?安娜问。

没干什么。

那么,我们去看电影吧。

行,他说。

楼上他姐姐在他床上蹦上跳下,低声尖叫道,她来约他了,来约他了,接着她厉声责骂他,骂声透过卧室的窗户差点把他们掀倒在地。

这就是所谓的约会?他钻进她的汽车时问道。

她勉强笑了笑。你可以这么说。

安娜开一辆丰田克雷西达,她没有去当地的电影院,而是径直驶向安波尔多大剧院。

我喜欢这地方,她边找停车位边对他说。以前我爸爸常带我们来这里,那会儿这儿还是个汽车电影院。你来过这儿吗?

他摇了摇头。不过我听说现在有很多车都在这儿被偷了。

没人来偷我这辆,宝贝儿。

---

① 爱尔兰女歌手。

眼前的一切真是难以置信，奥斯卡简直不敢当真。整场电影（《孽欲杀人夜》）中，奥斯卡一直盼着黑鬼们会举着相机跳出来大叫，惊喜！我说，他想法和她搭讪，于是开口道，这电影还不错。安娜点点头；她散发着的香水味儿他说不上名字来，当她靠近时身体的温热令人眩晕。

开车回家的路上安娜抱怨说头痛，于是两个人有很长一段时间都默不作声。他想打开收音机，但她说，不行，我头痛得要死。他开玩笑地说，来段笑话怎么样？不用了，奥斯卡。于是他只好往后一靠，望着赫斯大厦和伍德大桥从交错缠绕的立交桥间溜过。突然他感到好不疲倦；整个晚上他都被紧张折磨着，此时他已经精疲力竭。沉默得越久，他越是闷闷不乐。不过是场电影，他对自己说。可不像是约会。

安娜似乎莫名地悲哀起来，她紧咬着下嘴唇，真像非洲人的嘴型，大部分唇膏都沾到牙齿上了。他看到了刚想说些什么却还是打消了这念头。

在看什么好书？

没，她回答道。你呢？

我在看《沙丘》①。

她点点头。我讨厌这书。

他们到了伊丽莎白出口，新泽西鼎鼎有名的地方，收费公路两侧堆满了工业废料。他早就屏住了呼吸以免闻到那可怕的废气味儿，可这时安娜突然一声惊叫，把他放倒在客座车门上。伊丽莎白！她尖叫道。收起你那两条该死的腿！

接着她朝他看了看，一侧头，放声大笑起来。

他一回到家姐姐就问，怎么样？

---

① 美国科幻小说家法兰克·赫伯特的作品。

什么怎么样？

干过她了？

天哪，洛拉，他说，脸都红了。

别跟我撒谎。

我行动哪有那么鲁莽。他支吾着，又叹了口气。换句话说，我甚至连她的围巾都没脱掉。

听起来可有点叫人难以相信啊。我了解你们这些多米尼加男人。她举起双手，屈起手指，开玩笑似的做了个威胁的手势。都是讨厌鬼。

第二天醒来，他仿佛觉得自己已经逃脱了肥胖，仿佛自己的痛苦都已一扫而光，很久他都不记得自己为什么会有这种感觉，随后他念出她的名字。

奥斯卡恋爱了

如今他们每个星期都出去，不是看电影就是逛商场。他们聊天。他知道了她的前男友曼尼常常把她揍得够呛，这是个问题，她坦率地说，因为她喜欢男人在床上对她稍微粗鲁一点；他知道了她还很小，住在马科雷斯的时候她爸爸就遇到车祸死了，而她继父对她毫不关心，不过这也无所谓，因为只要她一去了宾州州立大学她就再也不想回家了。而他也给她看了他写的一点东西，还告诉她那会儿自己被车撞了被送进医院，以及小时候舅舅经常把他打得够呛；他甚至还告诉她他当年有多迷恋玛丽察·查康，而她叫起来，玛丽察·查康？我认识这臭婊子！我的天哪，奥斯卡，我猜连我继父都睡过她！

噢，他们这么亲密，但他们有没有在她车里接过吻？他的手有没有撩起过她的裙子？他有没有用拇指去揉她的阴蒂？她有没有贴在他身上低声唤他的名字？她有没有吮吸他而他有没有摩挲她的头发？他们干过吗？

可怜的奥斯卡。甚至还没有弄明白这是怎么回事，他就已经掉进了"让我们做好朋友吧"的旋涡之中，每一个书呆子都逃不了这灾难。他们之间的关系就仿佛爱的刑罚，你被枷上双手，要多惨就有多惨，没人能说得清除了苦楚和心痛你还能得到些什么。也许能了解一点自己，了解一点女人。

也许。

四月份他拿到了第二套统考分数（按老办法算是1020分），一星期之后他得到通知他将进入罗格斯大学新伯朗士威校区。嘿，你考上了，亲爱的，他妈妈说，不像客套，倒像松了口气。用不着再为我买铅笔了，他答应道。你会喜欢那儿的，姐姐向他保证。我知道我会的。我就要上大学了。至于安娜，她正准备去宾州州立大学，修荣誉课程，忙着驾车旅行。让我继父见鬼去吧！也是在四月份，她的前男友曼尼复员回来了——有一次他俩去八佰伴商厦时她亲口告诉他的。他突然出现，安娜兴高采烈，这粉碎了奥斯卡渐渐生起的希望。他回来了，奥斯卡问道，永远吗？安娜点点头。显然曼尼又有麻烦了，是毒品，不过这次，安娜强调说，他是被这三个多米尼加鬼给害惨了，"多米尼加鬼"，他以前从没听她说过这个词，所以他猜那是从曼尼那儿学来的。可怜的曼尼，她说道。

是啊，可怜的曼尼，奥斯卡咕哝道。

可怜的曼尼，可怜的安娜，可怜的奥斯卡。一切都变了，那么迅速。首先，安娜再也不是总待在家里了，奥斯卡发现自己老在往她的电话答录机上留言：我是奥斯卡，我的腿被熊咬掉了，请回电话；我是奥斯卡，他们勒索一百万美元否则就撕票，请回电话；我是奥斯卡，我刚刚看到一颗从没见过的流星正准备出去调查。她总是过了好几天才回到他身边，开开心心的，但情况仍然是那样。接着她连续三个星期五取消了约会，而他呢，星期天做完礼拜后可去的地方大大减少，他也只能接受了。她会开车来接他，他们一起去东林荫大道，然后停了车子一起眺望曼哈顿的天际线。虽然看不见大海，也看不见群山，但却胜过海胜过山，至少奥斯卡这样以为，因为那景致能激发他俩最美好的交流。

有一次在那儿闲聊的时候，安娜说漏了嘴，天哪，我都忘了曼尼那东西竟然那么大。

你以为我真想知道这个吗？他打断她说。

对不起，她有些迟疑地说，我以为我们之间没什么不可说的。

我说，假如你不把曼尼的庞然大物说出来，也不会有什么问题。

看来我们并不是什么都能谈？

他甚至懒得回答她。

奥斯卡总是忘不了曼尼和他那个"大东西"，回家后开始想象发生了核弹爆炸，而他自己偶然奇迹般地第一个察觉袭击，然后他毫不犹豫地偷了舅舅的车，冲到商店塞了满满一车必需品（也许沿路还射翻了几个趁火打劫的混蛋），就去接安娜。曼尼怎么办？她泣不成声地问。没时间了！他斩钉截铁地说着，汽车呼啸启动，又射翻了几个强盗（此处稍作变化），随后来到汗臭烘烘的爱巢，在这里安娜不一会儿就屈从于他那掌控一切的气度和已然顾长有力的体魄。等他心情好一些了，他就让安娜发现曼尼已经在自己的公寓房间里悬梁自尽，他的舌头仿佛一个肿胀的紫色气囊从嘴里垂下来，裤子挂在脚踝上。电视里正在播放核弹袭击的新闻，他的胸前钉着一张文句不通的字条。我坚持不下去了。然后奥斯卡会说一些简洁而睿智的话来安慰安娜，他太软弱了，无法适应这个"强硬新世界"。

这么说她有男朋友了？洛拉突然问他。

是啊，他回答道。

你应该先撤退一阵子。

他听进去了吗？当然没有。每当她需要找人抱怨的时候，他随叫随到。而他甚至有机会见到了著名的曼尼——真是开心得不能再开心！这次见面很有趣，就像是在学校集会上被叫作"小弟"（这事曾经发生过，共两次）。是在安娜家门外遇见他的。这家伙面容枯槁、长手长脚的，像个跑马拉松的，眼神贪得无厌；他们握手的时候，奥斯卡敢肯定这黑鬼就要揍他，他的举动那么粗鲁乖戾。曼尼是个大秃子，为了掩饰他索性剃光了脑袋，两只耳朵上都挂着耳圈，秃鹫似的一张脸被太阳晒得黧黑粗糙，仿佛一只老猫竭力装出青春。

这么说来你就是安娜的小朋友了，曼尼说道。

没错是我，奥斯卡回答，口气很轻松，也毫无恶意。他觉得就冲这说话的口气，他就该挨一枪。

奥斯卡可是个了不起的作家，安娜介绍说，尽管她从没要求看他写的任何东西。

他哼了一声。你有什么非写不可的？

我正在写一些颇具思辨性的题材。他知道自己听上去很荒唐。

颇具思辨性的题材。曼尼好像快要把他切碎了。你可真是土得掉渣，伙计，你明白吗？

奥斯卡微笑着，希望这时能来一场地震把整个帕特森夷为平地。

我说，你不要想着撬走我的女人，伙计。

奥斯卡哈哈笑了两声。安娜涨红了脸，盯着地面。

滑稽。

有了曼尼，他看到了安娜完全不同以往的一面。现在他们唯一的话题就是曼尼,他们偶尔见面时他所看到的,就是他对她下的那些狠手。曼尼揍她,曼尼踢她,曼尼骂她肥妞,曼尼欺骗她,她确信,曼尼勾搭上了一个还在上中学的古巴小妞。怪不得我那些天约不到你;都是因为这个曼尼,奥斯卡开玩笑地说,但是安娜笑不出来。他们说不上十分钟,曼尼就会呼她,而她得马上回电,向他保证自己没有和别的什么人在一起。有一天,她到奥斯卡家去,脸上青了一块,衬衫也被撕破了,他妈妈说:我可不想家里遇到什么麻烦!

我该怎么办?她一遍又一遍地问,奥斯卡每次都笨手笨脚地抱着她,告诉她说,我说,既然他对你这么坏,你就应该和他一刀两断,可是她却摇着头说,我知道我知道,但我做不到。我爱他。

爱。奥斯卡明白他当时就应该一走了之。他常常自欺欺人地告诉自己,他留下来只是出于冷酷的人类学兴趣,想看看这一切究竟如何收场,但事实却是他根本无法让自己摆脱出来。他已经彻头彻尾、义无反顾地爱上安娜了。以往他对那些自己并不真正了解的女孩儿的感情是无论如何也比不上他此时心中对安娜的这份爱。它的强度堪比一颗倒霉透了的矮星,而他也一次次百分之百地确信有朝一日它会把他逼疯。唯一靠近的是他对书的感情;唯有对他读过和想写的书的感情才靠得更近。

每个多米尼加家庭都有这样的故事,关于狂热的爱情,关于黑鬼如何爱过了头,奥斯卡家自然不能例外。

他那位已经过世的外公,对某件事情(谁也没有确切说过是什么事)太过固执,最终被投入监狱,先是发了疯,后来就死了;他的外婆拉英卡结婚六个月就没了丈夫。她丈夫在圣塞马纳河淹死了,她从此就不曾再嫁,也没有碰过任何男人。我们很快就会相聚了,奥斯卡听见她这样说。

你的妈妈,他的姨妈鲁贝尔卡有一次悄悄地告诉他,遇到爱情的时候简直像疯了一样。她差点就没了命。

而如今这一切似乎轮到奥斯卡了。欢迎回家,有一次他姐姐在梦里说。真正的家。

事情再明显不过,但他又能怎么样呢?无法否认他的感受。他是否已经失眠?是。他是否在关键时刻难以集中注意力?是。他是否不再读安德烈·诺顿①的科幻小说,甚至没兴趣看新出的《守望者》②大结局(真够拙劣)?是。他是否开始借舅舅的车老远地一直开到海岸,停在桑迪胡克(他妈妈还没生病那会儿常带他们去那儿,回来的时候奥斯卡还不见得太胖,后来她再也不去海滩边了)?是。他小时候的那场单相思是否让他消瘦?很不幸,就靠这个可很难做到,而且他一辈子也无法明白原因。洛拉和她的男朋友(绰号"金手套")分手以后她差不多掉了二十磅。这算哪一路的遗传差异?由哪一家的二流上帝传下来的?

不可思议的事情发生了。有一次他过十字路口时突然眼前一黑,晕厥过去,醒来却发现身边聚起了一支橄榄球队。还有一次米格斯要他,打击他创作动漫游戏的志向——情节要错综复杂。奥斯卡一直希望能为幻游无限公司写作,还在考虑把自己的模块换成 PSI World,可米格斯却告诉他,这公司最近倒闭了,于是奥斯卡梦想成为加里·盖里盖克斯③,第二个希望完全化为泡影。我们,米格斯说,看起来那公司好像经营不善,于是——他们认识以来头一次——奥斯卡火冒三丈、一言不发,对准米格斯就是一拳,直打得他的哥们儿嘴角喷血。天哪,阿尔叫道。冷静点!我没想打你,他这样说恐怕没人会信。我不小心的。真他妈该死,米

---

① 美国当代科幻小说家。
② 美国漫画。
③ 美国科幻作家,动漫游戏设计师。

格斯叫道。真他妈该死！有一天晚上，他情绪烦躁透了，安娜打电话来哭诉曼尼最近的胡作非为，他听完之后说，我现在得去趟教堂，就扔下话筒，闯进舅舅的房间（鲁道尔佛不在家，去酒吧了），偷了他的古董弗吉尼亚·德拉贡——那把灭过爱斯基摩人的大名鼎鼎的科尔特.44式左轮手枪，这枪比厄运还沉还丑。枪口朝下，醒目地挂在裤腰前，他就这么跑到曼尼住的房子前几乎站了一整夜。对铝合金栅栏都产生了感情。来吧，臭不要脸的，他心平气和地开口道。我给你介绍个十一岁的漂亮小姐。他一点儿也不在乎自己极有可能会被扔进监狱，不在乎他这样的黑人会在监狱里被鸡奸，也不在乎警察万一逮着他又搜出了他身上那把枪就会把他舅舅以假释期违法的罪名投入监狱。那天晚上他什么都不在乎。他脑子里全空了，完完全全的真空。他看见自己一生的作家前程在眼前闪过；他就写了一部有点意思的小说，讲一个澳大利亚饿鬼如何掠夺一群小镇上的朋友，他再也没机会写出更好的东西了——前途到此为止。美国文学的未来真该拍手庆贺，那天晚上曼尼没回家。

　　这事很难解释清楚。不只是因为他把安娜看作自己获得幸福的最后机会——显然他始终这样认为——还因为和这女孩在一起时的某种感受在他那可怜巴巴的十八年中是绝无仅有的。我永远在等待爱情，他在给姐姐的信中这样写道。有许多次我都觉得爱情永远不会降临到我身上（当他看到《太空堡垒》——在他最喜欢的动漫片中排名第二——中里奇·亨特终于得到丽萨的时候，他就在电视机前蓦地失声痛哭。可别告诉我他们杀了总统，舅舅在后屋叫起来，他正在那里静静地吸着那玩意儿）。我就像是把天堂吞下去了一片，他在信中告诉姐姐说，你想不到那感觉多美。

　　两天以后他忍不住向姐姐坦白了偷枪那件事，姐姐刚从洗衣店回来，一听就跳了起来。她拉他一道跪在她为已故外公设立的祭坛前，以健在的妈妈的名义发誓只要他还有一口气就绝对不做类似的事情。她甚至哭出声来，她简直为他担心死了。

你再不准这么着了，先生。

我知道我知道，他说，但是我不知道怎么控制自己，你懂不懂？

那天晚上他和姐姐都在长沙发上睡着了，姐姐先睡着。洛拉刚刚失恋，那大概是她第十个男朋友，但就连奥斯卡，这时候也知道他们用不了多久就会回头。黎明时分他梦见了他从来不曾有过的那些女朋友，一排一排又一排，就像艾伦·莫尔①《奇人》中奇人多出来的那些身体一样。你能行，她们对他说。

他一下子醒了，浑身冰冷，嗓子眼干得厉害。

他们在埃奇沃特路上的日本商厦八佰伴见了面，这地方是他某一天长途开车穷极无聊时发现的，而如今他觉得这是他们的必到之处，将来都可以跟孩子们提起。这里也是他租动漫录像带、买机械模型的地方。他点了两份咖喱鸡块，然后在宽敞的自助餐厅里坐下，窗外就是曼哈顿全景。

你的乳房真美，他就这么开场了。

迷惑，惊慌。奥斯卡。你这是怎么了？

他望着窗外的曼哈顿西区，那样子就像一个城府很深的黑鬼。然后他向她表白了。

没有惊讶。她的眼神那么柔和，她握住他的一只手，把椅子拖近了些，露出牙齿上一道浅黄的痕迹。奥斯卡，她轻轻地说道，我有男朋友了。

她开车送他回家。到了家门口，他谢过她，就进了屋，往床上

---

① 英国漫画家。

一躺。

六月里他从唐博斯科技校毕业。在毕业典礼上看见他们：妈妈已经开始消瘦（很快癌症就将夺走她的生命），鲁道尔佛乐得要死，只有洛拉气色最好，笑容可掬，满脸喜悦。你真不赖，先生。你可真不赖。他偶然间听说，在帕特森城他们住的那个区里，只有他和奥尔加——倒霉透顶的奥尔加——连一次学校舞会都没有参加过。小子，米格斯开玩笑说，也许你应该约她出去的。

九月里他去罗格斯大学新伯朗士威校区报到，妈妈给了他一百美元和一个吻，那是他五年来的第一个吻，舅舅给了他一盒避孕套：要把它们用完，他关照道，又补充一句：用在女孩儿身上。起先他兴奋极了，独自在大学里，绝对自由，完全自主，他甚至乐观地以为自己会在这几千个年轻人中找到气味相投的人。可惜，没有。那些白人学生看着他的黑皮肤和蓬蓬发，用一种幸灾乐祸似的冷血对付他。而其他种族的学生一听见他开口，一看到他挪动身体，就连连摇头。你不是多米尼加人。他只得一遍又一遍地辩解。不对，我是。我是多米尼加人。多米尼加人是我。学校的舞会一场接着一场，可他毫无斩获，除了受到几个喝醉的白人学生的威胁；课上了十几次，却根本就没有哪个女孩正眼看过他，这样一来，原本的乐观渐渐褪去了，甚至当他还没看清楚自己的处境，他就已经彻彻底底地再次陷入中学时代的窘境：还是处男。他最开心的是看动漫片的时候，比如1988年《阿基拉》上映的时候。真是太悲哀了。他每个星期都要和姐姐在道格拉斯餐厅吃两次饭；她是校园里的"大姐大"了，几乎认识每一个人，不管是什么肤色的，每一次示威、每一次游行都有她一份，但这一切根本不能改变他的处境。他们一起吃饭的时候，她会给他出谋划策，他就默默地点头，然后坐在校园公交车站，眼睛盯着那些俊俏的道格拉斯女孩儿，想不通自己这辈子到底哪儿出了错。他想埋怨书、埋怨科幻小说，但他做不到——他对它们爱得太深。虽说他早先曾发誓要摆脱自己的呆气，可他仍然吃个不停，仍然懒得锻炼，仍然满口虚张声势的词汇。几个学期过去了，他除了姐姐还是没一个伴儿，于是他加入了大学的住校怪人组织，大学住校游戏者协会，这个协会是一个全男生组织，经常在弗里林海森大楼底下的教室里聚会。他原以为大学里会好些，至少能交到几个女孩子，但最初那几年并非如此。

第二章 原始林
（1982—1985）

我们绝对不需要那种改变一切的变化。

这一切是这样开始的：妈妈喊你去浴室。下半辈子你都会记得那一刻你在干吗：正在读《海底沉船》，那群兔子和他们的老婆正拼命往救生艇上冲。你可不想把书扔下，因为明天就得把这书还给弟弟，但妈妈的喊声又来了，嗓门提高了些，骂骂咧咧的，你只得气哼哼地咕哝了一声，来了，夫人。

她站在药品柜的镜子前，上身赤裸着，胸罩垂在腰际，仿佛一张撕裂的船帆，背上的伤疤大海一般无边无际、无法平静。你想继续读那本书，你想假装没听到她喊你，可是来不及了。你的眼睛被她盯着，那双浑浊的大眼睛，你将来也会有。你给我过来，她下了命令。她正皱着眉头看着自己乳房上的什么东西。你妈妈的乳房可真是一对庞然大物。堪称世界奇迹。比这更大的，你只在裸女杂志上或那些不折不扣的胖女人身上才见到过。35DDD，漆黑的乳晕大如茶碟，四周生气勃勃的毛，她有时拔掉有时不拔。这对乳房总叫你难堪，每当和她一起走在大庭广众之下你总能时刻感到它们的存在。除了脸蛋和头发，最令她自豪的就是胸脯。你爸爸爱它们总没个够，她老是这样吹嘘。但事实上他们结婚三年后他就把她甩了，看来他最后还是够了。

你怕和妈妈说话。就听她训斥你。你猜她叫你去就是为了再塞给你一耳朵有关节食的教训。你妈认定如果你多吃点香蕉你立时就能获得她那样出类拔萃而具有毁灭性的第二性征。虽然你已经这么大了，可你除了是她女儿外什么都不是。你十二岁了，已经长得和她一般高，脖子又细又长像只鹦鸟。和她一样，你的眼睛是绿色的（但是更清澈），头发笔直，这使你看上去不像多米尼加人而更像印度人，而你的屁股，男孩子们从五年级开始就对它津津乐道，可它究竟怎么动人了，你至今不得其解。你的肤色也和她一样，也就是说你是黑人。可是，尽管你这样像她，遗传的潮水还是没有涨到你胸前。你的乳房几乎看不出起色；基本上你平得像块板，你觉得她又要叫你别再戴胸罩了，因为那会遏制乳房发育，会阻止它们弹出。你已经下定决心和她斗争到底，因为你要捍卫对胸罩的所有权，就像你要捍卫对自己买来的卫生巾的所有权。

但是，她根本没提多吃香蕉那回事。她拉着你的右手让你抚摸。你妈妈对什么都很粗暴，这次却很轻柔。你没料到她也能轻柔。

你摸到了吗？她的声音还是那样沙哑。

起先你仅仅感觉到她的体温和那团密实的肌肉，如同一块永远膨胀的面包。她拽着你的手指按下去。你们的身体从未如此接近，你只听见自己的呼吸。

你摸到它了，是不是？

她转过脸来看着你。来，孩子，别老看着我，你摸。

于是你闭上眼睛手指用力往下按，这时候你想起海伦·凯勒，想起你小时候多么渴望变成她，甚至要比她更虔诚，就在这时候你蓦地触到了。一个肿块，就在她皮肤下面，坚实而隐蔽，像一个阴谋。就在那一刻，不知怎么，一种感觉、一种预感把你征服，告诉你生活将发生某种变化。你有些眩晕，你感觉血液中有一阵抽动、一阵跳跃、一阵节奏、一阵击打。亮光照彻你全身，如同鱼雷，如同彗星。你不明白自己怎么知道、为何知道这变化，但你明白它的存在毋庸置疑。这真是令人兴奋。你从来就有女巫的手段；就连你妈妈也拿你没奈何。她叫你"利博里奥的女儿"，因为有一次你为姨妈挑选了一组中奖数字，你猜利博里奥是一个亲戚。那时候还没去圣多明各，你也不曾领教过"上帝的伟力"。

我摸到了，你说，嗓门太大了些。对不起。

就这样，一切都变了。冬天还没过完，医生就将把你按过的那只乳房切除了，连同腋下淋巴结。手术让她下半辈子都用不着把手臂举过头顶。她的头发开始脱落，有一天她索性把头发全都拔了下来装进一个塑料袋。你也变了。不是立刻，但的确变了。而那间浴室就是一切变化的开始，你变化的开始。

朋克女孩。我成了崇拜苏克西与女妖乐队[①]的朋克女孩。街区里的波多黎各孩子们一看到我的头发就忍不住大笑，他们管我叫布莱克拉[②]或者黑发女郎，他们不知道到底该说什么好，干脆就叫我魔女。喂，魔鬼女人，喂，喂！鲁贝尔卡姨妈认为我精神有毛病。亲爱的，她边煎馅饼边对我说，恐怕得有人帮你一把。而最夸张的是我妈妈。这是压垮我的最后一根稻草，她尖声叫道。最后、一根、稻草。这根稻草总跟着她。每天早上我下楼来，她已经在厨房里煮咖啡，一边听着 WADO 电台的节目。一看见我还有我的头发，她立刻重燃怒火，就好像睡了一夜她已经忘了我是谁。我妈是帕特森城里数一数二的高个儿，而她的火气同样高得出奇，远远地就能把你钳住，你要是有一点点示弱，就马上完蛋。真是个丑丫头！她满脸厌恶地说着，把剩下的咖啡全泼进了水槽。"丑丫头"就成了我的新代号。说到底什么都是老一套。类似的唠叨话她永远说个没完。不瞒你说，我妈绝不可能得到什么赞许。你可以说她是个不

[①] 英国摇滚乐队。
[②] 美国 20 世纪 70 年代恐怖片。

称职的家长：不是在干活就是在睡觉，但凡一现身，必然就是在打骂。我和奥斯卡小时候，倒不怎么怕黑，也不怕大老妖什么的，反而是怕妈妈怕得要死。她随时随地都会打我们，也不管当着谁的面，总是抄起拖鞋或者皮带就动手，但如今她得了癌症，就再也不能想打就打了。她最后一次揍我是因为我的头发，不过那一回我既没有退缩也没有逃跑，而是把她的手挡开了。这完全是出于本能反应，可既然做了就不可能收回，绝对不可能了，于是我就捏紧拳头，等着她发作，等着她的牙齿来咬我，有一回在帕斯马克她就是那样对付一个女人的。但她只是站在那儿发抖，头上的假发、身上的晨衣都难看极了，胸罩里塞着两块大大的泡沫垫子，假发的焦味尽往我们鼻子里钻。我简直都为她难过起来。你就是这样对待自己的妈妈吗？她哭着叫道。假如可能我愿意当着她的面死给她看，而事实上我只是尖叫着回答她，你就是这样对待自己的女儿吗？

我们母女的关系一年到头都很僵。怎么可能不僵呢？她是我老妈，来自"多米尼加旧世界"，我是她唯一的女儿，她把我拉扯大，全凭一己之力，这就意味着她有义务把我踩在脚底下。我已经十四岁，渴望有一块自己的天地，和她全无关系。我小时候看《蓝色大理石》，就向往他们的那种生活，我因此而开始结交笔友，还把学校的地图册带回家来。那种生活，在帕特森，在我家，在西班牙人中间并不存在。她一病倒，我就知道机会来了，对此我可不想假惺惺地说什么抱歉；我知道机会来了，最后我抓住了这个机会。假如你不是像我那样长大的，你就不可能理解，假如你不理解，那你最好不必发表高论。你不知道妈妈们是怎么控制我们的，即使是那些从来不在孩子身边的妈妈——特别是那些从不在身边的妈妈。所谓做一个完美的多米尼加女儿，说得难听点，就是要做一个完美的多米尼加奴隶。你想不到有这样一个妈妈看着你长大，究竟是什么感觉，无论是对自己的孩子还是对周围的世界，她从来就不说一句肯定的话，总是在怀疑，总是在打击你，把你的梦想捣个粉碎。我的第一个笔友知子写来了三封信之后就杳无音信，她就开始嘲笑我：你以为会有人不要命地给你写信吗？听了这话我当然大哭起来。我那时才八岁，可我已经盼着知子一家会收养我。妈妈当然很清楚我的这些念头，于是乐不可支。换了我，也不会给你写信的，她说。她就是那种妈妈：老让你怀疑自己，你如果听任她摆布就全完了。不过我也不想装模作样。有很长一段时间，我就随她说我，而更糟糕的是，有很长一段时间，我竟然对她的话深信不疑。我是个丑八怪，我一文不值，我是个蠢货。从两岁到十三岁我一直相信她的话，我相信她，所以我很乖。我做饭、打扫卫生、洗衣服、买杂货、写信给银行解释延迟缴付房款的原因、做翻译。我是班上的尖子生。我从来不惹麻烦，甚至那些拉丁裔孩子拿着剪刀跟踪我，就因为我的头发太直，我也从来不惹麻烦。她出去干活的时候，我就待在家里，管好奥斯卡的三餐，管好家里的一切。我照顾他又要照顾我自己。都是我一个人做的。你是我的好女儿，她说，这些都是你应该做的。我八岁那年出了那件事，最后我到底告诉了她那个人都干了些什么，她让我闭上嘴不要再哭了，我就照她说的做了，我闭上嘴夹紧双腿，管住脑子也不去想那事，所以不到一年我就忘了那个邻居的样子，连他的名字都说不上来了。你就知道发牢骚，她对我说。是的，太太。但你根本不知道生活到底是什么。六年级的时候她答应我可以去参加贝尔山露营，我就用送报纸挣来的路费买了个背包，还给鲍比·桑托斯留了个纸条，因为他说好要冲到我的木屋里当着所有人的面亲我，可就在出发的那天早晨她却说我不能去了，我说你答应我的。她说，傻丫头，我什么也没答应过你。我没有把背包扔到她脸上也没有瞪眼睛。后来亲鲍比·桑托斯的人成了劳拉·塞恩斯，而不是我，我也什么都没说。我只是抱着玩具熊躺在房里默默地哼着歌，想着长大以后该逃到哪里去。也许到日本，去找知子，或者去奥地利，我的歌声能让人们重拍一部《音乐之声》。从那时候起我最喜欢看的书全是关于逃跑的。《海底沉船》《神奇的旅程》①《我这边的山》②，后来邦·乔维乐队出了那首《逃跑》，我觉得他们唱的就是我。根本没有人知道这些。我在学校里个子最高、样子最傻，每年万圣节都会化装成"神奇女郎"③，从来都沉默寡言。大家看着我戴着眼镜穿着别人穿剩的旧衣服，简直想象不出我究竟能干些什么。再后来我十二岁的时候我妈病了，我有了那种可怕的女巫似的感觉，而且心底总有一股子野性，我拼命想把这股野性压下去，就不停地做家务、做功课，还打定主意有朝一日进了大学就能随心所欲了，可结果它还是爆发了。我忍不住。我竭力想把它压住，但它还是不由分说地淹没了我所有的宁静。与其说它是一种感觉，不如说是一个信息，是丧钟：你要改变，改变，改变。

它不是一夜之间发生的。没错，那股子野性就藏在我心底里，就是它叫我整天心跳加速，我在大街上走的时候就是它绕着我舞蹈，每当那些男孩子直勾勾盯着我的时候就是它让我也直直地看着他们，就是它把我的大笑从咳嗽变成了一场久久不退的高烧，但我依然害怕。我怎么能够不害怕？我是我妈妈的女儿。她对我的爱远远比不上她对我的控制。后来有一天我和卡伦·塞皮达一起步行回家，当时她和我还算要好。卡伦动起粗来可真有一套；她的头发乱蓬蓬的跟罗伯特·史密斯④一样，穿了一身黑，没有血色像个鬼。在帕特森跟她一起走，差不多就像是跟个长胡子的女人一起走。每个人都会对你侧目，这才真叫可怕，而我想，这恰恰是我要这么做

---

① 加拿大作家希拉·伯恩福特的儿童文学作品。
② 美国作家琼·克拉伊盖德·乔治的小说。
③ 漫画人物。
④ 英国歌手。

的原因。

我们就沿着梅因街走,每个人都盯我们一眼,突然我心血来潮地说,卡伦,我要你给我剪头发。这话一出口,我就意识到了,那种藏在血液里的感觉,那种骚动,再次把我紧紧抓住。卡伦眉毛一扬:你妈会怎么说?你瞧,不单单是我,每个人都怕德莱昂家的贝莉西亚。

叫她滚蛋,我骂道。

卡伦看我的眼神就像我在犯傻——我从来不说粗话,但又有什么东西马上要改变了。第二天我们反锁在她家的浴室里,楼下她爸爸和叔叔正在为一场足球赛怒吼。说吧,你想怎么剪?她问道。我久久凝视着镜子里的那个女孩。我只有一个心思:再也不想见到她了。我把推子放进卡伦手里,一拨开关,握住她的手推起来,最后剃了个精光。

现在你可真成了朋克了?卡伦犹犹豫豫地问。

是,我回答。

第二天妈妈扔给我一顶假发。你戴上这个。每天都得戴。哪天我看见你没戴我就宰了你!

我一声不吭。我拿起假发就放到炉子上。

住手,她骂道,炉子点燃了。你敢——

砰的一道火光,像煤气,像愚蠢的希望,要不是我立刻把它扔进水槽,它就要烧坏我的手了。难闻的焦味,就像伊丽莎白市那些化工厂散发出的气味。

这时候她扇了我一记耳光,我挡开她的手,她猛地缩回去,仿佛我是一团火。

每个人都理所当然地当我是最不孝顺的女儿。姨妈和邻居们都不停地劝我,姑娘,她毕竟是你妈妈,她就要死了,但我就是不听。就在我抓住她手的当口,一扇门打开了。可我根本就不打算背转身去躲开。

但是,天哪!我们居然打得不可开交!不管有没有生病,不管是不是快死了,我妈妈都不会轻易倒下。她绝不是胆小鬼。我见过她扇大男人的耳光,把白人警官推倒在地,还痛骂过成伙的流氓。她一个人把我和弟弟抚养大;她曾经兼三份工直至终于把我们现在住的房子买下来,被我爸爸遗弃后,她艰难地挺了过来;她单枪匹马从圣多明各来到这里,她说她年轻的时候被打过、被烧过、被扔在一边等死。她不可能轻易放过我,非杀了我才算完。废物,她骂我,你还真以为你是个人物,其实你屁都不是。她拼命找我茬,就指望看到我像以往那样哭成泪人,可我偏不,我不愿意。我有这样一种感觉,我的生活正在另一头等着我,想到这个我就什么都不怕了。她把我收藏的史密斯乐队还有仁慈姐妹乐队的海报全给扔了——我这儿不要同性恋——我就立刻把新的海报买回来。她威胁说要把我的新衣服全给撕了,我就把衣服藏到学校更衣柜里或者放在卡伦家。她命令我辞掉希腊餐馆的工作,我就向老板解释说我妈妈因为化疗的缘故脾气变得很怪,后来她打电话跟老板说我不能再在餐馆工作了,老板就直接把话筒转给我,满脸尴尬地朝顾客瞪眼睛。她换了家里的锁不让我进门——我开始很晚回家,常去公众活动中心玩儿,因为我尽管只有十四岁但看上去足有二十五——我就去敲奥斯卡房间的窗,他就会战战兢兢地放我进屋,因为第二天妈妈会满屋子乱转,一边尖叫,到底是谁让那个臭婊子进屋的?谁?是谁?奥斯卡就坐在早餐桌前,结结巴巴地说,我不知道,妈咪,我不知道。

她的暴怒充斥了整幢房子,仿佛污浊的浓烟,侵入一切,侵入我们的头发、我们的食物,就像我们在学校里学到的那种放射性坠尘有朝一日会像融雪一般降临。弟弟简直不知道该怎么办。他躲在自己的房间里,偶尔胆怯地问我到底出什么事了。没什么。你告诉我吧,洛拉,他说,而我只能笑笑。你该减肥了,我告诉他说。

在最后的那几个星期,我明白再也不能走近妈妈了。通常她只是斜着眼看我,有时候却会一声不响就卡住我的喉咙不放,最后我不得不把她的手指掰开。她懒得跟我废话,除非是威胁要杀我。等你长大了,你会在一个最最想不到的时候碰到我,就在一条漆黑的胡同里,然后我就把你给杀了,没人会想到凶手就是我!说这番话的时候她真是一副幸灾乐祸的口气。

你准是疯了,我对她说。

不准你骂我疯,她说着,一屁股坐下来,喘着粗气。

情形就是那么糟,但没人知道还会发生什么。其实你只要想一想就明白了。

我时时刻刻都在发誓总有一天我要一走了之。

有一天我真的走了。

我逃走了,仿佛是为了一个男孩。

你要我怎么形容呢?他和其他男孩没什么两样:漂亮、幼稚,昆虫似的静不下来。有一天晚上我在公众活动中心遇到了他,一个生了两条毛茸茸长腿的"白人"。

他叫奥尔多。

他十九岁,和七十四岁的爸爸住在泽西海岸。在他停在大学里的奥兹莫比尔车后座上,我撩起皮裙,褪下网眼丝袜,车里净是我的气息。这是我们第一次约会。大学二年级的那个春天,我们写信,至少每天通一次电话。我甚至还和卡伦一起开车去原始林看他(她有驾照,我没有)。他就住在海滨步行道附近,也在那儿工作,和另外两个小子一起开碰碰车,三个人里就他没有文身。你应该留下来,那天晚上我们一起在海滩上散步,卡伦走在我们前面,他这样对我说。那我住在哪儿呢？我问他，他微微一笑。和我住。别胡扯，我说道，但他眺望着汹涌的波涛。我要你来，他认真地说。

他说了三次。我数过，我记得。

那年夏天，我弟弟宣布他将毕生致力于设计动漫游戏，妈妈很想再兼一份工，手术后她还没有做过兼职。事情很不顺利。她总是筋疲力尽地回到家里，没有我帮忙，所有的家务活都没人做。有时候鲁贝尔卡姨妈会在周末过来帮忙做饭、洗衣服，外加教训我和弟弟，但她还得管自己家的事，所以大部分时间就我们自个儿在家。你来吧，他打电话来说。到了八月，卡伦去了宾州的滑石大学。她一年前就中学毕业了。她走之前说，我很快就不用再看到帕特森了。九月份的时候，开学不过两星期，我就逃了六次课。我就是再也不能读书了。内心的某种东西在阻止我。当时我在读《源头》①，把自己想象成多米尼克，把奥尔多想象成罗克，但这没用。我很清楚我可能永远都不会改变，总是害怕行动，但是最后我们一直在等待的事情还是发生了。一天吃晚饭的时候，妈妈平静地宣布：你们俩都给我听好了，医生又要给我做检查了。

奥斯卡好像快要哭出来了。他垂下头。我的反应呢？我看着她，说请把盐递给我好吗？

这些天她动不动就掴我耳光，我都没有怨恨，那时候我正是想要这个。我们都跳起来，桌子翻了，汤泼了一地，奥斯卡就站在角落里吼：住嘴，住嘴，住嘴！

婊子养的杂种，她尖叫着。我说的是：我就希望这要了你的命。

那些天，家里成了战场，到了星期五，她叫我别待在自己的房间里，让我坐在她旁边的沙发上和她一起看电视。她在等待输血功

---

① 美国作家艾茵·兰德的小说。

能恢复,但你或许根本想不到她正生命垂危。她看电视的那股子劲头就好像电视是唯一重要的东西,每次看到电视里某个角色干了什么见不得人的勾当她就忍不住挥动胳膊。得有人出来阻止她!他们难道没看见那个婊子想干什么吗?

我恨你,我心平气和地说道,但她根本没听见。去给我倒杯水来,她吩咐道,水里放一块冰。

这是我为她做的最后一件事。第二天早晨我上了开往泽西海岸的公共汽车。一个背包,两百美元零用钱,鲁道尔佛舅舅的旧刀。我害怕极了,情不自禁地颤抖。一路上我都盼着天空裂开来,妈妈从空中伸出手来摇我。但什么都没有发生。只有通道对面的一个男人在注意我。你真漂亮,他说,很像我以前认识的一个女孩。

我连便条都没有留给他们。可见我有多恨他们,多恨她。

那天晚上我们躺在奥尔多那间又闷又热、猫砂遍地的屋子里,我对他说:我要你干我。

他动手解开我的裤子。真的吗?

真的,我严肃地说。

他的鸡巴又细又长,让我痛得要命,但我只是不住地说,噢,好极了,奥尔多,好极了,因为我以为应该说这个,当你把"童贞"交给自以为爱的那个男孩的时候。

这也许是我做过的最蠢的事了。我很痛苦,而且无聊。我当然不会承认。我是逃出来的,所以我很开心!开心极了!奥尔多三番两次地要我跟他住,可他从来没有提到他爸爸恨他,就像我恨我妈。奥尔多老爸爸参加过第二次世界大战,他对"日本佬"恨之入骨,因为他们杀了他那么多朋友。我爸爸真是讨厌死了,奥尔多说。他从来没有离开过迪克斯堡。我和他们住在一起的那么些时间,他爸爸跟我说过的话不会超过四句。这老头太吝啬了,甚至把冰箱都上了锁。不许碰它,他警告我。我们连冰块也不准拿。奥尔多父子住在那种租金最便宜的小平房里,我和奥尔多睡的那间屋子是他爸爸为他养的两只猫放猫砂用的,每天晚上我们就把猫砂搬到走廊上,但他总是比我们醒得早,又把猫砂搬回屋里——我叫你们别碰我的东西。这事你想起来都会觉得滑稽。可当时却一点也不滑稽。我找了份工作,在海滨步行道上卖炸薯条,我闻不出滚油和猫尿的味道有什么两样。不上班的时候我就和奥尔多喝酒,或者穿着一身黑坐在沙滩上写日记,我可以肯定这本日记将为乌托邦社会奠定基础,在我们把自己吹进放射性猫粮之后。有时候其他男孩会走到我跟前,冷不丁问我几句,比如,谁他妈的死了?你头发是怎么回事?他们会在我身边坐下。你很好看,你应该穿比基尼。是吗,那样你就能强奸我了?天哪,有一个男孩就从沙地上跳起来,你到底哪儿出问题了?

我真不知道自己是怎么坚持到这一天的。十月初我被那家炸薯条店解雇了;那时候海滨步行道上的店几乎都已经关门停业,我无事可干,只好经常去公共图书馆消磨时间,那个图书馆甚至比我中学的图书馆还要小得多。奥尔多开始跟他爸爸一道在车库干活,两个人越来越讨厌对方,进而也越来越讨厌我。干完活回到家,他们就一边喝着喜力啤酒一边骂费城棒球队。我看我该感到很幸运了,毕竟他们没有打算轮奸我以消除彼此间的隔阂。我尽可能躲在外面,等待着感觉再次降临,来告诉我下一步该怎么办,但我麻木了一般,脑子空空如也,没有任何想法。我不由得想,这也许就跟书上说的一样,一旦我失去了童贞我也就失去了力量。从那以后我恨死奥尔多了。你这个酒鬼,我骂他,笨蛋。那又怎么样,他反击,你的阴道臭死了。那就滚!我才不会碰呢!但是当然我很开心!开心极了!我一直盼着能在海滨步行道上看见家里人贴的寻人启事,看见我妈妈,那个一眼就能看见的又高又黑又丰满的家伙,看见奥斯卡,胖乎乎的像个棕色圆球,还有鲁贝尔卡姨妈,说不定都能看见舅舅,假如他们能够延长他不沾海洛因的时间,可是我所看到的类似启事,最多是有人贴出来找猫的。白人就这德性。他们丢了一只猫,会贴一份详细告示,而我们多米尼加人呢,我们跑了个女儿都不会取消沙龙约会。

到了十一月我实在混不下去了。我就那么和奥尔多还有他那个讨人厌的爸爸干坐着,电视里放着老片子,都是些我和弟弟小时候常看的情景喜剧,什么《三人行》啦,《出了啥事儿》啦,《杰斐逊一家》啦,而失望就在折磨着我的某个柔软脆弱的器官。天气也渐渐转冷,风径直穿进小屋,钻到毛毯里,跳到淋浴龙头下面。真是可怕。我的眼前经常莫名其妙地浮现出弟弟自己做饭的情景。别问我为什么。在家里都是我做饭的,奥斯卡只知道怎样烤奶酪。我觉得他已经瘦得像根芦苇了,可怜巴巴地在厨房里团团转,打开橱柜找东西。我甚至开始梦见我妈妈,只不过她在我的梦里是个小姑娘,非常非常小,我都能把她握在手掌里,她总是有什么事情想告诉我。我就那么把她放到耳朵边上,但我还是什么也听不见。

我总是讨厌这种平淡无奇的梦。现在还讨厌。

接下来,奥尔多想讨人喜欢了。我知道他对我们的关系不满意,不过要不是一天晚上他招来了一群朋友,我始终不知道我们的关系究竟有多糟糕。那天他爸爸去大西洋城了,他们一群人一直在喝酒、抽烟、讲些愚蠢的笑话。突然奥尔多开口问:你们知道庞蒂克是什么意思吗?就是"没钱的老黑鬼当它是辆凯迪拉克"。[1]他嘴里说着笑话,眼睛盯着谁看?他直直地就盯着我看。

那天夜里他想要我,但我把他的手推开了。别碰我。

---

[1] 庞蒂克(Pontiac)是"没钱的老黑鬼当它是辆凯迪拉克"(Poor Old Nigger Thinks It's A Cadillac)的缩写。

别难过,他说着,抓住我的手放在他那活儿上。它翘得老高。
接着他放声大笑。

你猜我几天后做了件什么愚事?我打电话回家了。第一次打过去没人接。第二次打过去奥斯卡接了。德莱昂府,请问您需要我如何转接?我弟弟就这德性。所以人人都讨厌他。

是我,笨蛋。

洛拉。他的口气那么平静,可接着我听出来他在哭。你到底上哪儿去了?

你没必要知道。我换了一边听,尽量让自己的声音听上去满不在乎似的。你们都好吗?

洛拉,妈咪真会杀了你的。

笨蛋,你就不能小声点?妈咪不在家?

她在上班。

奇怪,我说道,妈咪在上班。最后一天最后一小时最后一分钟,我妈妈居然还在上班。就算是导弹上了天,她还是会在上班。

我猜我肯定是想死他了,要么就是我一心想见见某个熟悉我的人,要么就是我的常识已经全让猫尿给毁了,反正我竟然告诉他一家海滨步行道上的咖啡馆地址,让他带些衣服和书来给我。

再带些钱来。

他犹豫了一下。我不知道妈咪把钱藏哪儿了。

你知道的,先生。带来就是了。

要多少?他怯怯地问。

全带上。

那太多了,洛拉。

你只管带钱来就是了,奥斯卡。

行,行。他深深地吸了口气。你至少得告诉我你现在好不好啊。

我还好,我说,就在这时,我差点哭出来。我沉默了一会儿,终于能重新开口了,我就问他会怎样过来而不让母亲发现。

你应该了解我,他轻轻地说。我是有点傻,但我是个有办法的傻子。

我早就该知道不能相信一个看《布朗百科全书》长大的人。可我当时根本没有仔细想;我真是太想见他了。

这时候我有了个计划。我要说服弟弟和我一起出走。我计划去都柏林。我在海滨步行道遇到过一帮爱尔兰人,他们建议我去他们的国家。我将成为 U2 乐队的伴唱歌手,博诺和鼓手拉里马伦都会爱上我,而奥斯卡将成为多米尼加的詹姆斯·乔伊斯。我真心认为这一切都会实现。我当时就是这样自欺欺人。

第二天我穿戴一新地走进咖啡馆,他已经到了,带了个背包。奥斯卡,我笑起来,你可真叫胖啊!

是的,他羞答答地说。我真是为你担心。

我们拥抱了差不多有一个小时,他突然哭了起来。洛拉,对不起。

没什么,我说,可就在这时我一抬头,看见妈妈、鲁贝尔卡姨妈,还有舅舅走进了咖啡馆。

奥斯卡!我叫起来,但太晚了。妈妈已经一把抓住了我。她看上去又瘦又疲惫,简直像个巫婆,但她把我抓得那么牢,仿佛我是她最后一个子儿。她红色的假发下那双绿眼睛都能喷出火。我瞥了她一眼,发现她来这儿之前特地打扮过了。她向来这样。你这个捣蛋鬼,她尖叫着。我把她拖出了咖啡馆,当她抽回手要打我耳光的时候,我挣脱了。我拼命跑。我感觉她就在我身后趴倒在地,重重地磕到了路边,但我没有回头看。没有——我一个劲儿地跑。上小学的时候,每一次体育比赛日我都是年级里跑得最快的女孩,把所有的勋章都带回家;人家都说不公平,因为我个子很高,但我不管那些。只要我愿意，我甚至能打败男孩子，所以不管重病的妈妈、狼狈的舅舅，还是肥仔弟弟，他们都别想抓住我。我要撒开长腿尽情地跑。我要沿着海滨步行道，跑过奥尔多家那个可怜巴巴的房子，跑出原始林，跑出新泽西，永不停歇。我要飞。

这么说吧，事情本来应该是这样的。可我还是回头看了一眼。我忍不住不看。我可不是没看过《圣经》，没听说过盐柱的故事，但如果你是做女儿的，如果你是你妈无依无靠一手拉扯大的，那么有些习惯就很难改变。我只不过想看看我妈妈有没有摔断胳膊摔破头。我是说，怎么会有哪个笨蛋愿意失手害了自己的妈呢？仅仅是出于这个理由我才回头瞥了一眼。只见她倒在地上，假发滚在一边，她怎么也够不到，她那颗光脑袋就那么可怜巴巴地暴露在光天化日之下，像什么见不得人的隐私。她喃喃地叫着，仿佛一头迷途的小牛，孩子，孩子啊。而我呢，却在那儿一心想着跑向自己的未来。此时此刻，我多么需要那种感觉来引领我，但它却无迹可寻。只有我孤零零的一个。我连卵巢都没了。她趴在地上，光秃秃的像个婴儿，大声痛哭，或许只能再活上一个月，而我就在这儿，我是她的女儿，唯一的女儿。我还能怎么样，只好往回走。可是正当我走到她面前弯下身子扶她的时候，她突然双手把我紧紧掐住。我这才看清楚她根本就没有哭。她一直在装！她微笑着，像头狮子。

可抓住你了，她说着，得意扬扬地一跃而起。抓住你了。

我就这么着回到了圣多明各。我猜妈妈以为，在一个谁也不认识的小岛上，我很难逃走，应该说她是对的。我到这里已经六个月了，这些天来我一直试图达观地面对这一切。起初我可不是这样，但最后不得不听其自然了。这就像拿鸡蛋去撞石头，外婆说。不可能赢。实际上我已经回学校了，虽然并没有想好什么时候回帕特森，但这样我就有事情做，不会再找麻烦，有同龄人做伴。你不能成天和我们这些老家伙待在一起，外婆说。我对学校有种说不清道不明的感觉。一方面，我的西班牙语大有长进。这个某某学院是一所私立学校，一心向卡罗尔·摩根[1]看齐，学校里尽是些"妈妈爸爸的好孩子"——卡罗斯·莫亚舅舅如此评价。还有就是我自己的原因。如果你觉得在帕特森做小混混太难，那就不如回多米尼加找一所这样的私立学校做一个多裔美国人。你一辈子都不可能碰到更讨厌的女孩了。她们交头接耳，对我议论个没完。换了别人怕是要精神失常了，但原始林事件之后我再也没那么敏感了。我不让自己受到影响。你猜最最讽刺的事情是什么？我参加了学校田径队。我有个朋友叫罗西奥，从罗斯密纳来，拿奖学金的学生，她对我说只要一看我的腿长就知道我能在田径队里立足。所以我就参加了。这两条腿就是冠军相，她这样预测。我看，她肯定知道一些我不知道的情况，因为我现在是我们学校四百米及其以下短跑的佼佼者。我永远也不会料到自己居然擅长这么一件简单的事情。卡伦一定会昏过去的，如果她看见我放学后在练习短跑冲刺，科尔特斯教练冲我们大喊，先是用西班牙语，再用加泰罗尼亚语。呼吸，呼吸，注意呼吸！我身上一丁点儿脂肪都没有了，腿上的肌肉让每个人甚至我自己都叹为观止。只要我穿短裤，就必然会引起交通堵塞。有一天外婆不留神把我们都锁在了门外，她很沮丧地看着我，说，孩子，你就把门踢开得了。这句话把我们俩都逗得乐不可支。

　　最近几个月发生了那么多的变化，在我头脑里，在我心里。罗西奥把我打扮成"真正的多米尼加女孩"。她为我梳头，帮我化妆，有时候我照照镜子，简直都不认识自己究竟是谁了。不是说我不高

---

[1] 圣多明各的一所贵族学校。

兴或是什么的。即便我能找到热气球直接飞到 U2 乐队那儿，我也不敢肯定我愿意那样做了（虽然我还是不肯搭理那个叛徒弟弟）。事实上我甚至想在这里再待上一年。外婆不希望我走——我会想你的，她的话就是那么直那么真诚，我妈妈则说我可以继续住下去，如果我愿意，但也欢迎我回家。鲁贝尔卡姨妈告诉我说妈妈过得很艰难，她又在做两份工作了。他们给我寄了张全家福，外婆给镶上了镜框，我一看着他们就忍不住泪眼模糊。照片里妈妈没有戴假发；她看上去瘦得都让我认不出来了。

你就记住我会为你死的，我们最后一次通电话的时候她就这样跟我说。我还没来得及说什么，她就把电话挂了。

但这并不是我想要告诉你的。我想告诉你的是那种疯狂的感觉，这种感觉引起这一切的混乱，女巫的感觉在我骨髓里歌唱，将我牢牢抓住，就像鲜血抓住了棉花。这种感觉告诉我生活中的一切将统统改变。它再次降临。那天我从所有那些梦中醒来，它就出现了，在我身体里跳动。我想这感觉就仿佛肚子里怀了一个孩子。开始我很害怕，因为我觉得它是在怂恿我再次逃走，可当我环顾我们的家，当我看见外婆，这种感觉就会更加强烈，所以我知道这次的感觉和以前不同。那时我有个男朋友，一个很讨人喜欢的拉丁裔小子，名叫马克斯·桑切斯，是我去罗斯密纳看望罗西奥时认识的。他个头不高，但是笑起来很甜，穿着也时髦，这就弥补了不少。既然我从纽约来，他就老说他将来会如何如何发达，我尽量向他解释说我才不在乎这个，他就盯着我，那神气仿佛我疯了。我要买一辆白色的奔驰，他说。你真行。而其实我最喜欢的是他的工作，那也是我和他开始交往的起因。在圣多明各经常是两三家电影院轮流放映同一部电影的一套胶片，所以每当第一家电影院放完第一盘胶片，他们会把胶片交给马克斯，他就骑着摩托车飞一般送到第二家电影院，再折回来等着送第二盘胶片，如此这般。如果他耽搁了或者出了什么意外，第一盘胶片放完了，第二盘却接不上，电影院里的观众就会扔瓶子啦。到目前为止他还算运气不错，这么说着他吻了吻自己的圣米格尔奖章。全是因为我，他夸口道，一部电影变成了三部。就是我让电影完整的。用我外婆的话来说，马克斯并不是出身于"上等阶层"，所以如果学校里那些自命不凡的傻妞看见我们在一起，她们会气得要死，但我就是喜欢他。他为我开门，他叫我小乖乖；有时候胆子大了，他会温柔地抚摸我的手臂，又缩回手去。

不管怎么说，我想我对马克斯是有感觉的，所以有一天我就让他带我去了一家情人旅馆。他太兴奋了，差点从床上跌下来，他一上来就要看我屁股。我没想到我的大屁股这么有魅力，但他吻它，四遍、五遍，喘着粗气，弄得我直起鸡皮疙瘩，还声称它是珍宝。我们完事之后，他在浴室里洗澡，我光着身子站在镜子前，生平第一次看自己的屁股。珍宝，我也说了一遍。珍宝。

是吗？回到学校，罗西奥问我。我飞快地点点头，她一把抓住我放声大笑，那些讨厌的女孩子全都转过脸来看我们，但她们又能怎么样？开心，这心情一来，圣多明各所有的笨蛋女孩加在一起也敌不过。

但我还是有些糊涂。因为这感觉，这感觉使我无法入睡，不给我一丝一毫的平静，它只是越来越强烈。我开始输掉比赛，以前从来没有过。

你也没什么了不起的，是吧，美国佬，其他田径队的女孩们嘘我，而我只能垂下头。科尔特斯教练也非常不高兴，他把自己反锁在车子里，一句话也不跟我们说。

这些事情都快把我逼疯了，后来有一天晚上我和马克斯出去，然后回家。他带着我沿海滨大道散步——他那点钱从来不够做其他事情——我们看见蝙蝠在棕榈树顶环绕飞翔，一艘旧船正驶向远方。我舒展着腿部肌肉，而他缓缓地说起想移居美国。回到家，外婆正坐在起居室的桌子旁等我。她一直穿黑色，为的是哀悼年轻时失去的丈夫，尽管如此，她仍是我见过的最端正的女子。我们俩都有一条粗糙的、霹雳似的发路，第一次在机场见到她时我还不愿意承认这一点，但我知道我们会相安无事。她站在那儿，孤芳自赏似的，一看到我，她就说，孩子，从你离开这里那天起，我就一直在等你啊。接着她抱住我亲了亲，说，我是你的外婆，不过你可以叫我拉英卡。

那天晚上我站在她对面，她的发路像一道裂缝，让我心中涌起一股柔情。我拥住她，这时我发现她正在看老照片。老照片，我在自己家里从来没有见过的一些照片。我妈妈年轻时的照片，其他人的照片。我捡起其中一张。妈咪正站在一家中国餐馆前。就算是穿着围裙，她看上去还是很有气度，好像马上就要变成大人物似的。

她很好看，我随口说道。

外婆哼了一声。我才叫好看。你妈是女神。但她太固执。她像你这么大的时候，我们就一直合不来。

这我不知道，我说。

她是固执，我嘛，我是苛刻。不过结果倒是好得很，她叹了口气。我们有了你和你弟弟，从之前发生的事情来看，这样的结果比我们指望的要好得多。她挑出一张照片。这是你妈妈的父亲，她把照片递给我。他是我的表哥，后来——

她想再说点什么，但她沉默了。

就在这一刻，飓风般的感觉猛然袭来。那种感觉。我站直了身子，就像妈妈总是要求我的那样。外婆坐在那里，凄楚地搜寻着恰当的词，我屏住呼吸，一动也不敢动。这感觉就好像是赛跑的最后那几秒钟，我觉得自己就要爆炸了。她想说点什么，我等着倾听她将告诉我的一切。我等着一切开始。

第三章　贝莉西亚·卡布莱尔的三段伤心史
（1955—1962）

　　　　　　　瞧这位公主

　　在美国故事开始之前，在梦境般的帕特森在奥斯卡和洛拉前面展开之前，甚至在流放我们的小岛响起号角之前，出现的是他们的妈妈希帕蒂亚·贝莉西亚·卡布莱尔：
　　身材高得你看她就会腿骨痛。
　　皮肤黑得好像造物女神在创造她时走了眼，和她即将出世的女儿一样，她将宣泄一种泽西独有的不安——对远方难以遏制的渴望。

　　　　　　　海　　底

　　那时候她住在巴尼。可不是现如今这个疯狂的巴尼，全仗着那些从波士顿、普罗维登斯、新罕布什尔源源拥入的美籍多米尼加人来支撑。那是往昔的巴尼，优美、可人、毕恭毕敬。这个城市，谁都知道它排斥黑人，不过，唉，我们这故事中肤色最黑的人物却恰恰住在这里。在中心广场附近的一条大街上。在如今已无迹可循的一座屋子里。贝莉和把她当女儿的姑妈就住在这里，日子即使说不上称心如意，至少也算宁静。从1951年起，这"孩子"、这"妈妈"就在中心广场附近经营着她们那家小有名气的面包店,还把那座不通风的破屋子收拾得井井有条(1951年之前,我们这位孤儿和另一户收养她的人家住在一起,假如传说可信的话,这家人都是些怪物,那段日子真叫暗无天日,她和"妈妈"从来不肯提到它。那是她们的空白一页)。

真是一段好时光。拉英卡一边和贝莉一道揉搓着面团,一边向她讲述她们家的辉煌历史(你的父亲!你的妈妈!你的姐妹!你家的房子!),有时候她们都沉默着,只听见卡罗斯·莫亚收音机发出的声音,以及黄油涂抹在贝莉伤痕累累的脊背上的声音。芒果的时节,面包的时节。虽说那时候没能保存下多少照片,但是不难想象她们拍照的样子——并排站在洛斯佩斯卡多雷斯洁净的家门前。算不得动人,因为她们本不是那个样子。如果说大人物的规矩结实得非用喷灯才能切开,那么小人物的防备则森严得像米纳斯提利斯城①,非用整支魔多②军队才能攻克。她们过着"南方好人"式的生活。每礼拜上两次教堂,每礼拜五去巴尼中央公园散步,在令人留恋的特鲁希略时期,中央公园里根本见不到拦路抢劫的小子,优雅的乐队却随处都是。她们挤在同一张软塌塌的床上,每天早晨,拉英卡四处摸索着找拖鞋,贝莉打着寒战跑到屋子门前;拉英卡煮起咖啡,贝莉斜倚着栅栏发呆。看什么呢?看邻居?看尘土飞扬?看这个世界?

孩子,拉英卡叫起来。孩子,快过来!

叫了四五次仍不见答应,拉英卡只好自己走过去,这时候贝莉才会过来。

你用得着这么大声喊吗?贝莉不明白,有些恼火。

拉英卡把她推回屋:听听这姑娘说的!还真以为自己是个人

---

① 魔幻小说《指环王》中的要塞。
② 魔王索伦的领地。

物了!

贝莉显然是这样的人物:内心如欧雅[①],永远在旋转,对宁静感冒。要是别的第三世界女孩能过上她那样的幸福生活,肯定要对天神感激不尽了:毕竟,她有个好妈妈,从来不打她,宠她(不知是出于内疚还是天性如此),给她买时髦衣服,还付她面包房的工资,没错,是微不足道,但是别的孩子处在她的情况,百分之九十九的人没她赚得多,他们根本没报酬。我们这位大姑娘却做到了,但她心里并没有觉得怎么样。由于某种她说不清道不明的原因,在我们说到的这个时候,贝莉再也受不了面包房的工作,也不能忍受继续做"巴尼最正直的女人"的"女儿"了。她受不了了,就这么回事。现实生活的一切都叫她厌烦;她一心一意要过另一种生活。她不记得这种不满从什么时候起占领了她的心,后来她告诉自己的女儿这情绪跟了她一辈子,但谁又能说清事实是否果真如此?她从来说不清楚自己到底想要些什么:属于她的美妙生活,没错;相貌堂堂、腰缠万贯的丈夫,没错;漂亮的孩子,没错;女人的好身材,绝对。如果必须清清楚楚地说出来,那么我认为她最想要的,从她整个失落的童年起就一直想要的,就是:逃跑。从哪儿逃跑,眼前就能随口举出:从面包房,从学校,从乏味透顶的巴尼,还有和妈妈睡一张床,没钱买看中的衣服,十五岁前不准拉直头发,还有拉英卡为她设想的难以实现的将来,亲生父母在她一岁时去世的事实,特鲁希略谋杀她父母的传言,她沦为孤儿最初几年的生活,那时候留给她的可怕伤痕,以及连她自己都憎恨的黑皮肤。但如果要问她究竟想逃到哪里,她却怎么也说不上来。她本该是公主,至于是来自要塞巨堡,还是来自父母留下的深宅大院(辉煌的哈特维府邸,奇迹般地逃脱了特鲁希略的"欧米伽效应"而物

[①] 拉丁美洲神话中掌管风的女神。

归原主），我看这都无所谓。她本该逃跑了。

每天早晨都一成不变：希帕蒂亚·贝莉西亚·卡布莱尔，过来！

你过来，贝莉咕哝了一声。你来。

几乎每个处于青春期、想逃跑的孩子，几乎这整整一代人，都有一些懵懂的愿望，贝莉也不例外，但是我倒要问你：那又怎么样？再多的一厢情愿，也改变不了冷酷的现实：她是一个小姑娘，生活在多米尼加共和国，在比最独裁的独裁者更独裁的拉斐尔·列奥尼德斯·特鲁希略·莫利纳的统治之下。这样的国家，这样的社会，要想逃跑，万万不可能。那是安的列斯群岛中的阿尔卡特拉斯岛。在那片香蕉幕①后面哪里有什么霍迪尼②的洞穴。机会跟泰诺人一样少之又少，而对于她这样又黑又瘦、性情暴躁、门路又不多的女孩儿，机会就更是少得可怜（不妨将她的躁动置于更广阔的视野之中：折磨她的窒息感也正窒息着整整一代多米尼加青年。导致这一切的是特鲁希略政权二十余年的独裁统治。她这一代人正是即将发动革命的一代人，但眼下他们却被压得透不过气来而万分沮丧。在一个毫无觉悟的社会里，这一代人即将觉悟。在所有人都认为变革不可能发生的时候，这一代人渴求变革。贝莉在她晚年，在她被癌症蚕食的时候，将说起他们当时深受束缚的感觉。那就像是在海底，她说，没有一丝光亮，大海整个儿地压迫着你，但是大多数人都已经习以为常，他们甚至忘了大海上面另有一个世界）。

但她又能怎么样？贝莉只不过是个小女孩：她没有势力、没有姿色（暂时）、没有才能、没有家世可以帮她飞黄腾达，只有拉英卡，而拉英卡不想帮这姑娘逃跑。恰恰相反，我的兄弟，拉英卡穿

---

① 指多米尼加共和国和其他美洲国家之间的想象性障碍，类似于铁幕、竹幕之类。

② 美国魔术师，以逃遁术著称。

起硬邦邦的裙子,摆出不可一世的架势,全心全意要把贝莉西亚植入巴尼的土壤,植入那无可逃避的事实——她们家拥有无上光荣的过去。可这个家,贝莉从来就不知道,老早就已经失去(记住,你爸爸是医生,医生;你妈妈是护士,护士)。拉英卡期待着贝莉成为那个破灭家庭的最后一线希望,期待她在历史救亡使命中挑起大梁,但除了人家告诉她的那些令人作呕的故事,她对自己的家庭又了解些什么呢?而且,说到底,那又与她何干?她又不是那个脚往后指向过去的女妖怪。她的脚是指着前方的,她一次又一次提醒拉英卡。指向未来。

你爸爸是医生,拉英卡不动声色地又说了一遍,你妈妈是护士。拉贝加城里数他们的房子最大。

贝莉不听,可到了晚上,当温和的东北风吹进来,这姑娘却在睡梦中呻吟。

我们学校的女孩儿

贝莉满十三岁了,拉英卡为她在巴尼最好的一所学校埃尔雷登托中学争取到一笔奖学金。理论上讲这一步迈得相当坚实。且不管是不是孤儿,贝莉也算家庭中第三个也是最后一个女儿,良好的教育不仅是她应得的,更是她与生俱来的权利。何况拉英卡还希望给贝莉那颗躁动的心降降温。去一所陌生的学校,和一群山谷里最优秀的孩子待在一起,她想,还有什么毛病不能治愈?但是尽管贝莉的出身不可谓不好,她自己可不是在父母那种上流社会的氛围里长大的。完全缺乏家庭教养,直到拉英卡——她父亲最喜欢的表妹——千方百计找到她(那真是救了她),她才算被带出了黑暗岁月,进入巴尼的光明。这七年来,拉英卡小心翼翼、一丝不苟地消除着外阿苏阿省生活给她造成的伤害,但贝莉还是改不了狂躁不安的脾气。除了上流社会的傲慢，她那张利嘴也是杂货店巨星才有的。任谁都会被她没来由地痛骂一顿（这全亏了她在外阿苏阿省的那几年）。把这么一个黑不溜秋的乡下小孩送进贵族学校，和那些统治阶级上层强盗的白种孩子待在一起，理论上讲或许不错，实际上却根本行不通。不管贝莉是不是有个聪明绝顶的医生父亲，她在埃尔雷登托中学就是那么扎眼。在那种微妙的形势下，换了别的女孩子，也许会调整自己的性格以更好地适应，会夹紧尾巴做人，会为了保全自己而对全校一万零一名师生每天针对她的冷嘲热讽置之不理。可贝莉不行。就连对自己，她也坚决不肯承认情形那么糟，虽然她感到埃尔雷登托的每个人都在盯着她，那些浅色的眼睛，每一双都像蝗虫似的咬啮着她的黑皮肤——她不知道该如何扭转这样的劣势。还是用以前救过她的那些老办法吧。戒备，进攻，过激反应。你要是说她鞋子的颜色好像有些不正，她就严正指出你眼神不好，跳起舞来就像一只屁股上挂着石头的山羊。哎哟。你只管一直玩吧，那个乡下丫头会来狠狠教训你的。

　　这么说吧，到第二学季快结束的时候，贝莉可以毫不畏惧地穿过礼堂，不会有人袭击她。当然，从反面来说，那是因为她完全被孤立了（这可不像《蝴蝶飞舞时》，和蔼可亲的米拉瓦尔姐妹[①]主动去和拿奖学金的穷学生交朋友。这里没有精灵米兰达[②]：人人都躲着她）。开学第一天，贝莉就梦想着自己会成为班里的头号人物，会成为舞会女王，站在英俊的杰克·普若尔斯面前，但是她很

[①] 米拉瓦尔姐妹是当时伟大的殉难者。美丽的三姐妹帕特里亚·梅塞德斯、米内尔瓦·阿金提娜和安东尼娅·玛利亚来自米拉瓦尔的萨尔塞多城，她们因反抗特鲁希略的统治而惨遭杀害（正因如此，萨尔塞多女人才享有刚烈之名，她们不屈服于任何人，包括特鲁希略那样的暴君）。很多人认为，她们的被害及其引发的民愤标志着特鲁希略政权走到了末日，民众终于认为他们无法忍受下去了。——作者注

[②] 莎士比亚《暴风雨》中的精灵。下文中的西考拉克斯为《暴风雨》中的女巫。

快发现自己被流放到了超宇宙骨墙之外,在"意志大战"①中惨败。连失败者都要嘲弄的,是失败大王,而她,连沦落到失败大王阵营的运气都没有。她连那儿都待不了,她在西考拉克斯的手里。和她一样的贱民还有:"铁肺男孩",每天早上都坐着轮椅由用人推到教室的角落,似乎永远面带微笑,一个白痴;姓魏的华裔女孩,她的父亲拥有国内最大的杂货铺,还有传闻说他是特鲁希略的红人。她在埃尔雷登托待了整整两年,不过学了些西班牙语的皮毛,可尽管语言障碍显而易见,她仍每天坚持上课。开始的时候,其他学生都用那些攻击亚裔的恶言恶语辱骂她。他们嘲笑她的头发(真是油腻!),嘲笑她的眼睛(你真能用这玩意儿看见东西?),嘲笑她的筷子(我找了些树枝给你!),嘲笑她的语言(带着某种汉语口音)。男孩子们尤其喜欢把自己的脸颊往后一推,露出龅牙,眯起眼睛,扮出一副龇牙咧嘴的模样。有意思。哈哈。逗极了。

而一旦新鲜感消失(她对恶作剧从来不作反应),大家就把魏驱逐到了"不存在的角落",最后,就连叫声也听不见了。

中学阶段的前两年,贝莉就是和魏同桌。但即便是魏也会对贝莉说些妙词儿。

你这黑人,她说,指指贝莉瘦瘦的胳膊。黑啊,真够黑的。

贝莉再努力也没法把她那时候的轻量级铀变成炸弹级的钚。她在迷失的那些年里,根本没受过任何教育,由此形成的差距在她的神经回路中设下一道坎,令她难以全神贯注于手上的课本。贝莉西亚能够硬着头皮坚持下来,全是因为她自己的犟脾气和拉英卡的期望,但她真是又孤单又痛苦,成绩甚至赶不上魏(你能想象拉英卡的抱怨:你的分数至少得比亚洲佬高吧)。当其他学生都埋头试卷,奋笔疾书,贝莉却呆呆地盯着杰克·普若尔斯板刷头后面的飓风螺圈。

---

① 出自斯蒂芬·金的小说《死光》。

卡布莱尔小姐，你做完了吗？

还没有，老师。然后她不得不回到考题中，仿佛被迫潜入深水。

没人会想得到她竟然对学校恨之入骨。拉英卡当然没有丝毫察觉。埃尔雷登托中学在她和拉英卡居住的那个小小的工人社区的千里之外。于是贝莉尽可能把这学校说得天堂一般，她和其他人一样长生不老，逍遥游乐，四年之后将最终羽化登仙。架子也搭得更足了：以前她还得靠拉英卡纠正语法错误和村词俚语，如今她的措辞和成语已经算是下巴尼地区最讲究的了（她说起话来简直就像塞万提斯，拉英卡可以向邻居吹牛皮了。我说过上学虽然麻烦点但绝对值得）。贝莉没什么朋友，除了多尔卡，她妈妈是拉英卡的清洁工。她连一双鞋子都没有，连贝莉踩过的地都要膜拜。对付多尔卡，她只要秀一场就万事大吉。她就那么整天穿着校服直到拉英卡逼她脱下来（你以为这些东西都是免费的吗？），不停地谈论她的同学，把每个人都描绘成自己的贴心朋友和知己；即便是那些以忽略她孤立她为使命的女孩，比如被称为"超级小队"的四个女孩子，就会发现自己被她杜撰成了仁慈的精灵，经常来关心贝莉西亚并不时对她的学习和生活提供宝贵建议。在她的故事中，那个"超级小队"都非常妒忌她和杰克·普若尔斯的关系（她告诉多尔卡，他是我的男朋友），而且小队里的这个人那个人统统爱上了他，企图偷走她的心上人，但他当然总是断然拒绝了她们不怀好意的勾引。我真是吓坏了，杰克会这么说，然后把那些轻骨头丢在一边。尤其是想到贝莉西亚·卡布莱尔，世界著名外科医生的宝贝女儿，对你有多好。在每一个故事里，发动进攻的小队成员在长时间冷战之后都不得不屈服在贝莉脚下乞求宽恕，而贝莉经过审慎考虑都毫无例外地原谅了她们。她们不得不承认自己是弱者，她告诉多尔卡。要不就说杰克简直太帅了。她编织的世界多么精彩！贝莉还聊起那些舞会、赌博、马球赛、晚宴，碟子里血淋淋的牛排堆成山，葡萄像橘子一样不值钱。而其实她不知道，她正在谈论的是她根本不知道的生活：哈特维府邸的生活。她的描述真是令人惊叹，多尔卡听了老是嚷嚷着，哪天我和你一起去上学。

贝莉哼了一声。你准是发疯了！你太蠢了！

于是多尔卡低下头。瞪着自己那双趿着拖鞋、沾满尘土的大脚。

拉英卡说贝莉长大会当女医生（你虽然不是第一个，但你会是第一流的！），想象着自己的孩子将试管举到灯前，但贝莉上课的时候却老想着会有许多男孩子围着她转（她已经不再明目张胆地盯男孩子了，有一次一位老师写了封信给拉英卡告状，拉英卡把她痛骂了一顿，你以为你在哪儿？妓院？那可是巴尼最好的学校，姑娘，你在败坏自己的名誉！），如果不是在想男孩子，就是在想大房子——她相信有朝一日她会拥有这样一座大房子——想象着每一间的摆设。她妈妈希望她回到历史悠久的哈特维府邸，但贝莉梦想中的房子却是崭新的，它的背后没有历史。她最喜欢梦想自己变成女演员玛丽亚·蒙泰兹[①]那样，一个相貌酷似男演员琼斯·皮埃尔·奥蒙（巧得很，他长得就跟杰克·普若尔斯一模一样）的欧洲男人会在面包房遇见她并且疯狂地爱上她，带着她直奔他在巴黎的城堡。

[①] 玛丽亚·蒙泰兹，多米尼加著名女演员，后移居美国，1940年至1951年间拍摄了大约25部电影，其中包括：《一千零一夜》《阿里巴巴和四十大盗》《眼镜蛇女人》，以及我个人最喜欢的《阿特兰蒂斯的女妖》。她被影迷和史学家称为"彩色影片皇后"。1912年6月6日出生于巴拉索纳，原名玛丽亚·阿弗里卡·格拉西亚·维达尔，艺名取自19世纪著名交际花罗拉·蒙泰兹（她本人也有淫荡之名，有点像是海地的大仲马）。玛丽亚·蒙泰兹就是詹妮弗·洛佩兹的原型（或者任何你那个时代的头号吸引眼球的加勒比后裔），多米尼加共和国第一位真正意义上的国际影星。最后嫁给一个法国人（真为你遗憾，我们的安娜卡奥纳，泰诺王后），并于第二次世界大战后移居巴黎。三十九岁那年，不幸溺死在自家浴缸。没有挣扎的迹象，没有谋杀的证据。常为特鲁略政权拍摄宣传照片，但不算很严肃。应该指出的是，玛丽亚在法国期间书卷气很浓。写过三本书，出版了两本。第三本手稿在她死后不知所踪。——作者注

（醒醒吧，姑娘！你把锅里的水都烧干啦！）

做这种美梦的不止她一个。这种荒唐事儿遍地都是，他们整天就是把这种白日梦塞进女孩的脑袋里。而谁会想到，在频繁周旋于波莱罗舞蹈、歌唱和酝酿诗歌之余，在面对摊开的《每日文摘》社会新闻版之外，贝莉竟然还能够考虑其他事情。十三岁的贝莉信仰爱情，就像一个被家庭、被丈夫、被孩子、被命运抛弃的七十岁寡妇信仰上帝。也许贝莉西亚会比大多数同龄人更热衷于卡萨诺瓦浪潮。我们这位姑娘简直就是"地地道道的男孩狂"（在圣多明各这种地方，"男孩狂"算是一种难得的殊荣；它意味着你将持续一种痴迷状态，这种状态会将你身上北美人的普遍特性烧为灰烬）。她在公共汽车上盯年轻小伙子，偷偷亲吻英俊的面包店常客的面包，把那些动听的古巴情歌一首一首唱给自己听。

（如果你以为有了男孩子一切问题都能解决，拉英卡埋怨道，我愿上帝拯救你的灵魂。）

但即便是对于男孩子，还有很多事情要想。假如她能对附近的黑人男孩有好感，那么我们的贝莉不会有任何麻烦，这些家伙会瞬间跳到她眼前，为她的浪漫精神效劳。唉，拉英卡希望埃尔雷登托中学那种纯洁而静谧的氛围能对姑娘的性格有所裨益（比如用湿皮带抽打身体或在没有供暖的女修道院待上三个月），但是啊，这个希望至少在一个方面结出了硕果：世界在十三岁的贝莉眼睛里，只有杰克·普若尔斯们。通常在这样的情形下，她盼望得到的上层社会的男孩对她不会有半点兴趣——贝莉可没有足够的资本打碎小鲁比洛萨们[①]迎娶豪门千金的美梦。

多么乏味的生活！每一天都漫长得赛过一年。她忍受着学校，忍受着面包房，忍受着拉英卡令人窒息的急切切的牵挂。她渴望见

[①] 20世纪初多米尼加外交官，著名的花花公子。

到外面来的人，再轻再细的风也会令她敞开双臂，而到了晚上，她就像雅各那样与压迫她的大海搏斗。

原子弹！

出什么事了？
一个男孩来了。
她的第一个。

第一个

当然是杰克·普若尔斯：全校最帅（也就说是最白）的男孩，纯欧洲血统，身材颀长，仿佛神话中傲慢的精灵，他的双颊红扑扑得像是被哪个老师敲打过，皮肤无瑕得找不到任何疤痕、黑痣、粉刺，甚至毛发，两个小小的乳头像两片薄薄的卵形粉肠。他爸爸是一位上校，服役于特鲁希略嫡系空军部队，这支部队在巴尼承担重要的保卫任务（并将在革命时期参与轰炸首都，杀害手无寸铁的平民，其中包括我可怜的叔叔维尼西奥），他妈妈年轻时是委内瑞拉人圈子里的绝色美女，如今热衷于教会活动，主持婚礼，援助孤儿。杰克是家中长子、特权种子、好孩子、救世主，深受家族中女性的器重——赞美和娇纵如同连绵不绝的季风雨，使他的权利节节上升。架子搭得比他的人还大，夸夸其谈起来，让人如坐针毡，难以忍受。将来他会把自己的命运和"魔鬼巴拉古尔"[1]连在一起，

---

[1] 虽然巴拉古尔在我们这个故事中无足轻重，但他在多米尼加历史上却是至关重要的人物，因此我们必须提他一笔，尽管我恨不得对着他的脸撒尿。老人们说，第一次出口的话都会招来魔鬼，而20世纪多米尼加人第一次说出的"自由"这个词就招来了魔鬼巴拉古尔（他还被称为"选举窃贼"——且（转下页）

作为回报，他被任命为驻巴拿马大使，而现在他是这个学校的阿波罗、密特拉神。学校里的老师、职工、女生、男生都将仰慕的花瓣抛掷在他足弓优美的脚前：他的存在充分证明了上帝——绝对而伟大的上帝！一切民主的中心和周边——对其子民的爱并不公平。

那么贝莉和这个具有疯狂吸引力的人物之间发生了什么？要说正合了她那直率的牛脾气：她沿着走廊阔步前进，书本按着正在隆起的胸脯，眼睛盯着脚尖，然后，假装根本没看见他，猛地撞到他神圣不可侵犯的贵体上。

混蛋——他气急败坏地叫道，一转身，才发现贝莉西亚，这女孩子正在弯腰收拾她的书，于是他也弯下腰（不用说，他是绅士），愤怒已经散了，只有些困惑和气闷。我说，卡布莱尔，你怎么回事，变成蝙蝠啦？看看。你这是。去。哪儿。

一条忧虑的皱纹出现在他高高的前额上（他赫赫有名的"部位"）。看那双湛蓝的眼睛，亚特兰蒂斯的眼睛（有一次贝莉偶然听见他对一个崇拜他的女孩吹牛：噢，那玩意儿啊？都是我奶奶传给我的。她是德国人）。

（接上页）看1966年多米尼加选举——和"侏儒"）。在特鲁希略政权统治时期，巴拉古尔只不过是领袖的得力侍从之一。关键是他的谋略（显然"失败的偷牛贼"对他印象深刻）和禁欲（他强奸了那些小女孩而不留任何痕迹）。特鲁希略死后他接管了政权，并在1960到1962年、1966到1978年、1986到1996年（那时候这家伙已经瞎得像蝙蝠了，行尸走肉）三度统治这个国家。他第二个统治时期被人们称为"十二年时期"。他残暴地镇压了多米尼加左派，处死数百人并将成千上万人驱逐出境。我们所谓的"大流散"活动，始作俑者就是他。巴拉古尔被认为是我们民族的"天才"。他痛恨黑人，为种族灭绝辩护，在选举中作弊，杀害比他更有写作才华的人，处死记者奥兰多·马丁内斯，令他遗臭万年。后来，他在回忆录中声称他知道谁是这勾当的罪魁祸首（当然不是他！）并留下一页空白，说真相要等他死后来填写。（你能说这是"免除罪责"吗？）巴拉古尔死于2002年。那一页至今空白。他作为一个值得同情的人物出现在秘鲁作家巴尔加斯·略萨的小说《公羊的节日》里。和大多数侏儒一样，他没结过婚也没后代。——作者注

得了，卡布莱尔，你到底是怎么回事？

这是你的错！她恨恨地说道，话里有话似的。

说不定等天黑了，她就能看得更清楚些了，他的一个手下开了腔。

还是天黑了才好。无论是出于何种企图、何种目的，对他来说，她都是隐形人。

或许她将永远是隐形人，要不是二年级暑假她在生化方面取得了巨大成功，要不是她在那个"第二性特征之夏"中完成了彻底变身（惊天美女已经诞生）。在此之前贝莉像只瘦瘦的鹬鸟，平常看来还不丑，而到了夏天快过去的时候，她已经出落成一个风姿绰约的大姑娘，长成了她那副身材，令她闻名巴尼的身材。她已故父母的基因落在了某个罗曼·波兰斯基①似的人物身上；和她从未谋面的姐姐一样，贝莉几乎在一夜之间变成一个尚未成年的绝色佳人，假如特鲁希略尚能再勃起几次的话，他很可能会向她伸手，因为谣传说他曾把她那个已故的可怜姐姐弄到手。而有可靠记载的是，那年夏天我们这位姑娘的确变得非常性感，恐怕只有色情作家或漫画家才能问心无愧地描绘这样的胴体。不管是哪儿都能找出几个丰满的女人，但贝莉总会叫她们相形见绌，她是"丰满无敌"：浑圆的乳房大得简直不合情理，慈悲心肠见了都要怜悯负担它们的人，附近那些异性恋男人见了都不得不反思自己的生活而为之遗憾。她的乳房像非洲卢巴人的（35DDD）。那么她的超音速屁股呢？它能从黑鬼嘴里扯出话来，能把窗子从窗框上硬震下来。那屁股连牛都拖得动。天哪！即便是那位卑微的"观察者"②，也会不由得对着她的老照片惊叹：她可真是个尤物！③

---

① 波兰著名电影导演，曾被控奸污一名十三岁女童。
② 斯坦·李和杰克·柯比漫画作品中的外星生命体，监视宇宙中的天体。下一原注中的"乌阿图"即为观察者之一，负责观察地球和太阳系。
③ 我要向站在一旁的杰克·柯比呼呼，第三世界的人很难不对"观察者"乌阿图产生共鸣；他住在隐蔽的月亮蓝色区，而我们这些来自黑色地带的人，用格里森特的话来说就是住在"地球隐蔽的表面上"。——作者注

真见鬼！拉英卡惊叫道。我的孩子，你到底吃了些什么！

假如贝莉是个寻常女孩，那么她也许会对自己这对本地区的超级乳房而羞涩，甚至沮丧。起先贝莉确实感到羞涩和沮丧，还有一种青春期免费送到的感觉：耻辱。耻辱。耻辱。她再也不愿意和拉英卡一起洗澡了，这完全打破了她们早晨的常规。嗯，我看你已经长大了，能自己洗了，拉英卡淡淡地说。不过你听得出来她很伤心。关上门，躲在漆黑的洗澡间里，贝莉郁郁地揉搓着自己的"新大陆"，竭力避开超敏感的乳头。现在每当她不得不抛头露面，都会觉得自己走进了一间"危险的房间"，到处是男人具有穿透力的目光和女人锐利的窃窃私语。汽车喇叭声总吓得她跌跤。因为这个新负担，她恨这个世界，也恨她自己。

第一个月，就是这样。渐渐地贝莉看穿了那些嘘声以及"老天！""瞧那胸脯！""真够大的！"等等，看到了这些议论背后的秘密动机。一天她们从面包房回家，拉英卡在她耳边絮叨着这一天的进项，贝莉突然开了窍：男人喜欢她！他们不单是喜欢她，他们简直爱死她了。证据就是那天有个顾客，是当地的牙医，悄悄在钞票里夹了张纸条，上面简简单单一句话：我想看见你。贝莉又惊又怕，只感到一阵晕眩。牙医有个胖老婆，几乎每个月都要在拉英卡这儿订一个蛋糕，不是给她七个孩子中的谁，就是给她五十个表亲中的谁（不过更可能是留给她自个儿的）。她的下巴松松地垂着，一副中年人特有的大屁股，让所有的椅子都犯难。那张纸条叫贝莉神情恍惚，仿佛它是一封求婚信，来自上帝最钟爱的儿子，虽说牙医秃头大肚子，活脱脱一个赌马场上的常客，颊上纵横着红殷殷的毛细血管。牙医和往常一样走了进来，不过现在他的眼睛好像总在追寻着什么，你好啊，贝莉小姐！他的声音里满是欲念和威胁，贝莉的心从来不曾这样狂跳过。牙医这么来过两次之后，贝莉一时心血来潮回了他一张小纸条，直截了当地写着：好，你某某时间去公园接我，和零头一起递还给他，然后设法和拉英卡一起在说定的那一刻走过公园。她的心跳个不停；她不知道会发生什么，但又怀着大胆的希望，而就在她们快离开公园的时候，贝莉看见牙医就坐在一辆汽车里（不是他自己的车），假装读报纸，眼睛却无望地朝她这儿瞟。妈妈你瞧，贝莉大声说道，那不是牙医么，拉英卡刚转过身，那伙计就疯了似的掉转方向迅速逃走了。怎么这么奇怪！拉英卡说。

我不喜欢他，贝莉说。他老盯着我。

后来换成他老婆来面包房取蛋糕了。你们家的牙医呢？贝莉佯装不知地问道。那家伙太懒，啥事都不想干。他老婆气哼哼地说。

贝莉一生都有某种期待，这恰如她对于自己身体的期待，而现在终于知道自己期待的是什么，她真是乐翻了天。她切切实实渴望得到的，不容否认，就是"力量"。仿佛偶然发现了"魔戒"；仿佛一头撞进英雄谢扎姆的洞穴，或是找到了"绿灯侠"的沉船！希帕蒂亚·贝莉西亚·卡布莱尔终于获得了真正的力量和自我意识。现在她要收起肩膀，穿上最紧身的衣服。天哪，拉英卡每次看见女儿出去都忍不住叫起来。为什么上帝偏偏要在这个国家给你这样的负担！

要贝莉别去炫耀曲线，就等于是要受尽折磨的胖小子别去施展他刚刚拥有的变身能力。巨大的力量意味着巨大的责任……废话。我们这姑娘正奔向身体带给她的未来，义无反顾。

追猎轻浮骑士

哼哼，如今贝莉已全副武装，暑假结束后回到埃尔雷登托中学，震动了全校教职员工和学生。她开始像追踪白鲸的亚哈船长一样追踪起杰克·普若尔斯。（"在所有的白色中，这白色男孩最杰出。

不知你可曾疯狂地追猎？"）换了别人，也许会含蓄些，把猎物悄悄引到身边，但贝莉哪里懂得循序渐进？她把一切都投到杰克面前。媚眼儿抛得几乎伤了眼皮。丰胸随时堵住他的视线。步态引来教师的呵斥以及男生、男职工的雀跃。但普若尔斯就是不为所动，海豚般的眼睛深深打量她却毫无行动。这样过了一星期，贝莉几乎黔驴技穷，她本以为他会立刻就范。于是有一天，她奋起一搏，假装不留神没扣好衬衫扣子；她穿着从多尔卡（她的胸脯也很漂亮）那儿偷来的蕾丝胸罩。但贝莉还没来得及展示超凡乳沟——她的专属波动枪，魏就羞红了脸跑过来帮她扣好扣子。

你走光了！

杰克毫不在意地踱开了。

她什么办法都用上了，一无所获。可没等你回过神来，贝莉却一转身在大教室里和他撞了个满怀。卡布莱尔，他微笑着说道，你得多加小心啊。

我爱你！她真想叫出来，我要给你生好多孩子！我要做你的女人！但一开口说的却是，小心的该是你。

她郁闷极了。九月份就这样过去了，让人想不到的是，这个月她的表现很棒。我指学习成绩。最拿手的是英语（真是讽刺）。她记住了五十个州的名称。她学会了要咖啡，还有如何问洗手间，问时间，问邮局在哪儿。她的英语老师，一个变态狂，郑重担保她的发音绝对绝对标准。其他女生都默许他摸她们，而贝莉，她已经适应了男人的古怪，又认定自己只能属于王子，便从他香喷喷的手下闪开了。

有一位老师让他们想象十年以后。你希望看到你自己、你的祖国、我们伟大的总统在未来几年中有哪些变化？没人能理解这个问题，所以他只好把它分解成两个简单的部分。

她班上一个名叫莫瑞西奥·莱德斯米的男生，遇到大麻烦了，他家里人不得不将他偷偷送出国。他性格安静，和"超级小队"中的一个女孩同桌,因为对她的爱情而饱受煎熬。也许他以为那样可以给她留个好印象(不算牵强,接下来那代人最常用的泡妞技巧将不再是"我像迈克",而是"我像切·格瓦拉")。也许他真的受够了。他用未来革命家诗人的潦草字迹写道:我希望看到我们的祖国会成为美国那样的民主国家。我希望我们不再有独裁者。同时我认为杀害加林德兹的凶手就是特鲁希略。①

---

① 当时新闻里通常提到,吉泽斯·德·加林德兹是个呆头呆脑的巴斯克人,哥伦比亚大学研究生,他有一篇博士论文引起了轩然大波。什么题目?非常遗憾、非常不幸、非常可悲,叫作《拉斐尔·列奥尼德斯·特鲁希略·莫利纳的时代》。加林德兹在西班牙内战期间是共和政府的支持者,他掌握了特鲁希略政权的第一手资料;1939年在圣多明各避难,身居高位,1946年离开时,对"失败的偷牛贼"恨之入骨,并将揭露特鲁希略政权的罪行视为自己的最高责任。克拉斯威勒这样描述加林德兹:"书生气十足,典型的拉丁美洲政治活动家……获奖诗人",我们高原人称之为"二等书呆子"。但这家伙是个强硬的左翼分子,即使危险,依然无所畏惧、孜孜矻矻地写关于特鲁希略的论文。
而独裁者和作家又有什么关系呢?在奥名昭著的恺撒—奥维德大战前,他们已经得到了牛肉。诸如神奇四侠和宇宙吞噬者、X战警和邪恶兄弟会、少年悍将和魔鬼终结者、乔治·福尔曼和穆罕默德·阿里、工党的莫里森和保守党的克劳奇,还有萨米和瑟吉奥,他们的命运似乎永远在战场上紧密相连。拉什迪声称独裁者和作家是天生的仇敌,但我认为那过于简单;这么说未免看轻了作家。我认为,独裁者能够一眼认出争斗。作家们也是。毕竟是互相知根知底。长话短说:领袖一听说有这么篇论文,先是千方百计收买,落空后派大臣纳兹古尔(催命鬼费利克斯·伯纳诺)赶往纽约市,几天之内加林德兹就被活捉、封口、拖回圣多明各首都,传说后来他从麻醉中苏醒,发现自己赤身裸体倒挂在一口沸腾的油锅上,领袖站一边,手握那篇大逆不道的论文(而你还以为你们的委员会野蛮)。哪个脑子正常的人能料到有这么恐怖的事?我猜领袖大概要和那个该死的书呆子一道主持文学沙龙吧。天哪,那会是怎样一个沙龙!后来呢,加林德兹的失踪在美国引发了一场骚乱,所有人都将矛头指向特鲁希略,而他当然发誓说自己无辜,莫瑞西奥说的就是这件事。不过请记住:任何书呆子群体倒下,都会有继承者起来。这场恐怖谋杀过去不久,就有一大批革命分子拥向古巴东南海岸的河口沙洲。没错,那是菲德尔·卡斯特罗及其领导的革命者声援反对巴蒂斯塔的示威活动。在冲向海岸的82位革命者中,只有22人活到了第二年,其中包括一位爱读书的阿根廷人。一场血浴,巴蒂斯塔的军队甚至连投降的人也不放过。但历史将证明,有这22人,已经足够。——作者注

事情就是这样。第二天他和老师都失踪了。没有人说一个字。①

贝莉的文章没什么可争议的。我将嫁给一位英俊、有钱的男人。我也将成为医生，拥有自己的医院，以特鲁希略命名。

回到家里她还是向多尔卡夸耀她的男朋友，后来杰克·普若尔斯的照片上了校报，她得意扬扬地把报纸带回家。多尔卡激动万分，那天晚上就睡在她家，哭了又哭怎么也劝不住，声音响得贝莉听得一清二楚。

然后就到了十月初，全国人民正准备欢庆特鲁希略的又一个生日，贝莉听到风声说杰克·普若尔斯和女朋友吹了。（贝莉向来知道这个女朋友，在另一所学校上学，但你以为她会在乎这个人吗？）她肯定那不过是个谣言，她可用不着抱什么希望来折磨自己。但后来发现这不只是谣言，也不只是希望，因为没过两天杰克·普若尔斯就在走廊上叫住贝莉，好像他是第一次见到她。卡布莱尔，他低低地说，你真美。他身上清冽的古龙水味道让人陶醉。我知道，她回答，脸上烧起来。是吗，他说着，手指插进笔直的头发中。

接下来当然就是他用自己那辆崭新的奔驰轿车送她，用他兜里的一把把钞票给她买冰淇淋。根据法律，他这么小年纪不允许开车，但你说圣多明各会有谁胆敢阻拦上校的儿子，尤其这位上校据

---

① 这使我想起了拉斐尔·耶佩兹的惨案：20世纪30年代耶佩兹在首都办了一所规模不大的预备学校，就在离我长大的地方不远，供特鲁希略政权中的低等窃贼子女读书。有一天合该倒霉，耶佩兹要求学生写一篇作文，题目自拟——这个耶佩兹头脑开明，有那么点像波多黎各独立运动之父贝当西斯——有个男生就写了一首诗，歌颂特鲁希略及其夫人多纳·玛丽亚，这也不奇怪。耶佩兹犯了个错误，他告诉全班同学说其他多米尼加妇女也和多纳·玛丽亚一样值得赞美，而将来的年轻人，比如他的学生，或许也能成为特鲁希略那样的伟大领袖。我看耶佩兹错把他所在的这个圣多明各当成了别处的哪个圣多明各。当天晚上这个可怜的小学教师和他的妻子、女儿以及全班同学都被武装警察从床上拖起来，塞进密封卡车带往奥扎马要塞审讯。学生们最终得以释放，但从此以后再也没有人听说过可怜的耶佩兹和他的妻女。——作者注

说还是拉姆菲斯·特鲁希略的密友？①

爱情！

这并不是她后来遇到的那种轰轰烈烈的恋爱。几次交谈，趁班里其他同学野餐的机会在海边散步，她还没看清怎么回事，就在放学后跟他溜进壁橱，被他悄悄塞了一件吓人的东西。这么说吧，她终于恍然大悟为什么男生都叫他"饿魔杰克"；她这才知道什么是大阴茎，湿婆神那般的生殖器，阴阳两界的毁灭者（以前她总以为他们是叫他"恶魔杰克"。咳！）。直到后来她和匪徒在一起了，才明白普若尔斯并没拿她当回事。而此时她无从比较，也就以为做爱的感觉和短刀刺穿身体差不多。第一次她怕极了，还痛得要命，但是有一种感觉却无论如何也抹不去——她终于启程了，旅程的第一步顺利迈出，壮举由此开始。

事后她想抱他，想抚摸他柔滑的头发，但他躲开了她的爱抚，跳起来穿好衣服。我们被抓住的话，我就要屁股着火了。

---

① 所谓拉姆菲斯·特鲁希略，我指的当然是拉斐尔·列奥尼德斯·特鲁希略·马丁内斯，领袖的长子，出生时他妈妈的老公还是另一个男人，一个古巴人。这个古巴人拒绝承认这孩子是自己的骨肉，这时特鲁希略才认下拉姆菲斯（谢谢你，老爸！）。他这个儿子可是"赫赫有名"，四岁时被领袖任命为上校，九岁时被任命为陆军准将（人们亲切地称呼他为小王八蛋）。拉姆菲斯成年后，打了一手好马球，和北美洲很多女明星都有一腿（金·诺瓦克，你怎么能这样？），经常和他父亲争吵，还是一个人性指数为零的冷血魔鬼。他亲自导演的无情残杀包括 1959 年入侵古巴和 1961 年父亲被暗杀后，他亲自负责针对谋反者的恐怖拷打（在一份美国领事提交的秘密报告中——该报告现存肯尼迪总统图书馆，拉姆菲斯被描述成"心性失调"，他童年时曾用 .44 口径左轮手枪打断鸡头，以此为乐）。特鲁希略死后，拉姆菲斯逃离多米尼加，靠其父的贼赃继续放荡的生活，最后在 1969 年死于一场他自己设计的车祸。被他撞翻的那辆车里坐着阿尔布克尔克公爵夫人特雷萨·贝尔特兰·德·里斯，她当场死亡。小王八蛋直到最后一刻还在搞谋杀。——作者注

这话真好笑，因为这恰是她屁股上的感觉。

一个月来，他们就在学校每一个偏僻角落啃啊咬的，终于有一天一位老师接到不少学生的匿名举报，在一间存放扫帚的壁橱里将这对偷情男女当场拿获。想象一下：贝莉光着屁股，没人见过那么长的伤疤；杰克的裤子缠住了脚踝。

丑闻啊！别忘了这一事件发生的时间和地点：五十年代后期的巴尼。男主角杰克·普若尔斯是神圣的B—í家族（巴尼最受尊敬、最富裕的家族之一）的长子。和他一起被捉住的不是他同阶层的女孩（尽管那也会是问题），而是一个拿奖学金的女生，一个深肤色女孩（可以认为，和可怜的深肤色女人做爱是社会精英的标准执行程序，只要没别人知道，否则就是"斯特姆·瑟蒙德①行动"）。普若尔斯自然把一切责任推给贝莉，坐在校长办公室里详细解释她如何引诱他。责任不在我，他一口咬定。全是她！然而，真正的丑闻却是普若尔斯实际上已经和他那个女朋友订了婚。丽贝卡·布里托，一只脚已经迈进了坟墓，来自巴尼另一个显赫家族，R—家族。你知道杰克和深肤色女孩一起在壁橱里被活捉，婚约无疑彻底告吹（女方家庭特别看重他们的基督徒清誉）。普若尔斯的爸爸恼羞成怒，一抓到儿子就把他痛笞一顿，并在一星期内送到波多黎各的一所军校，用上校的话来说，他将在那里懂得责任的含义。贝莉再没见过他，只是有一次在《每日文摘》上读到他的名字，那时候他们都已经四十出头了。

普若尔斯也许是个狗日的耗子，而贝莉的反应却可以载入史册。我们这位姑娘不仅没有因为这事情难堪，甚至在神圣三人组——校长、女监、门卫——的重压下，断然拒绝认罪！就算她把脑袋拧上三百六十度，嘴里再呕出豌豆汤，也不会引起眼前这样的

---

① 美国政治家，去世后被曝和黑人女仆有私生女。

风波。我们这姑娘以她特有的倔脾气,一口咬定自己压根儿没错,其实她完全没有超出应有的权利范围。

我想怎么做都可以,这是我的权利,贝莉顽固地坚持认为,因为他是我丈夫。

如此看来,普若尔斯已经答应贝莉西亚中学毕业后立刻结婚,而贝莉把他的每一句话都当了真。她这么容易相信别人,这和我后来知道的斗牛士般的精明务实很难联系在一起。但你不要忘了:那时候她年纪还小,正在恋爱。真是幻想家:这姑娘满心相信杰克是真诚的。

埃尔雷登托中学的优秀教师们根本无法从这姑娘嘴里挤出一句"我错了"的坦白。她一直在摇头,顽固得就像宇宙定律——我没有错、没有。没用啊最后。贝莉西亚被学校开除了,拉英卡梦想贝莉能重现她爸爸的天才和神奇(他事事出色),现在这梦想破灭了。

要是这种事情出在别人家,贝莉会被揍个半死,直接送进医院,然后等她好些了,再揍一次送回医院,但拉英卡并不是那样的家长。你看,拉英卡是一个严肃认真的女人,正派诚实,是她那个阶层中的优秀分子,但她做不到去体罚孩子。认为那是宇宙中的障碍,认为那是精神疾病,拉英卡就是做不来。那时候做不来,永远做不来。她做得来的也就是挥挥手臂,一个劲哀叹。怎么可能发生这种事?拉英卡质问道。怎么可能?怎么可能?

他会娶我的!贝莉哭道。我会给他生孩子!

你疯了吗?拉英卡咆哮道。孩子,你昏头了?

过了好一阵子才平静下来——邻居可喜欢这事情的来龙去脉了（我说过黑人就是这么没出息！）——最后事情都了结了，拉英卡这才召集了一次特别会议，商量这姑娘的未来。首先拉英卡把贝莉痛责一千零一顿，骂她判断力低下、道德感低下，什么都低下，而当这些预备工作统统到位，拉英卡才放下话来：你回学校去。不是回埃尔雷登托，而是去同样优秀的另一所中学。比利尼神父学校。

而贝莉，因为失去杰克而哭肿了眼睛，这时候笑起来。我不回学校。再也不回去了。

难道她忘了在她"迷失"的那几年中为读书而吃过的苦头？忘了她付出的代价？忘了她背上的伤疤？（是烧伤的）也许她已经全忘了，也许这"新时代"的独权已经让旧时代的誓言失去意义。然而，这姑娘在被开除后的几个星期里，当她整日心烦意乱，躺在床上为失去"丈夫"而心如刀绞的时候，也因为痛失贞洁而惊惶。这是她的第一个教训，爱情脆弱不堪，男人懦弱胆小得不可思议。贝莉幡然醒悟，她在混乱的思绪中第一次发出了自己的成人誓言，这个誓言将伴随她步入成年，走向美国及更远的地方。我不听命于任何人。她将再也不会听命于任何人，除了她自己。校长、女监、拉英卡、已故的可怜双亲，谁也不听。只听我自己的，她低声说。我自己。

这个誓言令她振奋。贝莉就重返学校问题摊牌之后不久，有一天，她穿上拉英卡的裙子（真是快把裙子撑破了）乘车去了趟中央公园。这不算什么了不起的出行。但对贝莉这样的女孩子来说，还是堪称未来潮流的先驱。

傍晚时候，她回到家里，郑重宣告：我找到工作了！拉英卡哼了一声。我看夜总会没停过招人。

不是夜总会。邻居们大概都认定贝莉专修娼业，但她根本不是。错啦。她是在中央公园附近的一家餐馆做女招待。餐馆的老板是一个衣着考究、身材粗壮的中国人，名叫沈胡安，他并不是特别需要招人;其实他甚至说不清是否还需要自己。生意太差了,他叹了口气。政治味儿太浓。政治对谁都没好处,除了政客。

没有多余的钱。而且已经有了不少用不着的雇员。

但贝莉不愿意被拒绝。有很多事情可以让我来做的。她捏捏自己的肩膀,显示一下自己的"资本"。

对不够正经的男人来说,这是一种公开的挑逗,但胡安只是叹了口气:没必要不知羞耻。我们先试试你。有试用期。不保证要你。现在的政治形势,不可能保证。

我工资有多少?

工资!没工资!你是女招待,你挣小费。

那小费有多少?

回答依然叫人沮丧。不能确定。

我不明白你的意思。

他哥哥若泽从体育版中抬起一双布满血丝的眼睛。我弟弟的意思是说这要看你自己了。

而这边,拉英卡一个劲摇头:女招待。我说,孩子,你是面包师的女儿,你不知道女招待是干什么的!

拉英卡以为贝莉已经变成懒骨头了,因为她近来对面包房、上学、收拾屋子都没什么热情。但她忘了这姑娘以前一直给人做牛马;她活到现在,有一半的时间,除了干活什么都不懂。拉英卡料想贝莉会在几个月之内放弃,可她没有。事实上,这姑娘在工作方面体现出良好的素质:她从不迟到,从不托病逃差,把个可观的屁股都累瘦了。真见鬼!她居然喜欢这份工作。这当然比不上当共和国总统,可它让一个一心想逃出家门的十四岁女孩挣到了薪水,并让她能继续留在这个世界上,让她等待——等待美好的未来成为现实。

她在"北京之家"干了十八个月("北京之家"原来叫"什么什么宝藏",以纪念哥伦布真正想去但从未到达的目的地,不过后来改了，因为沈氏兄弟听说哥伦布的名字是一个诅咒！中国人可不喜欢诅咒，胡安说）。以后她会常常把这话挂在嘴边：她是在这家餐馆里长大的，从某种意义上说的确如此。她学会了玩多米诺骨牌，还能让男人俯首认输；她证明了自己很有责任心，沈氏兄弟会让她监督厨师和其他招待，自己则放心地溜出去钓鱼或者找他们那些腿粗得要命的女朋友。后来，贝莉常常叹息和她的"中国人"断了联系。他们对我可好了，她伤心地告诉奥斯卡和洛拉。根本不像你们那个废物爸爸。胡安，这个满腹忧郁的赌徒，动不动念叨起上海，就像念叨一首情歌，那个唱歌的美人你虽然爱慕，却不可能得到。胡安，这个目光短浅的情种，瞎了眼被女朋友洗劫一空，从来都没能把西班牙语说利落（后来他搬到伊利诺伊州的斯科基，会粗声粗气地用西班牙语骂他那些已经美国化的孙子孙女，他们就嘲笑他，以为他说的是汉语）。胡安教会了贝莉玩多米诺骨牌。他唯一的原教旨主义就是刀枪不入的乐观精神：要是哥伦布先光临我们的餐馆，你想想有多少麻烦就可以躲开啦！勤勤恳恳、温文尔雅的胡安，要不是有他哥哥在，极有可能早就把餐馆给丢了。谜一般的若泽，始终守护着餐馆，顶着所有飓风般的威胁；又酷又凶的若泽，在三十年代的军阀混战中失去了老婆孩子；若泽，无情而残忍地保护着餐馆和楼上的房间。若泽，悲痛已经从他的体内掏走了所有柔情、希望和家常闲话。他似乎从来都不赞成贝莉，也不赞成别的手下人，但只有她不怕他（我可和你差不多高！），他也就回赠她一些很现实的教导：你想一辈子做个没能耐的女人吗？比如，怎样用锤子敲铁钉，怎样装电源插座，怎样煮粥烧饭，还有怎样开车等等，后来她成为了"流放地女王"，这些统统派上了用场（若泽在革命中作战勇敢，但我不得不遗憾地告诉大家，他站在人民的对立面上。1976年他在亚特兰大因胰腺癌去世，临死前喊着妻子的名字，被护士误以为是这个外国佬说的其他汉语废话——"外国佬"，她们想）。

另外一个女招待叫作莉莲，一个矮墩墩的饭桶，她对这个世界的深仇大恨只有在人性的力量超越堕落、野蛮、欺骗甚至她自己的好高骛远时，才会转变成满心欢喜。起先她并不喜欢贝莉，视她为竞争对手，不过最后她还是对贝莉多少客气了些。我们这姑娘以前从没见过女人读报纸，莉莲是头一个（她儿子的嗜书成癖常叫她想起莉莲。这世道怎么这样？贝莉问她。见你个鬼，她的回答从没有过第二句）。还有一个印第安裔的男招待，叫本尼，沉默寡言、细心周到，长期忍受美梦的轰然破灭，令他总带着一副悲哀的神情。餐馆的小道消息说，这个印第安人本尼娶了一个大块头阿苏阿女人，她真是精力旺盛，常把他赶到街上，为了给新相好腾地方。本尼难一一次一展欢颜，就是他玩多米诺骨牌打败若泽的时候——两人都精于掷牌，自然是强劲对手。他也参加了革命，为家乡部队作战，据说在我们民族解放运动进行的那个夏天，印第安人本尼从未收敛笑容；就连他的脑袋被一名海军陆战队狙击手洞穿之后，笑容依旧。至于那个厨师，马科·安东尼奥，一条腿、没耳朵的怪物，好像是直接从"歌门鬼城"① 里走出来的（他这样解释自己的形象：我出了点意外）。他满肚子是对希巴欧② 人的极度偏见，他坚信，在他们的地区优越感中包藏着海地人那样的称霸野心，他们妄图占据整个多米尼加共和国。基督徒，我来告诉你，他们妄图建立自己的国家！

她整天和各色人等打交道，而正是在这里，贝莉锤炼出了粗犷、诚实、善良的品行。你可以想象得到，人人都爱上了她（包括和她一起干活的人。但若泽警告他们离她远点：谁敢碰她，我就把他的心肝从屁眼里拉出来。你开玩笑吧，马科·安东尼奥为自己开

---

① 英国作家墨文·皮克的系列小说。
② 希巴欧谷地，多米尼加北部的富饶地区。

脱。我就算有两条腿也爬不上那座山）。顾客一看到她就欣喜若狂，她则对那些男孩子报以绝大多数男人都以为多多益善的东西——妩媚女人的说笑和母性的关爱。在巴尼，至今还有不少黑人曾是那里的常客，他们依然痴情地记得她。

拉英卡自然对贝莉的堕落极为恼火，从公主到侍女——这世界到底出什么问题了？在家里，两个人几乎无话可说；拉英卡想说点什么，但贝莉不要听，拉英卡能做的就只能是用祷告填充沉默，希望召唤奇迹出现，将贝莉变回孝顺女儿。而命运就是这样，一旦贝莉从她的掌握下逃脱，即便是上帝也没有力量让她回心转意。拉英卡有时候会去餐馆。她一个人坐在那儿，笔挺得像个读经台，一身黑衣，啜一口茶就目光凝重地望一眼那姑娘。也许她想唤起贝莉的廉耻心，回到"卡布莱尔术后恢复中心"，但贝莉却以一贯的热情干着自己的活。看到"女儿"变得这么快，拉英卡一定沮丧极了，因为贝莉原来从不在大庭广众下开口，沉默得像个能乐演员，现在却在"北京之家"显示出故事大王的天赋，她的唠嗑本领叫所有男顾客大饱耳福。你们中哪位曾在142大街或百老汇那儿站过，就猜得到她说的是什么：市井小民口无遮拦的粗话，能让所有多米尼加绅士在四百支数的床单上噩梦连连。拉英卡还以为这种粗话已经随贝莉最初在外阿苏阿的生活一起烟消云散了，不料却在这里复活，仿佛它就从来不曾离开过：嗨，伙计，你老婆怎么了？肥仔，你可别告诉我你还没吃够！

最后她终于来了，在拉英卡桌边停下：你还要些什么吗？

只要你肯回学校，我的孩子。

对不起。贝莉收起她的茶杯又顺手抹了抹桌子。我们上星期就不卖废话了。

拉英卡付了两角五分钱就走了，贝莉如释重负，这证明她做得没错。

在那十八个月里她对自己的认识加深了许多。她认识到，尽管她一直梦想成为世界上最漂亮的女人，梦想有几个兄弟从天而降，可当贝莉西亚·卡布莱尔坠入爱河时她将难以自拔。尽管形形色色的男人——英俊的、平常的、丑陋的——拥进餐馆，怀着娶她（或至少和她做爱）的心思，但她没有对任何人动过心，除了杰克·普若尔斯。可见我们这姑娘的内心深处实在是贞女珀涅罗珀，而不是巴比伦娼妓（对于这一点，拉英卡当然不以为然，她眼看着男人把她家门阶都踏烂了）。贝莉经常梦见杰克从军校回来，梦见他来她上班的地方等她，就在一张桌子旁坐下，仿佛撒下一袋宝物，动人的脸上笑呵呵的，最后，是他那双亚特兰蒂斯般的眼睛，落在她脸上，只落在她脸上。我是回来找你的，我的爱人。我回来了。

这姑娘认识到，即便是对杰克·普若尔斯这种懦夫，她还是那么真心。

但这并不是说她将自己彻底隔绝于男人世界之外（为了她的"忠贞"她也永远做不成甘心不受男人关注的妹妹）。即便在这个动荡的年代，贝莉还是有王子守着她，有哥哥愿意勇闯她那铁丝网包围的爱情雷区，希望越过残酷的垃圾堆之后等待他们的是极乐世界。这群上了当受了骗的可怜傻瓜。匪徒将全面占有她，而这些在匪徒之前出现的可怜的癞蛤蟆，他们最多只是有幸得到一个拥抱。且让我们从深渊里特别召唤来两只癞蛤蟆吧：菲亚特汽车经销商，秃顶，白人，成天笑眯眯的，希波利托·梅杰亚总统的忠实支持者，但温文尔雅且有骑士风度，痴迷北美棒球，冒着生命危险偷听走私收音机的短波转播。他以年轻人的热情信仰棒球，更坚信将来多米尼加人会冲垮北美棒球联赛，和全世界的曼特尔、马里斯们[1]一决高下。他预言，胡安·马力克尔将只是多米尼加棒球运动

---

[1] 两人都是当时著名的美国棒球运动员。

复兴的开始。你疯了,贝莉说,奚落他和他的"比赛"。在一场巧妙的赛事中,她的另一个情人是圣多明各自治大学的学生——和所有城市大学的学生一样,读了十一年书,总是差五个学分而拿不到学位。如今大学生是算不了什么,但在拉丁美洲,在阿尔本兹政权垮台、尼克松饱受攻讦、山区进行游击战争,被美国猪狗兵没完没了、玩世不恭的军事部署逼得发了疯的拉丁美洲——十年游击战争已经进行了一年半——大学生可完全是另一码事,他是变革的动力,是亘古不变的牛顿宇宙中的振动量子带。这个学生就叫作阿基米德。他也在偷听短波,但不是什么美国道奇棒球队的得分;让他冒生命危险的是来自哈瓦那的消息,关于未来的消息。阿基米德就是这样一个学生,爸爸是鞋匠,妈妈是接生婆。做学生可不是开玩笑的,那不是和特鲁希略、约翰尼·阿比斯① 一道鼓动大家去参

---

① 约翰尼·阿比斯·加西亚是特鲁希略最得力的一个魔窟之王。他是秘密警察(军事情报处)头子,权势显赫,令人闻之丧胆,他对多米尼加人民的蹂躏,凶残度无以复加。他对刑罚狂热有加,据说曾雇用侏儒以牙齿咬碎犯人睾丸。反对特鲁希略的人屡遭其阴谋陷害,无数年轻革命者和学生(包括米拉瓦尔姐妹)死在他的手下。阿比斯遵照特鲁希略的指示,策划谋杀经民主选举的委内瑞拉总统罗慕洛·贝坦科尔特!(贝坦科尔特从四十年代起就是特鲁希略的宿敌,后者曾派遣秘密警察企图在哈瓦那街头向贝坦科尔特注射毒液。)第二次谋杀和前一次一样失败了。他们把炸弹装在一辆绿色奥兹轿车里,在加拉加斯郊外炸翻了总统的凯迪拉克,司机和一名路人被炸死,但贝坦尔特和他妻子幸免于难!那才是真正的匪徒!(委内瑞拉人民,不要再说什么我们在历史上没有共同点。把我们连在一起的不仅仅是小说,也不仅仅是大量多米尼加人曾在五六十年代以及七八十年代拥入你们的沿海地区打工。我们的独裁者曾经企图暗杀你们的总统!)特鲁希略死后,阿比斯被任命为驻日本领事(就是为了把他赶出这个国家),最后他还为另一个加勒比海人的噩梦——海地独裁者法兰索瓦·"多克老爸"·杜瓦利埃尔卖命。他没有像忠于特鲁希略那样忠于"多克老爸"——由于企图出卖"多克老爸",阿比斯及其全家都被枪毙,房子也被付之一炬(我看老爸很清楚自己在和怎样的畜生打交道。)没有哪个多米尼加人会相信阿比斯已经在那场事变中死亡。大家说他依然逍遥法外,等待着领袖的复活,到时他又会东山再起。——作者注

加 1959 年那场泡汤了的古巴入侵。他的一生中,没有哪一天不是在危险中度过,他没有固定地址,从不事先说定就出现在贝莉身边。阿基(大家都那么叫他)的头发总是干干净净,戴着一副赫克托·拉沃①式的大眼镜,热情起来就像南部海滩的营养师。他痛骂北美人悍然入侵多米尼加,又痛骂多米尼加人甘受吞并,臣服于北美人脚下。瓜卡纳伽里②诅咒了我们所有人!说句题外话,他最佩服的理论家是一群德国人,那些人从没见过一个招他们喜欢的黑人。

  贝莉想方设法周旋于这两个家伙之间。去学生公寓和汽车行找他们,哄他们把辛辛苦苦挣来的零用钱都掏出来。每次约会都不会轻易过去,汽车商非要哀求她让他摸那么一下。就用手背碰一下,他嘤嘤地说,但几乎每一次她都以守场员选杀的招数把他对付过去。而阿基米德呢,至少还能在被拒时保持风度。他既不生气也不抱怨,我浪费那么多钱究竟是为了什么?他宁肯作哲学思考。革命不可能在一日之间成功,他叹一口气,也就死了心,讲几个智斗秘密警察的故事逗她开心。

  即便是对杰克·普若尔斯这种懦夫,她还是那么真心,没错,但最后她真的把他放下了。她是要浪漫,但也不是傻瓜。然而,当她终于走出来了,事情可以说已经变得难以预料。国内一片动荡;1959 年入侵失败后,一场少壮派策动的密谋被揭穿,全国各地都有青年被拘捕、拷打、杀害。政治,胡安瞪着一张张空桌子,啐了一口,政治。若泽没搭腔;他只顾躲在他楼上的房间里擦拭斯密斯·威森手枪。不知道我这玩意儿还能不能干成这一回,阿基米德厚着脸皮乞求做爱。你没有问题,贝莉哼了声,用力推开他搂过来

---

① 波多黎各歌星。
② 哥伦布初到北美洲时遭遇的伊斯帕尼奥拉群岛土著酋长。

的手臂。最终证明她说对了，他属于少数睾丸没有受损的人（阿基至今健在，我和同伴佩德罗一起驱车经过首都时，偶尔见到他赫然出现在某小政党的竞选海报上，该政党的唯一纲领就是恢复多米尼加供电。佩德罗不屑地说：这贼哪儿都舍不得不去）。

二月里，莉莲不得不辞职回乡下去照顾她生病的妈妈，一位贵妇人，从来没为她的幸福出过一点力，莉莲说。但不管走到哪儿，女人都是苦命，莉莲说完就走了，只留下一本她常用来记日子的免费挂历。过了一个星期，沈家兄弟新雇了一个接替莉莲的女孩。康斯坦蒂娜。二十来岁，很阳光很和气，全身上下像根棍儿，找不到屁股，是个"活泼妞儿"（按那时候的说法）。康斯坦蒂娜不止一次在中饭时间从通宵聚会直接赶到餐馆，满身威士忌酒味儿和呛人的烟味儿。姑娘，你可想不到我昨晚上蹚的那档子浑水。她常常故作冷淡，免得叫人疑心，满嘴粗话溜得能让乌鸦褪色。也许是觉得在这世上找到了意气相投的人，她很快就喜欢上了我们这个姑娘。我的小妹妹，她这样称呼贝莉。小美人儿。一看见你就知道上帝是多米尼加人。

正是康斯坦蒂娜把"杰克·普若尔斯的悲吟"从她脑子里赶走了。

她是怎么说的？快忘了那个该杀的白痴，那个混账东西。看看上这儿来的那些个混蛋男人，他们个个都爱你。只要你愿意，整个世界都他妈的是你的。

整个世界！这正是她全心向往的，但她怎样才能得到它？她望着公园的车流，无从得知。

一天她们心血来潮，早早干完活就揣着积蓄跑到大街另一头的西班牙人区，买了两条款式相似的裙子。

你真是惹火，康斯坦蒂娜称赞道。

你现在想去哪儿？贝莉问。

她诡秘地一笑。我嘛,我想去好莱坞跳舞。我有一个好朋友在那儿检票,我知道那儿的阔佬都排着队等着向我献殷勤,哎呀呀。她把手贴在屁股后面颤抖着。然后她停止了表演。我说,私立学校的公主,想不想一块儿去呢?

贝莉沉吟了一会儿。想到拉英卡正在家里等她。想到那段正在逐渐褪去的伤心往事。

好。我想去。

就这样,这个决定改变了一切。或者,正如她临终前向洛拉吐露的:我当时就想跳舞。而我所得到的却是这个,她说,张开双臂,向着医院、孩子、癌症、美国。

好莱坞

好莱坞是贝莉去的第一个真正的俱乐部。[①] 想象一下:好莱坞是当时巴尼首屈一指的去处,是亚历山大酒店、亚特兰蒂科咖啡馆以及喷气机族俱乐部的综合。那灯光,那豪华的装潢,那衣香鬓影;女人们搔首弄姿,拗出极乐鸟的造型;乐队在舞台上带来韵律世界的问候,舞客们专心致志地踏下每一步,都让人以为他们正与死神告别——这儿就是一切。也许贝莉已经觉得自己来错了地方,她不懂怎么点饮料,每次爬上高脚凳,那双廉价的鞋子也免不了落下来,但只要音乐一起,还有什么要紧的?一个肥胖的会计师向她伸出手,接下来的两个小时里,局促、好奇、害怕,贝莉统统忘了,只是起劲地跳舞。天哪,看她跳的!咖啡喝了一杯又一杯,舞伴换了一个又一个。就连乐队领队,一个黑白混血儿,在拉美和迈

[①] 本书即将完成的时候妈妈告诉我,那儿也是特鲁希略最喜欢去的地方。——作者注

阿密地区连演十多场的老将,也禁不住对着她大嚷:这黑妞疯了!这黑妞真是跳疯了!终于她笑容绽放:烙刻在你的记忆中;难得一见的笑容。人人都以为她就是曾经来此演出的一位古巴舞蹈家,没人相信她是多米尼加人,和他们一样。怎么可能,看起来不像啊,等等,等等。

就在飞旋的舞步、变幻的华服、迷人的香水中,他出现了。她正坐在吧台边,等着蒂娜"吸口烟就回来"。她的裙子:破了;电烫卷发:开始直了;足弓:仿佛刚进入裹脚程序。他呢,却是一副潇洒的派头。德莱昂和卡布莱尔家族的未来一代,这个人来了,就是他偷走了你们妈妈的芳心,又把她和她的心投入"流放地"。"鼠帮"① 装束:黑夹克、白长裤,不见一星汗水,似乎一直把自己藏在冰箱里。他那种英俊是属于那些人到中年、风流成性、体形富态的好莱坞制片人的,眼袋松垂的灰眼睛什么都(不加遗漏地)看尽了。已经把贝莉仔仔细细瞧了大半个钟头,贝莉似乎也不是什么都没有察觉。这黑妞是舞会焦点,俱乐部里的每个人都向他致敬,而他则用重金赎回了阿塔瓦尔帕。②

这么说吧,他们的第一次接触并不乐观。我给你买杯饮料怎么样?他说,她却无礼地转身要走,他便捉住她的胳膊,问,你要去哪儿,混血儿?总而言之:在贝莉看来他是一匹狼。首先,她讨厌人家碰她。从来就讨厌。其次,她不是什么混血儿(那个汽车商就要明白些,叫她印第安人)。第三,她就是那个脾气。舞会焦点的胳膊一被扭住,她就在 0.2 秒之内发作了。尖叫:别!碰!我!把饮料,把杯子,又把她的手袋一股脑儿朝他扔去——如果手边正好有个婴儿,她也会扔出去的。接着就让他收拾一堆鸡尾酒会纸巾、

---

① 20世纪50~60年代的美国好莱坞电影明星群体。
② 印加帝国末代国王,后被西班牙人俘虏。

一百把塑料长剑,而等这些都尽情挥洒完之后,她发动了巷战中最常使用的连锁攻击。在这前所未有的万箭齐发中,匪徒就蹲着不动,只偶尔挡开那些误砍向他面门的东西。当她攻击完毕,他抬起头,仿佛是从狐狸洞里钻出来,一个手指按住嘴唇。你错过了一个目标,他严肃地说道。

是吗。

这不过是一次普通的邂逅。她回家后与拉英卡发生的冲突却要重大得多——拉英卡在等她,手里攥着皮带——疲惫不堪的贝莉走进家门,拉英卡点亮煤油灯,高高举起皮带,贝莉的杏眼盯住她。全世界无处不在上演的母女间最基本的场景。来吧,妈妈,贝莉说,但拉英卡下不了手,她的力气溜走了。孩子,你再这么晚回家就从这儿搬走。贝莉则回答,别急,我马上就走。那天晚上拉英卡不肯和她睡一张床,她睡在自己的摇椅上,第二天也没和她说一句话,自己径直去上班了,失望仿佛一朵蘑菇云压在她头顶。毫无疑问:她本应该替自己的妈妈担心,但以后那几天贝莉满脑子想的却只是那个胖子魔鬼的愚蠢行为毁了她一晚上的乐子(用她的话来说)。几乎每天她都在向汽车商和阿基米德唠叨那天晚上对峙的细节,不过每次讲述她都会添入更多愤慨,虽然不见得完全属实但就感情而言却似乎一点没错。这个畜生,她骂道。没人性的。他竟敢碰我!还以为自己是什么了不得的人物,小人,混蛋!

他打你了?汽车商一边说着一边要把她的手摁在自己腿上,但被贝莉推开了。也许我也该那样。

那你就要落到他那样的下场了,她说。

她每次去找阿基米德,他就躲到储藏室里(以防秘密警察突然闯进来),他认定匪徒是个典型的布尔乔亚,他的声音透过汽车商为她买的衣服(贝莉把它搁在他这里)钻进她的耳朵(这是貂皮的吗?他问她。是兔毛的,她没好声气地回答)。

我应该把他给捅了,她对康斯坦蒂娜说。

姑娘,我倒觉得应该是他把你给捅了。

你什么意思?

我只是说说而已,你没完没了老在提他。

不对,她怒气冲冲地说,根本不是那么回事儿。

那就别再提他了。蒂娜瞄了一眼冒牌手表。五秒钟。这肯定创纪录了。

她想尽办法不让自己的嘴说到他,但根本不可能。她的胳膊不时隐隐作痛,无论到哪儿她都感觉到背后有他那双不怀好意的眼睛。

接下来的一个星期五是餐馆的大日子:多米尼加党当地支部在此举行活动,全体成员从早到晚都在狂欢痛饮。喜欢忙碌气氛的贝莉全身心投入工作,就连若泽也不得不从办公室跑出来去厨房帮忙。若泽慷慨地拿出一瓶所谓的"中国朗姆酒"送给他们的主席,实际上却是一瓶尊尼获加威士忌被撕去了标签。领导们炒饭吃得津津有味,乡下来的下属却痛苦地挑起面条,一遍又一遍追问有没有菜豆米饭,回答自然是没有。总之活动取得了巨大成功,你永远猜不到有一场卑鄙的战争正在悄然进行,而最后一个醉鬼被拖着送进出租车时,贝莉依然毫无倦意,她问蒂娜:我们可以回去了吗?

去哪儿?

去好莱坞。

可我们得换衣服——

别担心,我什么都带上了。

还没等你缓过神来,她已经站在他桌子旁了。

和他一起吃饭的人说:嗨,狄奥尼西奥,这不是上星期对你大打出手的那个女孩吗?

舞会焦点闷闷地点点头。

他的哥们儿朝她上下打量一番。但愿她不是回来和你再比试一场的。我觉得你必输无疑。

你还在等什么？舞会焦点问道，等开场锣？

和我跳舞。这回轮到她捉住他的胳膊，把他拖进舞池。

他看上去好像是燕尾服裹着厚重的肌肉，但移动起舞步来却像着了魔一般。你是过来找我的，对不对？

没错，她说，这时她才明白自己为什么来这儿。

很高兴你没撒谎。我不喜欢撒谎的人。他用手指掂起她的下巴。你叫什么名字？

她别过脸去。我叫希帕蒂亚·贝莉西亚·卡布莱尔。

错了，他用老派皮条客的严肃口吻说，你的名字叫作"美人"。

我们都在寻找匪徒

我们永远不可能知道贝莉对匪徒的了解究竟有多深。她说他只告诉过她自己是个生意人。我当然信了。凭什么我还应该知道其他的呢？

是啊，他肯定是个做生意的，但他还是特鲁希略的一个奴才，而且绝对不是个小奴才。不要误会：我们这位小伙子不是什么戒灵，但他也不是什么兽人。

部分是因为贝莉在这件事上讳莫如深，而别人谈起特鲁希略政权总是心有余悸，所以匪徒的信息只能付之阙如；我会把我挖掘的一切告诉你们，至于其他，且留待"空白页"最终开口的那一天吧。

匪徒二十年代初出生于萨马纳省，爸爸是个送奶工，他是家里第四个儿子，整天吵吵嚷嚷，是个满身臭虫的调皮鬼，没人指望他将来会成个人物，他父母显然也这么看，因此他七岁时就被赶出家门。但人们往往低估了饥饿、卑微以及耻辱的人生前景会如何激发一个年轻人的个性。十二岁的时候，这个骨瘦如柴、毫不起眼的男孩已经表现出超乎年龄的胆识。他声称"失败的偷牛贼""启发"了他，这引起了秘密警察的注意，你还没搞清楚军事情报处是干什么的，我们这小伙子已经混进了各种组织，开始告发左派以及右派党员。十四岁时他第一次下手干掉了一个"共党分子"，因此获得可怕的费利克斯·伯纳迪诺[1]的垂青，而显然这一打击实在巨大，实在沉重，巴尼一半的左派分子不得不迅速撤离多米尼加，前往相对安全的纽约。他用赚到的酬金给自己买了一套新衣服和四双鞋子。

从那一刻起，我们这个年轻的恶棍就无法无天了。在之后的整整十年里他往返于多米尼加和古巴，涉足伪造、偷窃、敲诈、洗钱——一切都是为了"永远光荣"的特鲁希略政权。甚至有谣传说，虽然从未证实过，我们这位匪徒正是1950年在哈瓦那干掉毛瑞西奥·贝兹的凶手。谁说得清呢？似乎有这种可能；那时他和哈瓦那地下组织接触密切，对那些不要脸的家伙下手，绝对不会心慈手软。不过几乎没有什么确凿证据。但他是约翰尼·阿比斯和波尔菲利奥·鲁比罗萨的心腹，这一点倒是毋庸置疑。他得到一本王宫

---

[1] 费利克斯·温切斯拉奥·伯纳迪诺，在拉罗马纳省长大，是特鲁希略最阴险的一个特务，是他的安格马巫王。当流亡的多米尼加劳工组织者毛瑞西奥·贝兹在哈瓦那街头被神秘谋杀时，他正担任驻古巴领事。据传费利克斯还插手了对多米尼加流亡领导人安杰尔·莫拉莱斯的未遂谋杀（刺客突然出现在他秘书面前，后者正好在刮胡子，脸上涂满泡沫，刺客误当है莫拉莱斯，把他打成了筛子）。此外，吉泽斯·德·加林德兹返回寓所途中在哥伦布环城地铁附近神秘失踪，当时费利克斯及其妹妹米内尔瓦·伯纳迪诺（联合国成立前世界上首位女大使）正好都在纽约市，在议论当红电视剧《持枪旅行》。据说特鲁希略政权从来就离不开他；这个混蛋最后老死在圣多明各，是特鲁希略政权中最后死掉的一个，他对付替他干活的海地工人，不是付工资给他们，而是把他们都淹死。——作者注

颁发的特别护照，在秘密警察的某个部门官居少校。

我们这位匪徒，其背信弃义的技巧在锤炼中日臻纯熟，但他真有过人之处，能够打破纪录、夺取金牌的领域，却是肉体买卖。和现在一样，那时候，阴道之于圣多明各就像巧克力之于瑞士。而诸如捆绑、出售、侮辱女人等等事情，匪徒干起来最是得心应手；他对此有一种本能的爱好，一种天赋——他被称为"股癣"。二十二岁那年，他在首都及周边经营起自己的妓院，在三个国家拥有房产和轿车。在领袖身上他毫不吝惜，无论是钱财、奉承，还是哥伦比亚雏妓开苞，他对特鲁希略政权无比忠诚，甚至在酒吧杀了个人，仅仅因为此人错念了领袖母亲的名字。据说领袖曾经发话：这个人很能干。

匪徒的忠诚并非没有回报。到四十年代中期，匪徒不再只是个收入不菲的干将了；他成了重要人物——有他和政权三巫王约翰尼·阿比斯、华金·巴拉古尔、费利克斯·伯纳迪诺的合影——虽说没有他和领袖的照片，但不必怀疑，他们的确曾在一起吃饭闲扯。因为正是魔王索伦亲自授权匪徒掌管特鲁希略家族在委内瑞拉和古巴的大量地产，而且在他的残酷管理下多米尼加性工作者所谓"为钱而干"的比率提高了两成。匪徒的事业在四十年代到达巅峰。他的足迹踏遍美洲大陆，从罗萨里奥到纽约，以皮条大佬的身份住顶级酒店，睡最出众的女人（但从不曾放弃他作为南方人对混血儿的偏爱），在四星级餐厅吃饭，和全世界最穷凶极恶的罪犯聊天。

他是一个永不疲倦的投机分子，走到哪里交易就做到哪里。手提塞满美元的皮箱在首都进进出出。生活中不全是逍遥。数不尽的暴力，数不尽的械斗和杀戮。他自己也是屡次从围攻突袭中侥幸活下来，每次枪战、飞车杀人之后，他都要梳拢头发，拉直领带，一副纨绔子弟的做派。他是真正的匪徒，龌龊到骨子里。他那种生活，装模作样的戏子只有勉强凑趣的份儿。

也是在这个时期，他开始了长期以来对古巴的好感。匪徒也许曾对委内瑞拉和那儿的长腿混血美人儿情有独钟，为高挑冷艳的阿根廷美女欲火中烧，为无与伦比的深色皮肤的墨西哥女郎心醉神迷，但是他内心依恋的还是古巴，古巴让他有家的感觉。保守估计，十二个月里他有六个月是在哈瓦那度过的，而出于尊重他的偏爱，秘密警察局给他的代号正是"马克斯·戈麦斯"①。他前往哈瓦那的次数过于频繁，所以他如遭遇不测，与其说是运气不好，不如说是不可避免，在1958年的除夕夜，福尔琴西奥·巴蒂斯塔仓皇逃离哈瓦那，拉丁美洲变了个个儿。正当匪徒和约翰尼·阿比斯一起在哈瓦那的晚会上从雏妓肚脐眼里吮吸威士忌，游击队员冲进了圣克拉拉。幸亏匪徒的一个线人及时赶到，才救了他们一命。你们马上走，不然就全被绞死啦！由于这次多米尼加情报史上最严重的错误，约翰尼·阿比斯在那个除夕夜差一点就栽在哈瓦那了；多米尼加人赶上了最后一班飞机，匪徒把脸紧紧贴住玻璃，再也不转过来。

当贝莉遇到匪徒的时候，那次不光彩的半夜逃奔仍然令他心有余悸。古巴不仅是他的财政来源，更是他的特权——其实也是他男子气概——的重要组成部分，而我们这位先生仍然不愿意相信古巴已经落到了一群无耻学生的手里。有时候他会比其他人镇定，可每当有关革命的最新消息传到耳朵里，他立刻揪住自己的头发，乱撞眼前的那堵墙。他没有一天不在痛骂巴蒂斯塔（蠢牛！农民！）、卡斯特罗（混蛋共党分子！）、美国中央情报局局长艾伦·杜勒斯（娘娘腔！）。杜勒斯没能阻止巴蒂斯塔的错误决定，听任他在母亲节特赦了菲德尔及其追随者，结果放虎归山。要是杜勒斯站在我面前，

---

① 马克斯·戈麦斯，古巴将军。

我就一枪把他毙了,他向贝莉赌咒,然后再毙了他妈。

看来生活给了匪徒痛苦的一击,他也不知该如何应对。未来阴云密布,古巴的陷落无疑使他嗅到了自己以及特鲁希略的末日即将到来。也许这就是为什么他一看见贝莉就直扑上去。我是说,直截了当的中年哥哥并不想借助年轻女孩的性魔力使自己返老还童。而假如贝莉对女儿说的属实,那么她就是当地最出色的性对象,单凭她那性感的窄腰就能倾覆千舟。当上层社会的男孩们还在和贝莉纠缠不清之际,对于匪徒这个见过大世面的男人来说,浅黑肤色的女人,他已经阅览无数。他压根儿不在乎。他要吮吸贝莉的乳房,让她的阴道蜜汁肆溢,把她蹂躏到不省人事,只有这样,古巴以及他的失败才有可能消失。老话所谓"以怨恨解怨恨",只有贝莉这样的姑娘才能抹去哥哥心中古巴灾难的阴影。

起先贝莉对匪徒还有保留。她的梦中情人是杰克·普若尔斯,而眼前却是一个人到中年的凯列班,头发是染过的,背上肩上是浓密的卷毛。贝莉觉得他就像个三垒裁判,怎么说也不会是她"光荣未来"的化身。但绝不要低估殷勤的作用——尤其是有大把金钱和特权相助的时候。匪徒施展起只有中年黑人才能领会的手腕追求这姑娘:以冷静沉着和不自觉的故作风雅来削弱她的戒心。落在她头上的鲜花雨足以装点整个阿苏阿省,玫瑰在餐馆里、在家里堆成了垛(真浪漫,蒂娜叹道。真庸俗,拉英卡恨道)。他陪她去首都最高级的餐厅,带她去的那些俱乐部从不允许音乐家以外的混血儿踏进一步(这家伙真是有权有势——竟能打破针对黑人的禁令),比如哈马卡、特罗匹卡利亚(可惜不包括国家俱乐部,不过啊,那儿可是连他自己也不曾去过)。为了博她一笑,他奉上精致的西班牙斗牛刀(我听说他出钱请了不少研究生费大工夫打造的)。请她看戏、看电影、跳舞,给她买各式各样的衣服和走私进来的珠宝,介绍她结识社会名流,有一次甚至介绍给拉姆菲斯·特鲁希略本人——换句话说，他把她推到了整个儿世界面前（至少是多米尼加环抱的世界），而让你惊讶的是，就连贝莉这样固执己见的女孩，曾对理想化的爱情那么执着，居然也会修正自己内心深处的观念，即使仅仅是因为匪徒。

他性格复杂（有人会说他古怪）、和蔼可亲（有人会说他可笑），对贝莉体贴得无微不至，在他各方面的"关照"下，始于餐馆的人生教育终于完成了。他熟稔社交，喜欢交友，喜欢看人，也喜欢被人看，而这恰恰和贝莉的梦想不谋而合。但他对自己的过去满怀矛盾。一方面，他为自己的成就自豪。我白手起家，他对贝莉说，全靠我自己。我有车，有房子，有电，有穿戴不尽的衣服和珠宝，可我小时候连双鞋子都买不起。一双都没有。我没有家。我是个孤儿。你明白吗？

她自己也是孤儿，当然是感同身受。

另一方面，以前犯下的种种罪行也在深深折磨他。每次他喝多了，这是常有的事，就会喃喃自语：你要是知道我干的那些勾当，你就不会待在这儿了。有时候她夜里醒来听见他在哭泣。我不是有意那么干的！不是有意的！

而正是那样一个夜里，当她搂着他的头，为他拭去眼泪的时候，她心底忽然明白了，她爱这个匪徒。

贝莉恋爱了！第二轮！但和普若尔斯的那次不同，这次是动了真格的：纯粹完整、毫无杂质的爱情，仿佛圣杯，令她的孩子终生着魔。想想贝莉所渴求的哪怕一次爱与被爱的机会（这段爱情实际并不长久，但在她的青春时钟上却是永恒）。在她迷失的童年，没有这样的机会；而中间几年她对它的渴望成倍成倍地增长，仿佛一把经过反复锻造的武士刀，直到最后锋利无比。匪徒终于使我们这姑娘获得了这个机会。在她和他相处的最后四个月里，那喷涌的情感又会让谁惊讶呢？不出所料：她，堕落天使的女儿，承受了堕落最强烈的辐射,爱得几乎毁灭。

至于匪徒,通常他转眼就会厌倦了一个深深爱慕他的玩物,但这回我们的匪徒却被历史的飓风打翻在地,发现自己也投桃报李起来。嘴上开出支票,屁股可没想过要兑现。他向她保证,一旦把共产分子都了结了,他就带她去迈阿密和哈瓦那。我要在这两个地方各买一幢房子送给你,那样你才知道我有多爱你!

房子?她咕哝道。头发都竖起来了。撒谎!

我没撒谎。你要多少房间?

十间?她不敢肯定。

十间算什么。买它二十间!

这念头让她想入非非。光凭这一点就该有人逮捕他。别不信我的话,拉英卡认真地说。他是个拉皮条的,她骂道,骗了你的天真!有可靠证据表明拉英卡完全正确;匪徒就是一个掠夺了贝莉清白的皮条客。但是如果你从一个,这么说吧,一个更宽宏大量的角度来看,你可以说匪徒爱慕我们这姑娘,而这种爱慕正是她所得到的最珍贵的礼物。它让贝莉感觉好得难以置信,她被彻底震动了(我第一次感到这皮肤真是我自己的,它就是我,我就是它)。他使她感觉到自己有多美,感觉到自己被需要,很安全,这些感觉没有第二个人给过她。从来没有。他们一起度过的那些夜晚,他常常伸过手去抚摸她的胴体,就像那喀索斯在池水边抚摸自己,娓娓呼唤,美人儿,美人儿,一遍又一遍(他不在乎她背上的烧伤疤痕:它看上去像一幅气旋图,那就是你,我的黑美人,你是拂晓的暴风雨)。这个老色鬼跟她做起爱来可以从日出一直到日落,正是他指引她了解自己身体的全部秘密,她的高潮,她的节奏,对她说,你要更大胆,他肯定以此为荣,无论结局如何。

他们的关系彻底葬送了贝莉在圣多明各的名誉。在巴尼没人能摸清匪徒的身份和来历(他对此讳莫如深),但他是个男人,光这一点就够了。在邻居看来，贝莉这个爱出风头、自视过高的姑娘终于找到了属于自己的生活状态——裸女。老人们告诉我，贝莉待在多米尼加的最后几个月里，混情人旅馆的时间远比上学校的时间长——我肯定这么说是夸张了，但也说明这姑娘在人们心目中堕落得何等厉害。贝莉根本无所谓。这是一个可怜的胜利者：既然她已经攀上高枝，便高视阔步、得意扬扬，对任何人任何事情都不屑一顾，除非和匪徒有关。说她住的地方是"地狱"，说邻居们是"畜生"或"猪猡"，吹嘘说自己不久就要搬到迈阿密去，到时候就再不用忍受这个乡下国家了。我们的姑娘在家乡父老眼里是一丁点儿尊严都没有了。通宵流连在外面，一高兴就去烫头发。拉英卡拿她毫无办法；邻居都劝她狠狠揍她一顿，让她头破血流（兴许你都得杀了她，他们痛心地说），而拉英卡说不清楚，多年以前自己为什么要去找到那个被锁在鸡笼里头、浑身烧伤的女孩，那一幕刻在她心坎儿上，也改变了她们的生活，而现在它却令她再也抬不起手去打这孩子。不过，她从没放弃努力要使她回心转意。

大学怎么样？

我不想上大学。

那么你想干什么？一辈子做匪徒的女朋友？你父母，愿他们的在天之灵安息，多希望你过得更好！

我说过你别再跟我提那些人。我只有你这个妈妈。

那你看看你是怎样对我的。你自己看看。也许大家说得对，拉英卡绝望地说，也许你被诅咒了。

贝莉大笑起来。也许是你被诅咒了，不是我。

连那些中国人也不得不对贝莉生活态度的变化作出反应。你得走人了，胡安说。

我不明白。

他舔舔嘴唇再说一遍。我们要你走人。

你被解雇了，若泽说道，请把你的围裙放在柜台上。

匪徒听说了。第二天他手下几个打手便找到沈氏兄弟，要是我们的姑娘不能立刻回去工作，你们很清楚会怎么样。不过不可能像原来那样了。兄弟俩不再跟她说话，也不再讲他们年轻时在中国和菲律宾的经历。这样被晾了几天，贝莉猜出他们的意思，就再也不露面了。

现在你没工作了，拉英卡热心地指出。

我不需要工作。他会给我买房子的。

这个人他自己的房子你都没见过，他居然答应给你买房子？你居然信他？唉，孩子啊。

是的：我们的姑娘相信。

毕竟，她在热恋！整个世界正在分崩离析——圣多明各处在灾难的中心——特鲁希略政权摇摇欲坠——警方封锁了每个角落，连她以前的同学们，那些最聪明最优秀的学生，都在恐怖威胁之下。埃尔雷登托中学的一名女生告诉她，杰克·普若尔斯的小弟弟因为策划反对领袖而被捕，上校出面也救不了他，他的一只眼睛被电击挖掉了。贝莉不想听。毕竟，她在热恋！热恋！她每天都那么逍遥，就像个得了脑震荡的女人。不是说她对匪徒已经知根知底，她连他住哪儿都不知道（绝对是不祥之兆啊，姑娘们），他经常不说一声就失踪好几天（还是不祥之兆），而由于特鲁希略对抗整个世界的战争越来越惨烈（也由于他使贝莉身陷囹圄），失踪几天变成失踪几个星期，当他放下"生意"再次出现，浑身上下都是烟味儿，都是旧时的恐惧，他只想做爱，之后他就喝着威士忌，站在情人旅馆的窗前自言自语。贝莉注意到，他的头发正渐渐变白。

她不愿意他突然失踪。那叫她在拉英卡和邻居面前抬不起头来。他们会笑眯眯地问她，你的救世主这会儿在哪儿呢，摩西？每一条批评她都替他辩护，当然没有哪个哥们儿能拥有比她更出色的辩护者，但他一回来她就把一切不满都发泄在他身上。当他手捧鲜花出现，她就板起面孔；逼他带她去最高级的饭店；整天缠住他要他带她搬走；追问他过去那么多天他到底在干什么；说起她在《每日文摘》上读到的婚礼喜讯。这下你明白了，拉英卡的种种疑虑并没有彻底白费：她想知道他什么时候带她去他家。你这婊子养的，还不给我少提那码子事儿！我们正在打仗！他灌了朗姆酒，逼视着她，挥挥手里的枪。你知道共产分子在怎么对付你这样的姑娘吗？他们会绑住你那对漂亮的乳房，然后吊起来。他们会把你的乳房给割下来，他们就是这样对付古巴那些臭婊子的！

有一次，匪徒失踪了很久，贝莉无聊极了，又拼命想从邻居幸灾乐祸的眼神下逃走，于是独个儿来了一次"泄气之旅"——换句话说，她去探望旧情人了。她骗自己说这是为了对事情做一个正式的了结，但我知道她只是闷了，想有男人安慰她。这倒也好。但接下来她犯了个致命错误，她去告诉这些多米尼加人，自己已经另有新欢，还说她有多幸福。姐妹们：千万千万别做这样的傻事。这差不多就等于对即将给你定罪的法官说你会去勾引他妈。汽车商平时总是一副温良恭谦的样子，一听这话立刻操起威士忌酒瓶对准她扔过去，吼道：我就该为一只恶心的蠢母猴高兴啊！他们当时在他的公寓里，就在堤坝上——至少他带你去过他家，事后康斯坦蒂娜会发表高见——要不是因为他不算个出色的右手投手，她恐怕就要被砸烂脑袋，被奸被杀，但他的快球只不过把她擦伤了，而接下来可就轮到她进入投球区了。她用四记脑壳下坠球把他解决了，用的就是他扔过来的那个酒瓶。五分钟后，她光着脚气喘吁吁地被困死在一辆出租车里，车已经被秘密警察拦下，因为他们看见她跑出来。直到他们审问她的时候，她才意识到自己手上还握着那个酒瓶，而瓶子边上还残留着血迹斑斑的头发，汽车商笔直的金发。

（他们听我说完事情的经过就把我放了。）

阿基米德的表现则更为成熟，值得称赞（也许是因为她先跟他说的，他没来得及发疯）。她在坦白之后听见他藏身的储藏室里传来了"轻微响动"，此外什么动静也没有。沉默了五分钟，她低声说，我还是走吧（从此她再也没有碰到过他，只是在电视上见过，他在发表演讲。后来她会想到他是否还会记起她，就像她经常记起他那样）。

你最近怎么样？匪徒再次出现的时候这样问她。

没什么，她说着双臂紧紧环住他的脖子，什么事也没有。

一切终结之前一个月，匪徒带贝莉度假，去了萨马纳省他以前常去的一些地方。这是他们第一次真正结伴旅行，以弥补他一次特别漫长的失踪，也作为将来经常出国旅行的许诺。对于那些身居首善之区的人，那些从未离开过227公路或者以为圣多明哥瓜雷区就是宇宙中心的人来说，萨马纳是一个胜地。钦定本《圣经》的一位作者就曾游历过加勒比海地区，而我总认为，当他坐定下来写到伊甸园的时候，脑海中浮现的必定是萨马纳这样的地方。不折不扣的伊甸园，一条神圣的子午线融汇起波浪、阳光和绿意，养育了一群性格固执的人，任何恢宏夸张的文辞都难以备述其妙。① 匪徒兴致盎然，大约是打击颠覆分子形势顺利的缘故吧（我们打得他们到处乱窜，他得意扬扬地说。很快就会天下太平了）。

至于贝莉，记忆中的那次旅行是她在多米尼加度过的最美好的时光。以后，每当她再次听到萨马纳这个名字，她都会回想起那段

---

① 在本书初稿中，萨马纳原来是加拉巴科尔。我女朋友利奥妮是对多米尼加事事精通的专家，她指出加拉巴科尔根本没有海滩。那儿的确有壮丽的河流，但绝对没有海滩。利奥妮还告诉我小狗舞（参看本书第一章《世界尽头贫民窟里的书呆子》中前几段）一直要到80年代末90年代初才流行，但我没有修改那个细节，因为我实在太喜欢这个意象了。请原谅我，流行舞历史学家们，请务必原谅我！——作者注

最美也是最后的青春岁月，那时候她是那么年轻那么美丽。萨马纳将永远唤起她的回忆，想起做爱时匪徒粗糙的下巴摩挲着她的脖子，想起加勒比海波涛一声声爱抚着静谧无瑕的沙滩，想起她那时候深深感到的安全，以及承诺。

那次旅行留下了三张照片，每一张她都在微笑。

我们多米尼加人度假时爱做的事情，他们都做了。他们吃炸鱼，蹚小河。他们在海滩漫步，喝朗姆酒一直喝到眼肌抽筋。贝莉有生以来第一次完完全全拥有自己的空间，所以当匪徒在吊床上打盹的时候，她就忙着扮演起妻子的角色，构思他们即将入住的房屋草图。每天早上她都把木屋狠狠冲刷几遍，在每根柱子、每扇窗户上都挂满各色怒放的鲜花，她用交换来的农产品和邻居送来的鲜鱼烹调出一顿又一顿大餐——炫耀她在"迷失童年"掌握的能耐——匪徒吃得心满意足，他拍拍肚子，赞不绝口，就连他躺在吊床上轻轻放出的屁，她也当音乐来听！（那个星期她觉得自己就是他的妻子，无论从哪方面看都是，除了法律层面）

她和匪徒甚至彼此敞开了心扉。第二天，他带她去看他家的老房子，现在已经废弃，彻底被飓风摧毁了。离开那儿之后她问：你想有个家吗？

他们正在城里唯一一家像样的饭店，领袖每次来也在这里用餐（他们现在还会对你提到这事儿）。你瞧见那些人了吗？他指指酒吧。他们人人都有家，你看他们的脸就知道了。家里人都要靠着他们，他们也靠着家里人。对某些人来说，这是好事；对某些人来说，这是坏事。但结果都他妈一样，因为他们没一个是自由的。他们不可能想干什么就干什么，也不可能想做什么样的人就做什么样的人。我在这个世界上也许是孤家寡人，但至少我是自由的。

她从没听见第二个人说过这样一番话。"我是自由的"，在特鲁希略时代这句话可不是人人都能说的，却触动了她的心弦，使她重新判断起拉英卡、邻居们以及自己空中楼阁般的生活。

我是自由的。

我要像你那样,几天后她对匪徒说。当时他们正在吃她做的酱汁蟹,他告诉她古巴的裸泳海滩是怎么回事。你肯定会成那儿的明星的,他说着,捏了捏她的乳头,哈哈大笑。

你什么意思,你要像我这样?

我要自由。

他微笑着摸摸她的下巴。那你就会成为最美的黑人。

第二天田园生活的泡泡终于破碎了,现实世界的纷扰闯了进来。一个又高又壮的警察骑着一辆摩托车来到他们的木屋前。头儿,宫里找你去,他说,连头盔也没来得及脱。看来,颠覆分子又惹大麻烦了。我会派车来接你的,匪徒保证。等等,她说,我和你一起去,她可不想又被扔下,但他要么没听见要么没在意。等等,混蛋,她气得直骂。但摩托车一点也没有减速的意思。等等!搭车也根本不可能。幸好贝莉经常趁他睡觉时偷他的钱,这样即便他失踪了她也能维持生活;不然她就要困在这片倒霉的海滩上了。她傻子似的等了足足八小时,然后背起包(把他的东西留在木屋里),冒着暑热,满怀冤仇,跋涉了大半天,最后终于发现一家小酒店,几个晒得黝黑的农民轮流喝着一瓶温啤酒,老板坐在唯一一块阴凉地里,挥手驱赶着果脯上的苍蝇。当他们发觉她站在面前时,赶忙站起身来。这时候她的火气早已经灭了,她想的只是不要再赶路了。你们知道谁有汽车吗?中午她坐上了一辆灰尘扑鼻的雪佛兰,往家的方向开去。你得把住门,司机提醒她,否则门就要倒了。

那就让它倒吧,她说道,紧抱双臂。

他们穿过一片神都不屑一顾的居住区,它疱疹一般侵蚀着大城市之间的动脉,惨不忍睹的窝棚一间挨一间,似乎是被飓风或者其他天灾卷到这里。唯一可见的商品是一头山羊尸体,用绳子挂在人够不到的高处,被剥了皮露出一束束橙色的肌肉,只有头上的皮还留着,仿佛一张死人面具。皮是不久前才剥的,苍蝇麇集的地方,肌肉还在颤个不停。贝莉不知道是因为天气太热,还是因为她喝了两杯酒店老板送给表弟的啤酒,是因为那头剥了皮的山羊,还是因为对迷失童年的模糊回忆,总之我们这位姑娘坚信她看见茅舍前的摇椅上坐了一个男人,他没有脸,当她经过的时候他还朝她招了招手,但还没等她来得及看清楚,这片村庄已经消失在了滚滚尘土中。你看见没有?司机叹了口气,小姐啊,我的眼睛可只能盯住马路。

她回到家后两天,就觉得一股寒气盘踞在肚子里,像是什么东西被淹死了。她不知道怎么回事,每天早上起来就要呕吐。拉英卡第一个发现了。唉,这事儿终于来了。你怀孕了。

我没有,贝莉不耐烦地说着,抹去嘴角边的臭糊糊。

但她是怀孕了。

暴　露

医生证实了拉英卡最大的担忧,贝莉却欢呼起来(小姐,这可不是开玩笑的,医生喝道)。她心里又害怕又欣喜若狂。真相暴露之后,她常常为这奇迹而辗转难眠,性情也莫名地恭谦温顺起来(你居然很开心?我的天哪,姑娘,你真是个傻瓜!)。对于贝莉来说:终于来了。这就是她一直在期盼的奇迹。她把手按在平坦的肚子上,耳畔响起嘹亮而清晰的婚礼钟声,脑海中浮现出一座房子,他向她许诺过、她梦见过的房子。

千万不要告诉任何人,拉英卡恳求她,但她当然把这事悄悄透露给好朋友多尔卡,多尔卡又把它传遍了整条街。好事自然希望有人看见,坏事却又不可能避人耳目。流言像野火一般席卷了他们的街区。

　　匪徒再次出现的时候,她把自己打扮得花枝招展,崭新的连衣裙,内衣别上茉莉花,新做了头发,甚至眉毛都修成一对警告似的连字符形状。他真得好好理发刮胡子了,耳朵边的鬓发尤其长势喜人似的。你香喷喷的让人想咬一口,他吼道,亲吻起她柔滑的脖子。

　　你知道吗,她羞答答地说。
　　他抬起头来。什么?

事后回想

　　她从来都不记得他曾叫她去打胎。但后来,当她在纽约布朗克斯区的地下公寓里冻得瑟瑟发抖,拼命干活从手指累到骨头里的时候,她想起来他确确实实叫她去打胎的。但和所有恋爱中的女子一样,她当时只听到想听的话。

取名游戏

　　但愿是儿子,她说。
　　我也希望是儿子,他半信半疑。
　　他们躺在情人旅馆的床上。电扇在头顶旋转,几只苍蝇绕着扇叶乱飞。
　　他的中间名该叫什么?她兴奋地问道。应该严肃一点,因为他将来要当个医生,像我爸爸那样。还没等他回答,她便说道:就叫他阿贝拉德。
　　他皱皱眉。这名字怎么这么娘娘腔?如果是男孩,我们就叫他曼纽尔。那是我爷爷的名字。

我还以为你不知道家里人名字呢。
他躲开她的抚摸。别惹我。
她被刺伤了,手探到下面抚着肚子。

真相及后果之一

他们在一起的时候,匪徒告诉贝莉很多事情,但有一个极为重要的情况他没有宣布。他结过婚。
我相信你们都已经猜到这一点了。我是说,他毕竟也是多米尼加人。但我敢打赌你们永远想不到他娶的是谁。
特鲁希略家里的人。

真相及后果之二

千真万确。匪徒的妻子正是——鼓声——特鲁希略的混蛋妹妹!你们以为萨马纳省的街头混混凭着单打独斗就能飞黄腾达进入特鲁希略政权的上层?得了吧黑鬼——这可不是什么连环漫画!
没错,特鲁希略的妹妹,小名拉斐的那个。匪徒在古巴寻欢作乐的时候遇到的。她是个尖酸刻薄的小气鬼,比他大了十七岁。他们合伙做烟草生意,而她也不知不觉地迷上了他那种诱人的快乐生活。他由着她——他一看就知道这是求之不得的良机——一年不到他们就切下了结婚蛋糕,还把第一块放进了领袖的碟子。现在仍健在的人会说,实际上拉斐在她哥哥发迹之前就是个妓女,但这似乎只是危言耸听,就像说巴拉古尔生下一群私生子再用老百姓的钱去摆平他们——别急,这千真万确,但其他就说不准了——呸,在我们这种愚昧国家谁能分清什么是真什么是假——总之在她哥哥发迹前她就是个坚强残忍的女人;她可不蠢,吃起贝莉那样的女孩子,就跟吃面包开水似的——假如这是狄更斯的小说,她就该开妓院才对——别忙,她还果真开了几家妓院!当然,狄更斯也可能让她开孤儿院。她这样的人物的确只会存在于盗贼政权下:银行里的存款千千万万,肚子里的良心丝毫没有;每一个和她打交道的人她都欺骗,甚至包括她哥哥。她已经打发两位有身份的生意人早早进了坟墓,榨干了他们最后一分钱。她坐在首都的宅邸中,就像蜘蛛精坐镇网中央,成天处理账簿,指挥下属,在固定几个周末晚上举行文学沙龙,邀请"朋友们"聚会数小时,忍受她那位五音不全的公子朗诵诗歌(儿子是前夫的;她和匪徒没有孩子)。然后,五月里的某一天一名用人出现在她房门边。

别睬它,她说,嘴里叨着一支铅笔。

吸气。夫人,新情况。

没完没了都是新情况。别睬它。

吐气。是您的丈夫。

黄檀树荫下

两天后贝莉心神不宁地徘徊在中央公园。她的头发已今非昔比。她跑出来因为她实在受不了待在家里和拉英卡在一起,既然她已丢了工作,也就没有清静地方躲了。她心事重重,一手按着肚子,一手抵着嗡嗡作响的脑袋。她想起几天前和匪徒之间的争吵。他大发脾气,突然咆哮起来,说他不愿意把孩子带到这么一个可怕的世界,于是她也吼道,迈阿密才不会那么可怕,他就一把掐住她的喉咙,说,要是你那么急着去迈阿密,就游去吧。之后他就没了音信,所以她东游西荡的希望能撞见他。好像他就在巴尼似的。她双脚浮肿,脑袋承受不住的疼痛开始向脖子转移,就在这时,两个留着一式大背头的彪形大汉夹住她的胳膊推搡到公园中心一棵老朽的黄檀树前，树下长椅上端坐着一位衣着华丽的老夫人，戴着雪白的手套，脖子上缠绕着珍珠。蜥蜴似的眼睛犀利地打量着贝莉。

你知道我是谁？

我知道个鬼。

索伊·特鲁希略。我也是狄奥尼西奥的妻子。有人告诉我，你一直在对别人说什么你要嫁给他，而且你还怀着他的孩子。好吧，我来这儿就是要你明白，小宝贝儿，这两件事你一件也办不成。这两位强壮能干的警官会带你到医生那儿，等他把你的肚子挖干净了，就不用再提什么孩子的事了。接下来，为你考虑，最好不要再让我看见你这贱骨头的脸，要不然我会亲自拿你喂我们家的狗。够了。该去医生那儿了。再见吧，我可不希望你迟到。

贝莉仿佛觉得被这丑婆子浇了一身滚热的油，但她的卵巢还在发威，放屁，你个恶心人的老妖怪。

我们走，一个大背头说着，就将她的手臂反剪到背后，和同伴一起拖着她穿过公园，只见一辆汽车阴森森地停在阳光下。

放开我，她尖叫道。她抬起头看见车里还有一个警察，当他转过来的时候她看见他竟然没有脸。她顿时软了下来。

这就对了，安静点，个儿高的那个人说道。

那将是多么凄惨的结局啊，假如我们的姑娘不走运，没看到若泽·沈从赌场跛着步走过，胳肢窝下夹着一份报纸。她使足力气想叫他，但就像噩梦里那样，她根本喘不过气来。正当他们硬要把她塞进车子，她的手擦到车上的金属板，舌头突然恢复了知觉。若泽，她低声说，快来救救我。

紧接着咒语解开了。闭嘴！大背头朝她头上背上猛敲下来，但晚了，若泽·沈冲过来，而他后面，真是奇迹啊，竟跟着他弟弟胡安和北京之家的其他人：康斯坦蒂娜、马科·安农尼奥，还有印第安人本尼。警察刚想拔枪，贝莉整个儿扑到他们身上，这时候若泽用手枪顶住了块头最大的那个家伙的脑袋，每个人都僵住了，当然除了贝莉。

你们这群婊子养的！我怀孕了！你们懂不懂！怀孕了！她转向刚才老太婆发号施令的方向，但她早已不可思议地消失了。

这姑娘被捕了，一个警察冷冷地说。

你们不能抓她。若泽把贝莉从他们手里扯过来。

不许碰她！胡安喝道，双手都攥着长砍刀。

听着，中国佬，你们知道自己在干什么。

这个中国佬很清楚自己在干什么。若泽扣动扳机，恐怖的巨响，仿佛肋骨折断了。他的面孔扭曲起来，闪烁出他早已丧失的一切。快跑，贝莉！他喊道。

她跑起来，泪水夺眶而出，但还是不忘最后踢警察一脚。

是这些中国人，后来她告诉女儿，救了我的命。

犹　豫

她本该索性逃走，但她却径直回了家。你信不信，和这倒霉故事里所有人一样，她没料到自己的麻烦竟然有那么严重。

出什么事了，孩子？拉英卡问道，丢下手里的煎锅抱住女儿。快告诉我。

贝莉直摇头，气喘吁吁说不出话来。锁上门锁紧窗，蜷在床上握住刀，浑身颤抖，抽泣个不停，肚子里冰冷得像藏了条死鱼。我要见狄奥尼西奥，她抽噎道。我现在就要见他！

到底怎么了？

你看，她本该远走高飞，但她想见到匪徒，想听他把来龙去脉解释清楚。尽管出了那么多事，但她还是希望他能带来转机，希望听到他粗哑的声音让她安心，就不会被残忍的恐惧咬啮五脏六腑了。可怜的贝莉。她太信任匪徒了。对他忠诚到底。因此几小时后当她听见有邻居喊，喂，拉英卡，你家的新郎官在外面呢，就从床上一跃而起，仿佛从发射器里弹出去似的，撞开拉英卡，不顾一切赤着脚奔向他停在外面的汽车。黑暗中她没注意到那并不是他的车。

你想我们了吗？大背头说着，啪地铐住了她的手腕。

她想喊，但来不及了。

圣徒拉英卡

女儿跑了出去，后来邻居说她是被秘密警察逮走了。坚强的拉英卡知道女儿完了，卡布莱尔家族的厄运最终还是渗进了她家。她站在街区外边，呆若木鸡，空对着夜色，感到绝望的寒潮压迫着她，无穷无尽，就像人的欲望。这一切可以有一千条理由（第一条当然就是那个该死的匪徒），但哪一条都于事无补。站在越来越深的黑暗中束手无策，宫里没一个人认识，没一个地方可去，没一个亲戚可托付，拉英卡几乎放弃了，她失去了立足之地，像孩子，像一堆凌乱的海蓬子般被裹挟着，离信仰的礁石越来越远而进入一片黑暗的海域。然而，就在这痛苦的时刻，仿佛有一只援助的手向她伸来，她终于想起来自己是谁。迈奥蒂丝·阿尔塔格拉西亚·托里比奥·卡布莱尔。"南方圣徒"之一。你得救她，她丈夫的幽灵说，不然没人会救她。

她振作起精神，做了一件和她出身相仿的女人都要做的事情，跪在阿尔塔格拉西亚圣女的肖像前祈祷起来。我们这些后现代人类往往瞧不起长辈的宗教热忱，以为那是返祖，是令人啼笑皆非的时代倒退，但正是在这种时刻，当希望统统破灭，末日迫在眉睫的时候，祈祷最终支配了一切。

告诉你们吧，诸位善男信女：多米尼加的信教史上还从来没有过这样的祈祷。念珠穿过拉英卡的指间,就像鱼线飞过背运渔夫的双手。"神明保佑!神明保佑!"的话还没有念上几句,成群结队的女人就跑来跟她一起祷告,不论年轻还是年老,凶狠还是和善,不苟言笑还是开朗活泼,就连以前嫌弃她女儿、骂她是婊子的那些人,也都不请自来,低声祈祷起来。多尔卡来了,那个牙医的老婆也来了,还有很多很多其他人。不一会儿房间里就挤满了虔诚的信徒,神灵的气息浓得据说就连魔鬼本人也不得不在此后数月远离南方。拉英卡却毫不在意。就算整个城市被飓风卷走,她的定力也不可能被吹散。脸色青了,脖子硬了,血液在耳畔轰鸣。她太入神,太执着地盼望能把女儿从深渊里拉回来。拉英卡的祈祷念得那么重,那么坚定,有几个女人跟得都累垮在地,脖子上再也感觉不到上帝的神圣呼吸。有一个女人甚至失去了判断是非的能力,几年后竟然成了巴拉古尔的得力副手。等到天快亮的时候,房间里原先那群人中只剩下了三个:拉英卡当然还在,她的好朋友、住在隔壁的莫莫娜(据说她能治愈肉瘤,还能一眼辨出鸡蛋的雌雄),还有一个大胆莽撞的七岁小姑娘,那时候大家还没注意到她的虔诚,因为她动不动就喜欢像男人那样乱擤鼻子。

她们祈祷着,直到疲惫不堪,直到进入那灵光闪烁的阶段,感觉肉体死亡而又复生,感觉一切皆是痛苦。而最后,拉英卡开始以为自己的灵魂正在脱离世间的种种束缚,祈祷的人群开始消散——

选择和后果

他们的车一路朝东。那时候的城市还没有扩散成怪兽,也没有以浓烟浊雾彼此威胁,所见尽是蔓延的棚户区;那时候的城市规模不会超出科布西耶式的梦想;市区在急速缩小,这一秒钟你还在二十世纪(当然是第三世界的二十世纪),下一秒钟你却发现自己倒退一百八十年，进入一大片随风起伏的甘蔗地。这种变化可真像一种时间机器的鬼把戏。据报告，满月的夜晚，洒落的月光会将桉树叶铸成幽灵般的银币。

外面的世界多么美丽，但车子里面……

他们一路都在揍她，她的右眼角已经裂出一道血淋淋的口子，右边乳房肿得快要迸开似的，嘴唇碎了，下颌受伤了，每次吞咽都会痛得难以忍受。他们一打她，她就大叫，但她就是忍住不哭，明白吗？她的坚强令我惊讶。她不愿意让他们称心。那样一种恐惧，令人血液凝固的恐惧，就像面对一把对准你的手枪，就像一觉醒来发现有人站在你的床边，而且，这将永远持续下去。这样的恐惧，她就是不表现出来。她恨死这些家伙了。她这辈子都要恨死他们，绝对、绝对不宽恕，一想起他们就怒火中烧。换了别人，一拳过来都会别过脸去，但贝莉偏偏迎上去。一拳头过去，她就趁机把膝盖抬起来揉揉肚子。没事，她蠕动着受伤的嘴唇。你会活下去。

我的天哪！

他们把车停在路边，把她押进甘蔗地。他们往前走着，身边的甘蔗轰隆作响，暴风雨一般把他们困在中央。我们的姑娘，她不时甩开落到脸上的头发，一心想着她可怜的儿子，为这孩子，她终于忍不住哭出声来。

那个大块头递给同伴一根警棍。

我们得快点了。

不行，贝莉说道。

我永远也不可能知道她是怎么侥幸活下来的。他们打她就像打一个奴隶，打一条狗。允许我略过他们的暴行，就说说造成的伤势吧：锁骨，变形；右肱骨，三处骨折（那条胳膊以后再也使不上力了）；肋骨，断裂五根；左肾，挫伤；肝脏，挫伤；右肺，塌陷；门牙，脱落。受伤共计一百六十七处，而那些狗娘养的没敲碎她的脑袋,只不过是碰巧了,虽说她的头已经肿得大象似的了。是不是有时间强奸她一两次?我怀疑有,但我们永远不可能知道,因为这种事她不会谈及。只能说,言语到此终结,希望到此终结。这种打击能把人摧毁,彻底摧毁。

在车上,甚至在他们刚开始疯狂折磨她的时候,她仍然傻傻地抱着希望,希望匪徒会来救她,握着手抢和特赦令出现在黑暗中。后来,显然不可能有什么救兵了,但在昏迷的一瞬,她还幻想他会来医院看她,他们就在那儿举行婚礼,他穿着西装,她打着绷带,而这依然是一段痴想,因为她的肋骨断了,现在就只剩下痛苦和愚蠢。昏迷中她又看见他跨上摩托车远去,她呼唤着要他等等、等等,胸口疼得发紧。蓦地她又看到拉英卡在房间里祈祷——如今横亘在她们之间的沉默,比爱还要强大——在她体力逐渐不支的黄昏,孤独张开巨大的口,淹没了一切,这孤独超越了死亡,抹杀了所有的记忆。那是她童年时就有的孤独,她那连自己名字都没有的童年。她正陷入这样的孤独,她将永远困在这样的孤独中,一个形单影只、相貌丑陋的黑人,手里握一根小树枝在尘土中涂写,自以为在涂写字母、单词、名字。

一切希望都落空了,但就在这时,诸位善男信女,仿佛是祖先显灵,奇迹出现了。当我们这姑娘即将销声匿迹,当毁灭的寒气悄悄爬上她的双腿,她突然发掘出身上最后一股力量之源:卡布莱尔家族的神力——她必须认识到自己又被欺骗,又被愚弄了,被匪徒,被圣多明各,被她自己愚蠢的欲望,她必须点燃这神力。我们的贝莉就像《黑暗骑士归来》中的超人吸取整个丛林中的光子能量而抵挡住了核弹头的袭击,也从愤怒中获得重生。换句话说,她以勇气挽救了自己。

如同体内的一道白光。如同太阳。

她走进汹涌的月光。遍体鳞伤的姑娘,躺在一片狼藉的甘蔗地上。

痛苦，但活着。活着。

现在我们到了这故事最令人不可思议的部分。接下来的究竟出自贝莉支离破碎的想象还是其他什么，我一概无法说清。就连你们的"观察者"也保持沉默，他也有空白页。没有人能跨越"起源之墙"①去一探究竟。但无论真相如何，请记住：多米尼加人都是加勒比人，因此对任何极端现象都有非同寻常的容忍力。除此之外，我们还有什么办法能像现在这样苟活下来？所以当贝莉徘徊在生死边缘之际，她的身边突然出现了一个灵物，像是温顺的獴，但有一双狮子似的金眼珠和一身纯黑皮毛。个头比同类更大些，一对灵巧的小爪子放在她胸口，俯身凝视着她。

你得站起来。

我的孩子，贝莉抽泣起来。我的宝贝儿子。

希帕蒂亚，你的孩子没了。

不，不，不，不，不。

它拉住她那条没被打断的胳膊。你现在就得站起来，不然你永远也不会有儿子和女儿。

什么儿子？她号啕大哭。什么女儿？

他们在等待。

四周一片黑暗，她的双腿在身体下面一个劲地颤抖，像烟。

你得跟着我。

它钻进甘蔗地，贝莉挥去泪水，发现自己根本不知道哪条是出去的路。你们大概也知道，甘蔗地可不是闹着玩儿的，再机灵的成年人也会在无边无际的甘蔗地里迷失方向，几个月后出来就只剩下一把骨头。但正当贝莉就要绝望的时候，她听见那灵物的声音。她

---

① 美国漫画《DC宇宙》中立于银河系边缘的墙，墙外为万物之源。

（因为它声音轻灵得像女人）在歌唱！她分辨不出它的口音：也许是委内瑞拉，也许是哥伦比亚。睡吧，睡吧，睡吧，你叫什么名字。她摇摇晃晃地抓紧甘蔗，像老人抓紧吊床，喘息着，迈出第一步，一阵眩晕，眼前一黑，然后又迈出第二步。危险的路程，因为一旦倒下她知道自己再也不可能站起来。她不时看见灵物那魅惑的双眸在甘蔗丛间闪烁。我的名字叫作黎明之梦。甘蔗当然不想让她轻易离开；她的手掌被划破，肚子被刺痛，腿被擦伤，喉咙也被甘蔗的甜腻气味堵住了。

每当她觉得自己快跌倒了，就努力想象未来的模样——她的孩子们，于是她又能鼓起气力继续往前走。她艰难地移动着，推动她前行的先是身体的力量，接着是希望，接着就是仇恨，是不可战胜的心灵。最后，所有这些全都耗尽，她开始跌跌撞撞地往前奔，垂着头仿佛即将败下阵来的拳手，而就在这时，当她举起那条没有受伤的手臂，迎接她的不再是甘蔗，而是广阔的生的天地。她受伤的赤脚触到了柏油路面，还有风。轻风啊！可她品尝风的滋味不过一秒钟，一辆大卡车呼啸着从黑暗中疾驰而来。什么世道，她想，几乎要像狗一样被撞翻了。但她没被压扁。司机——事后他对天发誓说当时影影绰绰看见一头狮子模样的动物，眼睛好像琥珀灯一样吓人——猛地踩下刹车。就在离赤裸蹒跚、鲜血淋漓的贝莉不到几英寸远的地方，卡车停下了。

听好了：卡车上有一支歌舞队，刚刚从奥科阿的一场婚礼上演出回来。他们是鼓足了勇气才没有掉转车头逃走。人人都在尖叫，是怪兽，是黄牛，不对，是个海地人！最后是主唱的喊声使大家安静下来，是个姑娘！演员们把贝莉抬到乐器中间，撕开衬衫为她包扎伤口，用他们带着给卡车降温、压甘蔗酒的水把她的脸清洗干净。他们俯身瞅着她，擦擦嘴唇，颤抖的手捋过稀疏的头发。

你们猜这是出了什么事？

我看她被袭击了。

是狮子,司机说。

说不定她是从车子上摔下来的。

她好像是摔到车子底下了。

特鲁希略,她咕哝着。

演员们呆住了,面面相觑。

我们别管她了。

吉他手赞成。她肯定是个颠覆分子。要是他们在我们这儿找到她,警察会把我们一起杀了的。

快把她放回路上去吧,司机恳求道,就让狮子吃了她。

大家都沉默了,然后主唱擦亮一根火柴举到空中,在那微弱的火光中隐隐约约出现一张女人的面孔,一双金色的眼睛闪着魅惑的光。我们不能丢下她不管,主唱的声音里带着古怪的希巴欧口音,这时候贝莉知道她终于得救了。①

诅咒与破咒的较量

岛内岛外依然有很多人认为,贝莉这次几乎致命的打击不容辩驳地证明了,卡布莱尔家族的的确确受到了最严重的诅咒,本地人称之为"阿特柔斯的诅咒"。一生中两次与特鲁希略家狭路相逢——除此之外还能是什么?但另外一些人质疑这种推测,认为贝

---

① 獴,宇宙中最不稳定的粒子之一,也是宇宙中最伟大的旅行者之一。跟随人类走出非洲,在印度度过一个漫长假期后,跳上航船抵达西印度,即加勒比。最早的文字记载出现在公元前 675 年一位无名氏写给亚述帝国皇帝亚舍巴尼拨的父亲以萨哈顿的信中,此后獴就被认为是君王舆驾、镣铐及等级制度的敌人,也被认为是人类的盟友。很多"观察者"怀疑獴是从另一个星球来到我们这个世界的,但迄今为止还未发现有关这一迁徙的证据。——作者注

莉的幸存就是最好的反证。毕竟，受到诅咒的人通常不可能在遍体鳞伤的情况下逃出甘蔗地，又碰巧在半夜三更被一群好心的演员救起并立刻送往与医生有着微妙关系的"妈妈"身边。这些人说，如果这种种机缘能证明什么的话，那就是我们的贝莉得到了上帝的保佑。

那流产的儿子怎么讲？

这个世界充斥着太多的悲剧，黑人又何必为诅咒寻找理由。

对于这个结论，拉英卡不会提出异议。直到临终前她依然认为贝莉在甘蔗地里遇到的不是诅咒而是上帝。

我遇到了某种东西，贝莉宁愿谨慎地说。

回到活人中间

生死未卜，我告诉你们，直到第五天才转危为安。最后她终于恢复知觉，立刻尖叫起来。手臂像被石磨夹住了肘，头上像被箍了一个灼热的铜圈，肺像炸碎的彩罐残片——上帝啊！她一醒过来就失声痛哭，但我们的姑娘不知道，这三四天来巴尼最好的两位医生一直在秘密为她治疗；他们是拉英卡的朋友，也是特鲁希略的坚定反对者。他们为她接好手臂、打上石膏，缝合了头皮上令人不寒而栗的伤口（总共六十针），涂抹在她伤口上的红药水足够给一支军队消毒了，注射吗啡和破伤风针。多少个忧心忡忡的夜晚，不过看起来最凶险的阶段已经过去。医生们在拉英卡祈祷团的精神援助下，创造了一个奇迹，接下来就是等待痊愈（幸亏她身体强壮，医生说着，收好听诊器。上帝拉了她一把，祈祷团都说着，收好《圣经》）。但我们的姑娘感到的并非上帝的垂怜。她声嘶力竭地痛哭了一番，不得不接受躺在病床上的现实，不得不接受自己的处境，然后她低低喊出拉英卡的名字。

床边传来保护人轻柔的声音：别说话。除非你要感谢让你重生的救世主。

妈妈，贝莉哭道，妈妈。他们杀了我的孩子，他们还想杀我——

但他们失败了，拉英卡回答，尽管用尽了心机。她把手搁在女儿的前额。

现在你该安静些了。你该冷静下来。

那个晚上的考验真如中世纪晚期般的严酷。贝莉忽而幽幽啜泣，忽而狂怒至极，他们都威胁要把她从床上扔出去，重新撕开她的伤口了。她仿佛中了邪一般，躺在床垫上，身体僵直得像一块木板，挥舞起那只没有受伤的手臂，捶打自己的双腿，连声啐咒。她号啕大哭——根本不顾自己的肺已被刺穿，肋骨也断了几根——她悲痛欲绝地号啕着。妈妈，我杀了我的孩子。只剩下我一个人了，只剩下我一个人了。

一个人？拉英卡弯下身子，你要我打电话给匪徒吗？

不要，她喃喃地说。

拉英卡凝视着她，我也不想给他打电话。

那天晚上贝莉就在孤寂的汪洋大海中漂浮，在绝望的狂风中挣扎。在她断断续续的睡梦中她看见自己真的死了，再也不会复苏，和她的孩子躺在同一副棺材里，而当她终于醒来，天已破晓时，外面大街上传来一阵她以前从来没有听到过的哀乐声，尖利的哀号仿佛是从人类破碎的灵魂中撕扯出来的。那丧歌仿佛是在为整个地球送葬。

妈妈，她急急地喊道，妈妈。

妈妈！

别吵，孩子。

妈妈，是为我送葬吗？我要死了吗？你说呀，妈妈。

哎，孩子，别瞎说。拉英卡双手搂着女儿，把嘴巴贴到她耳朵边：是特鲁希略。

被枪杀了，她低声说，就在贝莉被绑架的那天晚上。

还没人知道详情。只知道他已经死了。①

----

① 他们说那天晚上他去和某个情妇幽会。谁会奇怪呢？地地道道的色鬼的下场。也许在这最后一天晚上，领袖摊开四肢躺在他的雪佛兰后座上，一心想着正在豪华别墅里等他临幸的情妇。也许他什么也没想。谁知道呢？不管怎么说：一辆黑色雪佛兰轿车迅速靠近，就像死神，车里坐满美国人指使的职业杀手，这当口两辆车都到达市区边缘，路灯没有了（圣多明各的现代化确实很有限），在远处黑暗中出现了一片牧牛市场，十七个月前曾有一伙年轻人策划在那里暗杀他。领袖让司机扎卡赖亚斯打开收音机，但是——多么恰当——收音机一遍又一遍地朗诵着同一首诗。也许这首诗让他想起加林德兹。

也许没有。

黑色雪佛兰不动声色地亮起车灯，请求超车，扎卡赖亚斯以为车里是秘密警察，就减速让道。正当两车并行的时候，只听见安东尼奥·德拉马扎（他的哥哥——奇怪，奇怪——正是在加林德兹丑闻中被杀，这件事说明杀书呆子的时候应该多加小心，你永远不知道谁会来找你索命）扣响手枪。据说这时领袖叫起来，妈的，我受伤了！第二枪击中扎卡赖亚斯的肩膀，他又痛又惊，就要停车。以下是尽人皆知的对话：快拿枪，领袖命令道，准备战斗。扎卡赖亚斯说：不行，领袖，对方人多，但领袖仍说：准备战斗。他完全可以命令扎卡赖亚斯调转车头返回首都的安全地带，但他却像疤面煞星托尼·蒙塔纳那样下了车，跟跄地下了弹痕累累的雪佛兰，手握一把.38口径手枪。其余部分，当然已成历史了，而如果是电影，你就该用吴宇森的慢镜头。拉斐尔·列奥尼德斯·特鲁希略·莫利纳身中二十七枪——真是个多米尼加式的数字，生命指数损失400点，据说朝他的出生地圣克里斯托瓦尔方向迈出两步。我们都知道，所有的孩子，贤或不肖，都会找到回乡路，但他转念一想又返身面向首都，他最钟爱的城市，永远地倒下。扎卡赖亚斯被击倒在路边草地上，顾顶中央被.357口径步枪子弹擦伤，真是奇迹中的奇迹，他居然活下来了，亲口讲述这个故事。德拉马扎也许是想到了被害死的可怜哥哥，他捡起特鲁希略尸体手里的手枪，瞄准脸部就是一枪，并说了以下名言：这只老鹰再也不会吃鸡了。然后杀手们将领袖的尸体藏起来——藏哪儿？当然是后备厢里。

王八蛋就此一命呜呼。特鲁希略时代（算是）就此终结。

他被枪杀的那个路段，我去过无数次。没什么可汇报的，除了每次我穿马路的时候，总是差点被海纳开来的公共汽车撞翻。有一段时间我曾听说，那一带常有领袖最担心的人出没：同性恋。——作者注

拉英卡的衰老

千真万确,伙计们。拉英卡以祈祷的神秘力量救回了女儿的性命,成功破解了卡布莱尔家族的诅咒。(但她付出了什么代价?)每一个邻居都会告诉你,女儿逃离这个国家后不久,拉英卡的精力就开始衰退,就像经受魔戒蛊惑的凯兰崔尔——有些人会说,那是因为她为女儿的失意而悲伤,但也有人认为是由于那天晚上赫拉克勒斯般的大力祈祷。无论你怎么看,有一点不容否认,贝莉离开后不久,拉英卡就已满头白发,而当洛拉住过来的时候,她再也没有从前那种伟大的力量了。不错,她是救了女儿的命,但结果又如何?贝莉依然十分脆弱。在《王者归来》的结尾,索伦的恶灵被"一阵大风"带走并被彻底"吹散",没有给我们的英雄们留下任何后果[1];但特鲁希略却太强大,流毒太深,不可能轻易驱除,即使死后仍阴魂不散。在领袖和二十七颗子弹翩翩起舞的几个小时里,他的部下四处杀戮劫掠,完成其遗愿,为其复仇。深重的黑暗降临这个岛国,这是自菲德尔上台以来,特鲁希略之子拉姆菲斯第三次发起围剿,用你能想到的最卑劣的手段,使许多人受到加害,成为儿子送给父亲的最恐怖、最残忍的殉葬品。即便是拉英卡——这个坚强能干的女人在她自己的巴尼"金色森林王国"打造了精灵魔戒——也明白她将难以保护自己的女儿免遭毒手。怎样才能阻止谋杀者回来继续阴谋?毕竟,他们已经杀害了著名的米拉瓦尔姐妹[2],她们是上帝的女儿;怎样才能阻止他们杀害那孤苦伶仃的黑

---

[1] "船长们眺望南方的魔多大陆,他们似乎看见云幕前升腾起一大团浓重的黑影,在闪电的衬托下,笼罩着整个天空。它巍然耸立在大地上,伸出一只巨手向他们逼近,可怕却虚弱;因为就当它将要触到他们的时候,一阵大风把它带走,它被彻底吹散、消失了;接着大地一片寂静。"——作者注

[2] 米拉瓦尔姐妹是在哪儿被谋杀的?当然是在甘蔗地里。然后他们把尸体塞进一辆汽车,制造车祸假象!举个例子来说吧!——作者注

人女孩？拉英卡深感危险触手可及。也许这就是她为何殚精竭虑地做最后的祈祷。拉英卡发誓，每次她把目光投向女儿，都看见她身后立着一个黑影，而当你想看看清楚的时候，这黑影却消失了。一个骇人的黑影牢牢拽住她的心，并在悄悄扩大。

拉英卡必须采取行动，所以，她还没来得及从"万福马利亚"的祈祷中恢复元气，就开始祈求祖先和上帝保佑。她再次祈祷。为了表明心迹，她甚至斋戒禁食。就像阿巴盖尔妈妈①。除了一个橘子什么都不吃，除了清水什么都不喝。这一番巨大的虔诚付出令她的精神陷入迷茫。她不知道接下来该怎么办。她的头脑有如獴，而她也毕竟不是一个世故的女人。她找朋友，朋友认为该把贝莉送到乡下。她在那儿会很安全。她找牧师。你该为她祈祷。

到第三天，主意来了。她梦见自己和已故的丈夫在海滩边散步，那儿正是他溺水身亡的地方。他黑黝黝的，每到夏天总是这样。

你得送她走。

可他们会在乡下找到她的。

你得把她送到纽约。只有这么办，听我的没错。

然后他就气宇轩昂地走入水中；她想叫他回来，快回来吧，但他根本不听。

他这来自冥界的建议可怕得叫人不敢多想。流放到北方！去纽约，那么一个陌生的城市，连她自己都从来不敢涉足。她会失去女儿，自己的伟大事业——治愈衰落的创伤，挽救垂死的卡布莱尔家族——也会功败垂成。而且谁知道女儿和美国佬混在一起会出什么事？在她看来，美国无非是个匪徒、娼妓、人渣横行肆虐的国家。那里的城市充斥着机器和工厂，到处是不知羞耻的招摇撞骗，如同

---

① 美国作家斯蒂芬·金小说《末日逼近》中的人物，带来上帝的旨意。

圣多明各到处是滚滚热浪。那是一个打着铁掌、喷着毒雾的妖怪，冷漠的目光深处闪闪的全是金币的诱惑。每一个漫漫长夜拉英卡都在和自己搏斗！但谁是雅各，谁又是天使？毕竟，谁说得准特鲁希略家族会不会继续执政？领袖的妖邪权势正江河日下，谁会接替他，似乎偶有风声。谣言四起，说是古巴人已准备入侵，又说海军陆战队已经在部署。谁知道明天会带来什么？何必将心爱的女儿送走？何必那么匆忙？

拉英卡觉得自己正和十六年前贝莉的父亲一样左右为难，那时候卡布莱尔家族刚刚开始反抗特鲁希略家族的强权，正在犹豫究竟应该行动还是应该缄默。

她举棋不定，只得继续祈求指引——为此再禁食三天。要是大背头再次登门，谁知道又会惹出什么麻烦？我们这位保护人也许真会像阿巴盖尔妈妈那样出走。但是谢天谢地，当她打扫前庭的时候，大背头突然出现。你叫迈奥蒂丝·托里比奥吗？他们的发型就像甲壳虫的后背。浅色的夏装裹着非洲人的肌肉，夹克衫下面硬邦邦、油亮亮的枪套吱嘎作响。

我们要和你女儿谈谈，一个大背头恶狠狠地说。

就现在，第二个大背头接口说。

当然可以，她答应道。她从房子里跑出来，手上握着一把长砍刀，大背头赶紧退进车里，哈哈大笑起来。

大背头一：我们会回来的，老东西。

大背头二：咱们走着瞧。

谁来了？贝莉躺在床上问，双手摁住空空如也的肚子。

没有谁，拉英卡说，把大砍刀藏在床边。

第二天夜里，这个"没有谁"在大门上射出一个洞眼。

接下来几个晚上她就和女儿睡在床底下，又过了几天，她告诉女儿，无论发生什么事你都要记住：你父亲是医生，医生。你母亲是护士。

最后她说：你得离开这里。

我想离开。我恨这地方。

现在这姑娘已经能够自己一瘸一拐上厕所了。她完全变了。白天她就默默地坐在窗前，拉英卡在丈夫淹死后也是这个样子。她再也没有笑意，再也不会开怀，再也不和谁讲话，连好朋友多尔卡也不例外。她仿佛蒙上了黑纱，就像咖啡罩上了牛奶。

你不懂，孩子。你必须离开这个国家。否则他们会杀了你。

贝莉大笑起来。

噢，贝莉，别那么草率，别那么草率：你对美国、对流放地知道多少？你对纽约，对没有供暖的"老式"公寓，对那些自我憎恨、头脑短路的孩子知道多少？小姐，你对移民又知道多少？别笑，我的黑人姑娘，因为你的世界将发生变化。彻底的变化。是的：一位可怕的美人就是……相信我的话。你笑是因为你的灵魂已被洗劫一空，因为你的爱人背叛了你差点害死你，因为你的长子已经胎死腹中。你笑是因为你没有了门牙，因为你发誓以后永远不再微笑。

但愿我能说出些别的来，可我记录下的就是这些。拉英卡说你必须离开这个国家，而你却放声大笑。

故事结束。

共和国末日

对于那最后几个月她几乎什么都不记得了，除了愤怒和绝望（再见匪徒一面的愿望也熄灭了）。她被黑暗之神牢牢攥住，像幽灵一样过着日子。她绝不出门一步、除非万不得已；她们终于确立起拉英卡向往的关系，只是她们不再交谈。还有什么可说的？拉英卡认真地说起北方之行，而贝莉觉得自己仿佛已经踏上旅途。圣多明各渐渐远去。家、拉英卡、她塞到嘴里的烤红薯，都已不见——而剩下的世界也必将追上它们的脚步。只是在她发现大背头鬼鬼祟祟地在附近出现时，她才依稀感觉旧日的存在。她会恐惧地大叫，而他们立刻面带得意地扬长而去。我们会再见面的。很快就会。晚上总有噩梦缠绕，梦里是甘蔗地，是那没有脸的人，但每当她惊醒，拉英卡总站在身边。安静些，孩子，安静些。

（至于那些大背头：他们为什么不立即下手？也许是害怕受到惩罚，毕竟特鲁希略已经垮台。也许是因为拉英卡的威力。也许是未来的力量赶来保护家族第三个也是最后一个女儿？谁说得清呢？）

我看拉英卡在那几个月里没睡过一天安稳觉。拉英卡整天大砍刀不离身。女孩见了极为光火。要知道当精灵之城贡多林毁灭的时候，你不用等着妖魔来敲门。你就赶紧开溜吧。于是她真的溜了。该准备的文件都准备好了，该买通的都买通了，一切手续就绪。这在以前是不可能的，但现在领袖已死，香蕉幕已被粉碎，无论何种逃跑方式都可以做到。拉英卡找出一些照片和信交给贝莉，那些都是以前和拉英卡同住过的一个女人的，这女人住在一个叫作布朗克斯区的地方。但贝莉并没有理会。她把照片扔在一边，信也从来没有打开过，因此当她抵达爱德怀尔德机场[①]的时候，根本不知道该去找谁。小可怜啊！

就在"好邻居"和特鲁希略家族余孽之间的平衡即将打破之际，贝莉被带到一位法官面前。拉英卡让她在鞋子里藏些木瓜叶子，这样法官就不会问太多的问题。整个诉讼过程中这姑娘都心不在焉地默默站着。一个星期前，她和匪徒终于在他们最早去过的首都一家情人旅馆见了面。这家旅馆由中国人经营，路易斯·迪亚斯

[①] 即现在的纽约肯尼迪国际机场。

的名曲唱的就是它。可这并不是她向往的团聚。唉，我可怜的黑美人，他叹息着，抚摸她的头发。曾经是闪电般的发路，粗壮的手指抚摸着笔直的头发。我们被出卖了，我和你，被可怕地出卖了！她想说说他们死去的孩子，但他轻轻挥挥手，不愿谈这个小冤魂，然后把她的大乳房从胸罩的保护中解脱出来。我们会再有个孩子的，他许诺道。我想要两个，她轻声说。他笑起来。我们会有五十个。

匪徒的脑子里塞满了事情。特鲁希略家族的命运，古巴人即将发动的入侵，这些都令他忧心忡忡。我这样的人，公审时会被枪毙的。切·格瓦拉要找的，第一个就是我。

我在想是不是要去纽约。

她指望他会说，你不要去，或至少是说他会陪她一道去。但他只是告诉她，他有一次去纽约，为领袖摆平一件事，有家古巴餐馆的螃蟹恶心死人了。他没提他的老婆，当然不会提，她也没问。那会要了她的命。后来，他快高潮的时候，她想抱紧他，但他挣脱了，射在她黝黑的伤痕累累的背上。

就像在黑板上写粉笔字，匪徒开了句玩笑。

十八天后，在机场候机大厅里，她仍然在想他。

你不一定非去不可，女儿正准备排队登机，拉英卡突然说道。太晚了。

我要去。

她一辈子都在追求快乐，但圣多明各……混账圣多明各却叫她步步失败。我再也不想见到它了。

别这么说。

我再也不想见到它了。

她要脱胎换骨，她发誓。人家说，骡子无论走多远也不可能变成马回来，但她要让这些人开开眼界。

别这么就走了。带上这个，路上吃。可可糖。

排队验护照的时候,她就可以把它扔了,但直到现在她还留着那个糖罐。

别忘了我。拉英卡把她抱住亲了一下。别忘了你是谁。你是卡布莱尔家族第三个也是最后一个女儿。你是医生和护士的女儿。

最后看一眼拉英卡:用尽气力朝她挥手,泪眼婆娑。

验证官问了她不少问题,最后轻蔑地敲上一通印戳,她被放行了。接着是登机,起飞前和坐在她右边的一个衣冠楚楚、一只手戴四枚戒指的小子闲聊——你去哪里?世外桃源,她没好气地回答——最后飞机在发动机的轰鸣中脱离地面,而贝莉,以前从来不信上帝的贝莉,闭上双眼,开始祈求上帝的保护。

可怜的贝莉。几乎直到最后一刻,她仍梦想着匪徒会来救她。对不起,我的黑美人,我很抱歉,我永远不该让你走(她仍然梦想着被拯救)。每时每刻,她都在期待他:在去机场的路上,在等待验证官检查护照的时候,甚至在登机的时候,而最后她甚至荒唐地幻想他会从飞行员座舱里冒出来,穿着笔挺的机长制服——你被我耍了,对吧?但是她再也没有见过匪徒,除了在梦里。飞机上还有一些人也是第一次出远门。万千溪水即将汇成河流。你瞧,此时的她离成为母亲更近了一步,我们希望她成为母亲,假如我们希望见到奥斯卡和洛拉的诞生。

她十六岁,肤色比黑更暗,是余晖中最美的一缕,乳房仿佛夕阳藏匿在皮肤下面,不过尽管年轻尽管美丽,她却有一种怀疑和抑郁的神色,只有用极大的喜悦才能消解。她没有多少梦想,没有使命的推动,没有抱负的牵引。她最迫切的愿望?就是找到一个男人。她现在还不知道:严寒、工厂里繁重枯燥的体力活、流放地的孤独,还有她将永远回不了圣多明各,她心中的城市。还有些事她不知道:坐在她身边的这个男人将成为她的丈夫,她两个孩子的父亲,又在同居两年后离她而去,那是她第三次也是最后一次的心碎,此后她将不会再遭遇爱情。

她做了一个梦,童年时代的梦,梦见几个瞎子正挤上公共汽车乞讨。就在这时,她醒了,坐在她旁边位子上的那个漂亮小伙子碰碰她的胳膊肘。

小姐,你肯定不想错过外面的风景。

我已经看到了,她不耐烦地说。然后,她让自己平静下来,朝窗外一瞥。

夜色降临,纽约城灯火通明。

第四章　情感教育
（1988—1992）

　　故事是从我开始的。奥斯卡出事前那年，我自己也运气不好；从洛克西剧院出来步行回家，路上被劫了。是一帮新不伦瑞克的小子。该死的拉丁后裔。凌晨两点，我莫名其妙地还在乔伊斯·基尔默纪念林里瞎逛。没伴儿，没开车。为什么？因为我身强力壮，看见埋伏在一角的那帮初出茅庐的歹徒，还自以为能闯过去。大错特错。我这辈子都会记得其中一个小子脸上的微笑。仅次于在中学拳击赛的表现，他在我面颊上犁了道深沟（伤疤现在还在）。我要能讨饶就好了，可这帮家伙真是把我打惨了。要不是正好有个见义勇为的好心人开车经过，这帮狗娘养的说不定早把我活活整死了。这个好心人想带我去罗伯特·伍德·约翰逊医院，但我没有医疗保险，而且，自从我弟弟得白血病死了之后，我就一直怕见医生，所以我自然是：不用不用不用。况且刚刚被人踢了一顿屁股，我实际上感觉棒极了。可等到第二天我就觉得浑身痛得要死。头晕呕吐站都站不起来。好像五脏六腑都被掏出来，用锤子打扁了又用回形针夹在一起，简直糟透了。而我那些朋友——所有那些顶顶了不起的朋友——只有洛拉来看我。是我哥们儿梅尔文告诉她的，她就火速赶来了。我一辈子都没有这么开心过。洛拉，瞧瞧她可爱的大板牙。洛拉，她看到我被打成这样，都哭了。

　　是她照顾我被打烂的屁股。做饭，收拾屋子，补习功课，拿药,甚至连我有没有洗澡都操心。这么说吧,她把我的蛋蛋都缝好了,有哪个女人愿意替男人做这事?我敢保证。我实在受不了了,脑袋破得厉害,但她还为我擦背,这件事我记得最清楚了。她手上拿着海绵,海绵擦着我的身子。我有个女朋友,但那几天却都是洛拉陪我过夜的。把头发梳通——一下,两下,三下——然后蜷起修长的身体躺到床上。别再半夜瞎逛了好吗,大侠?

在大学里你什么都用不着在乎——只要到处泡妞就成——可不管你信不信,我还真就在乎洛拉。她是很容易就让人在乎的那种女孩子。洛拉和我平常泡的那些小娘儿们完全不一样:这妞大概六英尺高,压根儿没奶头,比你最黑的姥姥还要黑。整个就像两个女孩嫁接在一块儿:上身精瘦,屁股却像台凯迪拉克和病驴。超级优等生,大学里无论哪个社团她都管,穿得正经八百地出席各种会议。女生联谊会主席,萨尔萨舞舞蹈队队长,"夜晚撤回运动"[①]的联合主席。一口地道西班牙语。

大学预备班上就认识了,但直到二年级她妈妈第二次病倒的时候,我们才好上。尤尼尔,开车送我回家,这是她说的第一句话,一个星期后我们就开始了。我记得她当时身穿道格拉斯运动裤和T恤,把她男朋友送的戒指摘下来,然后吻我。黑眼睛盯着我的眼睛。

你的嘴唇真棒,她说。

你怎么忘得了她这样的女孩?

才干了三个晚上她就觉得实在对不起她男朋友,于是就和我断了。而一旦洛拉要了断一件事,她就断得彻彻底底。就连我遭劫后的那几天晚上,她也坚决不让我挨上边。就是说你睡我床上却不和我睡觉?

[①] 20世纪70年代以来发起的旨在保护妇女免遭暴力攻击的运动。

我是黑，尤尼尔，她说，但我不笨。

看穿了我是那种下流小人。我们断交两天后，她就看见我勾搭上她的一个会员姐妹，从此就不睬我了。

关键是：大二快结束的时候，她弟弟陷入了要命的抑郁症——因为被某个女孩子作践了，连灌两瓶烈酒——差一点就要了自己的小命，还害死了生病的妈妈，你知道这种时候是谁站出来的？

我。

我说我明年和她弟弟一块儿住，洛拉听了大吃一惊。我帮你看住这傻小子。自杀闹剧发生后，罗格斯大学的德马莱斯特宿舍楼里再也没人愿意和这位老兄同住，他只好一个人打发大三这一年了；洛拉也来不了，因为那一年她被安排去西班牙，她最大的梦想终于实现了，可她还是为弟弟担心。我说我来帮忙，真把洛拉给震住了，而且我当真去了，她简直呆了。搬过去和他住一块儿。那个混账德马莱斯特宿舍楼。全是些古怪失意的变态娘娘腔。我向来管那儿叫德马莱斯特同性恋楼，也就那么住进去了，要知道我可是能一把举起三百四十磅。要是遇上一个白人小艺术家肯定愿意和他混在一起。我把申请表交到写作班，到了九月初，我就和奥斯卡一块儿了。

我喜欢把这事儿做得跟慈善义举似的，但其实并不是那么回事。没错我是想帮帮洛拉，照顾她那个疯弟弟（我知道在这世界上她就只爱他一个人），但我也得为我自己想想。那年我抽到了大概是宿舍抽签史上最小的数字。在排队名单上倒数第一，也就是说我根本没可能住进大学宿舍，也就是说我要么得住回家里要么露宿街头，也就是说尽管德马莱斯特全是些怪人，尽管奥斯卡非常不幸，但和他住仍然算不得太坏。

看起来他和我也不是完完全全没有关系——我是说,他就是我勾搭过的那个女孩子的弟弟。他刚来那会儿就见过他和姐姐一起在校园里走,怎么也不相信他和洛拉是一家人(我是"末世纪",他开玩笑说,她是"创世纪")。我能躲就躲开这么一位凯列班,可她却特别喜欢这傻瓜。请他去参加聚会和她那些集会。高举标语,散发传单。她的肥蛋跟班。

要是说我一辈子没见到过他这样的多米尼加人,那算是好听的了。

你好啊,上帝的狗,我第一天到德马莱斯特宿舍,他就这样和我打招呼。

过了一个星期我才弄明白他到底什么意思。

上帝。多米尼。狗。犬属①。

你好啊,多米尼加人。

我看我早该他妈的知道。这家伙常说他被诅咒了,说这是命,而假如我是那种老派多米尼加人,我就会:(1)听这傻子的话,然后(2)转身就走。我是南方人,阿苏阿省的,如果说我们阿苏阿人还知道点什么的话,那就得属他妈的诅咒了。我是说,老天,你亲眼见过阿苏阿吗?我妈甚至会听都不听,立刻走人。她可不和诅咒沾边,想都不要想。但我那时候还不像现在这样老派,就是个他妈的蠢货,还以为留神奥斯卡这种人也不算什么了不得的任务。我是说,妈的!我就是个举重的,我每天举的分量可比他重多了。

---

① 这句话的原文是"God. Domini. Dog. Canis." "domini"与"dominical"形似,意为"主的,基督的",和"god"是同义词;"canis"意为"犬属",和"dog"是同义词。"dominicanis"又和意为"多米尼加人"的"Dominican"十分形似。奥斯卡玩了一个文字游戏。

什么时候你想放笑声背景,你就放。

我看他一直就那样。一直就那么肥——"肥小子"拿掉"小子"——那么失落。每天写上十页、十五页、二十页。疯疯癫癫地做他的科幻梦。你知道这傻子在我们房间门上贴的什么标语吗?朋友,口令,进来。他妈的精灵暗号!(请不要问我是怎么知道的。千万别问)我看到了就问他:德莱昂,你开什么玩笑。精灵暗号?

准确地说,他清清喉咙,这是辛达林语。

准确地说,梅尔文说,这是盖—黑—黑语。

虽说我答应洛拉看好奥斯卡,但开头几个星期我没怎么和他在一起。怎么说呢?我是说,我很忙。哪个州立大学的混混不忙?我要打工,要健身,和哥们儿、女朋友出去,当然还有几个骚娘们。

第一个月老是在外面,所以我见到老奥的时候他多半是裹着被单呼呼大睡的一坨肉。能叫这呆子熬到很晚的,就只有他那些电脑游戏和日本动画片了,尤其是《光明战士阿基拉》,我敢说那年他肯定看了不下一千遍。我真是数不清有多少次夜里回来撞见他正趴着看那片子。我就喊:你又在看这狗屎了?奥斯卡则回答,几乎像在为自己的存在道歉:快结束了。永远是快结束了,我抱怨道。其实我也无所谓。我也喜欢《阿基拉》这种狗屎,可我总不见得一睁眼就要看它。我躺在床上听见电影里金田正太郎大声喊着"铁雄",接下来我就知道奥斯卡会羞答答地站在我床前说,尤尼尔,电影结束了,我就坐起来,说,靠!

事情远没有我后来搞的那么糟糕。这家伙虽然呆,但还是个很体贴的室友。他从来不像我以前遇到的那些混蛋那样尽给我留些愚蠢的小纸条,也总是爽爽气气地付了他那一半费用,假如我回来正好撞上他在玩《龙与地下城》,他就自觉转移到客厅,根本不用我叫。"阿基拉"我还受得了,"魔网女王"我可吃不消。

当然我也做了些小小的表示。每星期约他吃一顿饭。收集他写的东西，到目前为止一共五本，还试着读了其中几本。不合我的胃口——但连我也看得出他有点本事。对话写得不错，说明简洁，叙述流畅。也给他看了几段我的小说，全是些打家劫舍、毒品交易的玩意儿，还有"妈的，混蛋！""砰！砰！砰！"那种。他为一篇八页长的故事写了四页长的评论给我。

我有没有帮他处理过女生问题？传授他一些情场老手的计谋？

当然喽。但问题是，只要一涉及女人，我这位室友就简直不像地球人。一方面，我从来没见过他这样性过敏的。和他情况最接近的是我中学里认识的一个萨尔瓦多男孩，这个可怜的家伙整个脸都被烧伤了，再也见不得女生，因为他活脱就是《剧院魅影》里的杰弗里。唉，奥斯卡比他还不如。杰弗里至少还能想办法治好。奥斯卡有什么办法可想？这难道是索伦的罪过？这家伙体重三百零七磅啊，我的妈呀！说起话来像《星舰迷航》里的电脑！可好笑的是，你真没见过哪个小子比他还想要女朋友的。我是说，我以为我算是迷女人的了，但没有谁，我是说没有哪个人会像奥斯卡那样对女人那么着迷。对于他而言，她们是开始也是结束，是阿尔法也是欧米伽，是超人也是蜘蛛侠。这家伙想得都快疯了；每次看到一个可爱点的都忍不住发抖。没来由地就犯了相思——单在第一学期就至少有过两打高层次目标。可没有哪个是真正实现的。怎么可能？奥斯卡要的女朋友就是能和他一起聊游戏的！这他妈的有多荒唐？（最逗的是有一天在公共汽车上他一本正经地对一个小妖精说，如果你是我游戏里的人物，我就给你十八点魅力指数！）

我好好指点了他一番，真的。这没什么难的。比如，别在大街上对人家陌生女孩子瞎嚷嚷，别张口闭口老是动漫《超越者》。他听了吗？压根儿不听！想让奥斯卡开窍，明白该怎么对付女孩子，就跟朝乌纳斯扔石头一样，都是徒然。小子简直不可理喻。他就听我说完，然后耸耸肩了事。真是没办法可想，我干脆就随他去了。

但你自己也够难堪了!

可不是嘛,倒霉透了我。

看看经典对话:

尤尼尔?

什么事?

你醒了吗?

又是《星舰迷航》——

不说《星舰迷航》。他清清嗓子。据可靠消息说,没有哪个多米尼加男人死的时候还是处男。这类事情你有经验——据你看这是真的吗?

我坐起来。这家伙就那么在黑暗里瞧着我,严肃极了。

噢,多米尼加男人一次爱都没做过就死了,这违反自然规律。

那,他叹了口气,正是我所担忧的。

那么十月初到底发生了什么事?我这种混混经常碰到的事。

我被暗算了。

这也不稀奇,全怪我自己喜欢寻欢作乐。也算不上什么大麻烦。我女朋友苏里扬发现我和她的一个小姐妹纠缠不清。情场老手们:千万千万不要让个叫阿威尔达的娘儿们给搭上。因为你要是被她搭上可就苦不堪言啦。我说的这个阿威尔达把我给耍了,天知道是为了什么,她把我打给她的一个电话录了音,他妈的没多久人人都知道这事儿了。这妞玩这一手肯定不下五百遍了。两年里我连着两次遭暗算,对我来说也是创纪录了。苏里扬绝对是气疯了。在公共汽车上痛骂我一顿。哥儿几个乐坏了全溜了,我只好装出一副很无辜的样子。然后我就一下子老闷在宿舍里了。翻了一两篇小说。和奥斯卡一起看了几部电影。《飞碟征空》《苹果核战记》《A计划》什么的。到处找人救命。

也许我是该戒戒女色了。但要是你以为我真会那样做的话,就可见你根本不了解多米尼加男人。我没有集中精神做些有用但棘手的事儿,比如,处理我自己这摊子鸟事,相反,我一门心思做了些简单事儿去补救。

突然间我心血来潮——倒不是因为我自己的糟糕处境,当然不是——决定好好帮奥斯卡改变生活。一天晚上他又抱怨自己太悲惨,我就问他:你真想改变自己吗?

当然想啦,他回答道,但是我试了那么多办法,都一无进展。

我来改变你的生活。

真的吗?他看着我的那副神情——虽然过去了这么些年,仍然叫我心痛。

真的。不过你得听我的。

奥斯卡慌忙站起身。把手放在胸前。我立誓悉听您的安排,我的主人。我们什么时候开始?

你等着瞧吧。

第二天早晨,六点整,我踢踢奥斯卡的床。

怎么了?他大声叫起来。

没什么,我说着,把运动鞋扔到他肚子上。只不过是你新生活的第一天。

说实在的,我是想让苏里扬注意,所以才那么正经八百地投入"奥斯卡计划"。开头几个星期,我一边等着苏里扬原谅,一边按照少林寺高手的要求训练肥仔。一天二十四小时一周七天地逼他。不准他拦住人家陌生女生疯疯癫癫地赌咒发誓说什么"我爱你"(我说老奥,那样只会吓着人家)。提醒他注意饮食,别老再说那些消极的蠢话——我命运不济,我将毁灭一位贞女,我不够俊朗——至少我在跟前的时候,不让他瞎说(想点积极的,我再三强调,积极,混蛋!)。甚至带他和我哥们儿一起出去。也不是去办什么正经事——不过是出去喝一杯,人多的时候他那些怪癖就不明显了(哥儿几个都恨死了——接下来想干吗?请流浪汉一起玩儿?)。

但你猜我最大的成就是什么?我说服这小子和我一起锻炼。他妈的跑步。

告诉你吧:说真的,老奥的确很看得起我。其他人让他做,根本不可能。他上一次想跑步锻炼是在大学一年级,当时他已经减了五十磅。不骗你:刚开始那会儿我都忍不住想笑,看着他哼哧哼哧地沿着乔治大街跑,漆黑的膝盖抖个不停。脑袋耷拉着,就不用听见看见人家的反应了。通常只是些嗤笑,或是漫不经心的一句"哟嗬,肥仔"。你猜我听到的最好笑的评论是什么?妈妈快瞧呀,那人可真比地球还有分量啊!

别理那些小丑,我对他说。

不理他们,他喘着粗气,都快死了。

这家伙对跑步一丁点兴趣也没有。跑步一完他就立刻回到书桌前,几乎是趴在那儿了。为了逃避跑步他什么办法都试过了。五点钟就起床,这样等我起来的时候他已经端坐电脑前,名正言顺地说他正在撰写极其重要的章节。以后再写,笨蛋。大概跑完第四次的时候,他真就快要跪下来了。尤尼尔,他说,求求你了,我不行了。我哼了一声。快去换鞋子。

我知道这事儿对他很难。我是没啥同情心,但还不至于残忍到那种地步。我知道如何掌握分寸。你们以为大家都讨厌胖子吗?胖子要减肥,大家就折磨他。简直要把黑小子磨炼成街头霸王了。你见过的最甜的女孩子都会在大街上用最龌龊的话骂他,老太太也会叽叽喳喳地说他,你可真恶心人,恶心啊,甚至连哈罗德,这家伙从来没有对奥斯卡表示过什么敌意,也开始叫他"肥屁股"。简直是疯了。

没错,大家都讨厌他,但他又有什么办法?老奥得采取行动。

一天二十四小时一周七天坐在电脑前，写狗屁科幻巨著，动不动就冲到学生活动中心玩电脑游戏，议论女孩子却一个也没碰过——这到底叫个什么日子？我们来罗格斯就是为了泡妞——罗格斯满地都是女孩子，奥斯卡来了，晚上就缠住我聊什么"绿灯笼"。还大惊小怪地叫唤，假设我们是海怪，那么就种族而言，我们是否能够想象自己长得与精灵相似？

这家伙真该采取行动了。

他行动了。

他放弃了。

说起来实在是蠢得很。一个星期我们倒有四天在跑步。我规定自己每天跑五英里，但对于他则只要跑一点点。总体来说，他还算做得不错。循序渐进，你懂吗？后来有一次我们慢跑的时候，就在乔治大街上，我回头看他一眼，见他已经停下来了。浑身都是汗。你心脏病突发啦？没有，他说。那你怎么不跑了？我决定再也不跑了。为什么？没用的，尤尼尔。你要是不想让它有用它当然就不会有用。好啦，奥斯卡，快跑起来。但他摇摇头。他捏了捏我的手就走到利文斯顿大道的公交车站，上了辆双层车回去了。第二天早晨，我踹踹他，他却一动不动。

我再也不跑了，他的声音从枕头底下传出来。

我想我不应该大动肝火。应该对这个笨蛋耐心点才对。但我真的很恼火。你瞧我，他妈的挖空心思帮这傻瓜，可他竟然这样报答我。真他妈的吃力不讨好！

整整三天我就缠着要他继续跑，他却一个劲地说，我真不想跑了，真不想跑了。他就是想不了了之。老是想拉我看他那些电影和漫画，想那些呆头呆脑的笑话，想回到我实施"奥斯卡拯救行动"之前的生活状态。但我不吃他这套。终于我下了最后通牒。要么继续跑步要么拉倒。

我再也不想跑步了！不想！嗓门都直了。

固执。跟他姐姐一模一样。

给你最后一次机会，我说道。我悄悄起身准备行动，他坐在书桌前，假装什么也没看到。

他一动不动地坐在那里。我把手搭在他肩上。

站起来！

这时候他吼起来。别管我！

实际上他猛推了我一把。我觉得他不是有意的，但着实把我推了一下。我们俩都呆住了。他浑身颤抖，怕得要命，我伸出拳头要揍他。有一秒钟我几乎就要出手了，不应该，不应该，我立刻恢复了理智。

我把他推出去，用两只手。他冲向墙壁，重重撞上了。

愚蠢，愚蠢，愚蠢。两天后洛拉从西班牙打电话回来，正是早上五点钟。

你他妈的到底怎么回事，尤尼尔？

没劲透了。我不假思索地就说，得了，洛拉，给我滚。

滚？死一般寂静。去你妈的，尤尼尔。以后再也别跟我说话。

代我向你未婚夫问好，我想开句玩笑，但她已经把电话挂了。

滚你妈的蛋，我叫道，把电话机扔进了壁橱。

就是这么回事这么回事这么回事。我们的重大实验就此结束。他确实有好几次想向我道歉，用他特有的奥斯卡方式，但我不予理睬。如果说我以前只是有些冷淡，到这时候我就根本不睬他了。再也不请他一起出去吃饭或者喝酒。就只像普通室友一样说几句。很客气也很生硬，以前我们会对写作之类的屁事唠叨个没完，而现在我和他没什么话可说了。我又像从前那样了，像从前那样浪荡。突然间拥有了一股可怕的巨大能量。我想是变得居心不良了。他又像从前那样吃八大片比萨，以神风队员的气势冲到女孩面前了。

哥儿几个自然都察觉到了，知道我不再保护那胖子，就都出动了。

我希望事情不会太糟。他们没有怎么欺负他，也没随便拿他的东西。但我仔细想想，觉得他们的确挺残忍的。你吃过洞洞吗？梅尔文问他，奥斯卡摇摇头，措辞得体地回答了，无论梅尔文问多少遍他都是那样。那大概是唯一一样你没吃过的东西吧？哈罗德说，你根本不配做多米尼加人，奥斯卡就满脸不高兴地一再说，我是多米尼加人，我是多米尼加人。他说什么又有什么用。我问你，谁他妈遇到过他这种多米尼加人？在万圣节之夜他很失策地装扮成"神秘博士"①的模样，还为自己的行头沾沾自喜呢。我在伊斯顿见到他，和写作班的另外两个小丑在一起，我简直不敢相信他看上去真是跟那个同性恋胖子奥斯卡·王尔德像极了，于是我就跟他实话实说了。你看上去很像他，对奥斯卡来说这可不是什么好话，因为梅尔文说，奥斯卡·瓦奥，就是奥斯卡·瓦奥，就这么着，我们大家都开始那样叫他：嘿，瓦奥，你在干什么？瓦奥，不想把脚从我椅子上挪开？

那么悲剧是如何发生的？几星期之后这家伙做出了反应。

傻子受我们作弄的时候从来不会发怒，只是坐在那儿，一脸茫然地傻笑。这让一个弟兄感到不舒服。有好几次等别人都走了，我就对他说，你知道我们只是和你闹着玩的，瓦奥。我知道，他有气无力地说。我们玩玩而已，我说着，捶了一下他的肩膀，玩玩而已。

他姐姐打电话来都是我接的，我假装很开心，但她一点儿不相信。我弟弟在吗？就这么一句。冷若冰霜。

---

① 英国同名科幻电视剧中的主人公。

这些日子里我不得不问自己：我为什么越来越愤怒？是因为奥斯卡这个没劲的胖子，半途而废了，还是因为奥斯卡这个没劲的胖子不领我的情？我也不知道：哪件事对他的伤害更大？是我从来就没真拿他当朋友，还是我假装拿他当朋友？

事情本来就该这样。这就是我大三这年的肥仔室友。仅此而已，仅此而已。可接下来奥斯卡这个笨蛋，居然决定恋爱了。我赔上的不仅仅是一年，而是他妈的我的后半辈子。

你有没有见过萨金特的那幅肖像《X 夫人》①？你肯定见过啦。奥斯卡就把这画贴在墙上——旁边就是《太空堡垒》的海报以及原版《阿基拉》的单张，上面有"铁雄"以及"新东京即将炸毁"的字样。

她就是那么冷。但她又是那么疯狂。

如果那年你也住在德马莱斯特，你保准认识她：詹妮·穆尼奥斯。她就是那种在东布瑞克城西裔区长大的波多黎各小妞儿。我从来没见过她这样死硬的怪人——1990 年我们黑人里出了许多喜欢标新立异的怪人——可波多黎各人这样，就跟黑人信仰纳粹一样莫名其妙了。詹妮是她的真名，不过她那些怪人朋友管她叫"妖精"②，而在我这样的常人看来，她就是个脑子短路的女魔头。这姑娘也算得上光彩照人。波多黎各人的那种漂亮肤色，很有立体感的脸部线条，乌黑的头发留成古埃及人式样，眼睛上凝着眼线，双唇涂成黑色，那对乳头绝对是你见过最大最圆的。这女孩把每天都当

---

① 美国肖像画家约翰·辛格·萨金特为皮埃尔·戈特雷夫人所画的肖像。
② 加勒比传说中的妖怪，常化身美貌女子引诱并加害男人。

作万圣节,而真到了万圣节她就装扮成——你猜也能猜得到——女虐待狂,音乐响起时套住个男同性恋。我可真没见过她那样的身体。第一个学期我都迷上詹妮了,我在道格拉斯图书馆想和她搭讪,她竟然嘲笑我。我说别笑,她问:为什么不行?

这个骚货。

好啦,你倒猜猜看到底是谁把她当作人生至爱,又是谁对她倾慕得五体投地,就因为听到她房间里在放"快乐分裂"[①]的歌?真奇怪,难道他也喜欢"快乐分裂"?当然是奥斯卡。刚开始这家伙还只是离着老远就盯住人家,还喃喃自语说什么"极致完美"。和你不是一路人,我喝道。但他耸耸肩不以为然,跟电脑屏幕说:谁都和我不是一路。我也没拿这当回事,可一个星期后,我居然在布劳尔大众餐厅看见他向她进攻了!我当时和几个哥们儿在一起,听他们埋怨纽约尼克斯队,就看见奥斯卡和女妖在烧烤那儿排队,我等着看她骂他,我都被她烤了,他非被她蒸发了不可。当然啦,他正忙个不停,像往常一样大谈《星球大战》,一分钟能吹出一里远去,满头大汗的,而那妞儿端着碟子斜着眼睛瞟他——可没几个女孩能像她那样斜眼睛看人还能保证碟子里的奶酪、薯条不掉到碟子外面。就因为这个,这妖精才让黑鬼们发狂。她转身走开,奥斯卡用超级分贝喊道,回头再聊!她挖苦地回敬了一句行啊。

我冲他招招手。进展如何,罗密欧?

他低头看着自己的双手。我想也许我在恋爱了。

你怎么可能恋爱呢?你只是遇到个骚货。

不许叫她骚货,他郁郁地说。

对喽,梅尔文学他的口气说,不许叫骚货。

你就看好奥斯卡吧。他不会善罢甘休。他就那么不断骚扰她,

[①] 20世纪70年代英国朋克乐队。

完全不顾自己的形象。在大教室里,在盥洗室门口,在食堂,在公共汽车上,这家伙简直无处不在。天哪,居然还把漫画贴到她门上。

凭我的经验,奥斯卡这样的傻瓜敢去追求詹妮这样的女孩,他被踢出来的速度通常会比你黛西姨妈的支票被银行扔出来还要快,但詹妮要么就是脑子坏了要么就是真喜欢肥呆子,总之到了二月底的时候她对他已经他妈的很客气了。还没等我想明白到底是怎么回事儿,我又发现他们混在一起了!完全公开的!我简直不相信自己的眼睛了。再后来我上完创作课回来,竟然看见妖精和奥斯卡坐在我们房间里。他们就那么聊着天,谈艾丽斯·沃克什么的。奥斯卡那副样子好像是刚被邀请加入了绝地武士团①;詹妮满脸迷人的微笑。我呢?我真是无话可说。詹妮还记得我,不错。狡黠地看着我说,要我从你床上下来吗?她的泽西口音真是叫我根本无从张口说什么。

不用,我说着,抓起运动包就夹着尾巴逃了出去。

我从健身房回来的时候奥斯卡正坐在电脑前——写他那部新小说的第一亿页。

我问他,喂,你和那妞儿怎么啦?

没什么。

你们两个到底在谈些什么?

不足挂齿的小事。他的口气让我意识到他知道她以前挖苦过我。这个混蛋。我说,行啊,祝你好运,瓦奥。但愿她不会把你当作魔鬼的牺牲品。

整个三月他们都形影不离。我尽量不去注意他们,但我们住

---

① 《星球大战》中的教士团体。

一起,要不注意真是难上加难。后来洛拉还告诉我说他们甚至开始一起看电影了。他们去看了《人鬼情未了》,还有另一部狗屎片子《铁甲人魔》。然后又去了富兰克林餐馆吃饭,奥斯卡努力不让自己一个人吃三个人份的饭。当然他们瞎闹我都没在场,我得出去泡妞、打台球、和哥儿们度周末。他和那么一条轻佻的母狗在一块儿,能不要了我的命吗?当然啦。我一直以为在我和他的这出《阿基拉》里,我是金田,而现在我却成了铁雄。

詹妮真缠上奥斯卡了。喜欢和他手挽手散步,动不动就抱他。奥斯卡崇拜她就像崇拜第一缕阳光,当她是宇宙的中心。她把自己的诗作都念给他听(你是缪斯中的缪斯,我听见他说),把她那些笨拙的速写给他看(都被他贴到我们房间的门上),还把她的经历都告诉他(全让他给一五一十写进了日记)。七岁那年她妈妈回波多黎各找她新婚丈夫,她就跟姨妈住了。十一岁以后都是在格林尼治村闯荡。上大学前一年,她搬进一处空房子,叫作水晶宫。

莫非我果然在偷看室友的日记?当然啦。

噢,不过你真该瞧瞧老奥那神气。他和以前完全不一样了,我喜欢他这一番转变。开始打扮了,每天早上都会熨衬衫。从壁橱里把他那把武士剑找出来,一大清早就袒胸露背跑到德马莱斯特大楼前的草地上,把成千上万的假想敌斩成碎片。甚至又开始跑步了!哦,是慢跑。嚯,现在你跑得动啦,我挖苦他,他唰地抬手朝我敬个礼,继续艰难地从我身边跑过去。

我该为瓦奥高兴。说实在的,要是去嫉妒奥斯卡这些微不足道的行动,我成什么了?我这人,搞起漂亮妞儿来,可不是同时对付一个、两个,而是起码三个的,这还没算上我在聚会和夜总会里顺便泡的那些;我这人,到哪儿都有女人缘。但我当然还是嫉妒这个混蛋。我这颗心,从小到大都没有真正得到过什么爱,自然是可怕之极。过去这样,现在也是。我非但没有鼓励他,相反一看见他和妖精在一起就气不打一处来；我也没有把女人方面的经验传授给他，而是叫他看看自己这副样子——总而言之，我就是讨厌看到别人泡妞。

我，泡妞的本事比他们都强。

我不该浪费精力。詹妮屁股后面总有追求者打转。奥斯卡不过是她拿来解闷的。有一天我看见她在德马莱斯特草地上和一个高个子朋克小子说话，这小子常在附近转悠，但不住在宿舍里，喜欢勾搭女孩子，只要人家愿意就上。瘦精精的跟摇滚歌手卢·里德一样，脾气也是那样桀骜。他正向她演示瑜伽什么的，她笑个不停。没过两天，我就瞧见奥斯卡倒在床上哭。喂，小子，我说，摩挲着举重腰带，你这是怎么啦？

别管我，他低声说。

她把你给甩啦？她把你甩了是吗？

别管我，他喊起来。别。管。我。

估计这次又跟往常差不离。失魂落魄地过上一个星期，再重新开始写东西。他就靠这支撑下去。但这次可不像往常。我发觉他有些不对劲，他不写东西了——奥斯卡从来就没停止过写作——他热爱写作就像我热爱骗人一样——他就躺在床上两眼直勾勾地瞪着《时空堡垒》。有那么十来天他都神经兮兮的，胡说八道什么我梦见遗忘如同别人梦见情爱，倒叫我有点担心了。于是我抄下他姐姐在马德里的电话号码偷偷打过去。我费了九牛二虎之力才拨通。

你想干什么？

别挂，洛拉。是奥斯卡的事。

当天晚上她就给他打电话，问他出了什么事，自然他都对她说了。尽管我就坐在他旁边。

先生，她命令道，你就随它去吧。

我做不到，他抽抽搭搭地说，我的心都碎了。

你必须这样,等等等等,过了约莫两个小时,他才答应她试试看。

来吧,奥斯卡,等他平静了二十分钟后,我说。我们去玩电子游戏吧。

他摇摇头,一动不动。我再也不玩街头霸王了。

是吗?后来我打电话告诉洛拉。

我不知道,她回答说,他有几次也是这样的。

你要我干点什么?

就帮我看好他,行吗?

没这可能了。两个星期之后,妖精给奥斯卡的沉重一击结束了这段友情:他过去看她,正巧她在"款待"那个朋克小子,两人赤身裸体地被逮了个正着,好像身上还有血什么的,她还没来得及喊"滚出去",他就疯了。骂她婊子,在她墙上乱打一气,撕掉她的海报,把她的书扔得满地都是。我知道这事儿是因为有个白人女孩跑来说,对不起,你那个笨蛋室友在发神经呢,我只得冲上楼去把他紧紧抱住。奥斯卡,我喝道,冷静,冷静。你他妈别管我,他尖叫着,还要狠狠踩我的脚。

真是恐怖极了。至于那个朋克小子,显然是从窗口跳了出去,一口气逃往乔治大街。光着屁股。

这就是德马莱斯特。没有一刻他妈的太平过。

长话短说,他不得不接受劝告,免得被剥夺居住资格,没事儿不得上二楼;但现在楼里人人都认为他神经得厉害。女孩们尤其远远地躲着他。至于妖精,她那年正好快毕业了,一个月后他们就安排她住到临河的宿舍,事情就此了结。我再也没有见过她,只有一次我在公交车上看见她在街上走,蹬着那双虐待狂皮靴走进斯科特大楼。

我们同住的这一年就此结束。他,绝望地整天敲打键盘;我,常在大厅里被人追问和疯子先生同居一室感觉如何，我就反问如果他们的屁股和我的臭脚同居一室会感觉如何。就这样过了几个星期。该宿舍调整了，我和老奥对这事儿都只字不提。我那些哥们儿还赖在妈妈的怀抱里不走，我就只好又去抽签碰运气，这次我他妈中了个头奖，拿到了弗里林海森大楼的单间。我告诉奥斯卡我就要从德马莱斯特搬走了，他从忧郁中挣扎出来，满脸惊讶，好像在期待另一种结果。我看——我支支吾吾地说，可还没等我再说出什么来，他先开口了，没事。我转过身去，他却捏住我的手，用力握了握：先生，我很荣幸。

奥斯卡，我说。

常有人问我，你没发现任何先兆吗？发现没有？也许发现了只是不愿意多想。也许没发现。那又有什么要紧呢？我只知道，我从来没见过他那样闷闷不乐，但我这人就是这样，什么都无所谓。我就想着赶快离开那儿，就像当年我就想着赶快离开家乡。

我们做室友的最后一天晚上，奥斯卡拿出我买给他的两瓶简装橙味酒。你还记得这酒吗？大家叫它液体毒品。这样你就知道轻量级先生发神经了。

为我的童贞干杯！奥斯卡大声喊道。

奥斯卡，别激动，兄弟。没人想听这些。

你说得对，他们只想盯着我。

得了，冷静点。

他身子一仰。我可真是美。

你一点都不霉。

我是说我很美。每一个人，他摇摇头，都不了解我。

所有的海报和书都收拾停当，要不是他那么闷闷不乐，一切就仿佛和我第一天住进来的情形一样。当时他真是兴高采烈，一声接一声地叫我全名，最后我不得不对他说，就叫我尤尼尔好了，奥斯卡。就叫尤尼尔。

我想我知道自己应该留下陪他。应该把屁股粘在椅子上，告诉他事情都会过去的，但那天就是我们同住的最后一个晚上，他已经让我烦透了。我就想着和那个在道格拉斯图书馆认识的印第安姑娘搞搞，吸口烟，然后上床睡觉。

永别了，我走的时候他对我说，永别了！

他采取了以下行动：把第三瓶酒喝个干净，然后跟跟跄跄直奔新不伦瑞克火车站。火车站大楼破败不堪，长长的铁轨如一道抛物线高高跨过拉瑞坦河。即便在半夜三更，不费吹灰之力也能进入车站或走上轨道，就像他那样。他跌跌撞撞地走向拉瑞坦河，走向18国道。最后新不伦瑞克跌到他脚下，他攀上了七十七英尺的高空。不多不少七十七英尺。据他事后回忆，他在那桥上站了很久。凝望脚下呼啸闪烁的车流。回顾自己悲惨的一生。希望来世完全不同。痛惜那些永远无法完成的书。也许还告诫自己再好好想想。这时远处传来呼啸声，那是凌晨四点十二分开往华盛顿的特快列车。他几乎站不住了。闭上双眼（也许没有），而当他再次睁开眼睛的时候，厄休拉·勒古恩小说里的怪兽就站在他身边。他事后描述这段经历的时候，把它称作"金獴"，可他自己也知道它其实并不是什么獴。它那么温柔那么美。金色的眸子能把你看穿，那眼神不是审判也不是责备，却远远比审判或责备更可怕。他们对视着——它宁静如比丘，他却根本不信佛——当汽笛声再度响起时，他的双眼猛然睁开（或闭上），它就不见了。

这家伙一辈子都盼着遇到这类事情，总希望自己生活在一个神秘的魔法世界，但此刻他却没有仔细想想这个幻象，更没有因此改变自己的行为方式，这混蛋只是摇了摇他那个大脑袋。火车越来越近，于是，他趁着自己还有些胆量，一头扎进无边的黑暗。

当然，他给我留了张字条（还有分别写给姐姐、妈妈和詹妮的信）。他感谢我所做的一切。他说他的书、游戏卡、电影碟片、十面骰子都留给我了。他说他很高兴能有我这个朋友。最后是他的签名：你的伙伴，奥斯卡·瓦奥。

假如他真摔在18国道上，那么一切就永远结束了。但因为喝醉了神志不清，他算错了方位，也可能是像他妈妈所说的，有神祇在上空看着他，总之这家伙没落到18国道，而是落到了隔离带上！这结果应该算不错了。18国道的那些隔离带就是混凝土的断头台。掉在上面本来够受的，非把他变成肉屑屑不可。但巧的是这条隔离带是花园式的，栽了灌木，而他恰好没摔在混凝土地面上，而是摔在了新近平整过的泥土上。他没能进入书呆子的天堂——在那里每个书呆子都将获得五十八次童贞——而是在罗伯特·伍德·约翰逊医院的病床上醒来，两条腿骨折，一侧肩膀脱臼，感觉自己是从新不伦瑞克大桥上跳下来似的。

我当然也去了医院，他妈妈和那个恶棍舅舅也在。他舅舅到时候就溜进盥洗室吸几口。

他看见我们，然后你知道这傻瓜怎么了？他转过头去大哭起来。

他妈妈轻轻拍了拍他没受伤的肩膀。等我给按摩按摩，你就不会只想着哭了。

第二天洛拉从马德里赶回来。一句话还没有来得及说，就得到了她妈妈标准的多米尼加式迎接。现在你来啦，你弟弟都快死了。我要是早知道是这结果我老早就自杀了。

没睬她，也没睬我。坐到弟弟身边，握住他的手。

先生，她说，你好吗？

摇摇头：不好。

那是很久以前了，但每当我想起她，我依然记得她第一天到医院的情景，直接从纽瓦克机场赶来，眼圈发黑，头发凌乱，但还是在现身前抽空抹了口红补了妆。

我一直指望来点刺激的——就算在医院里也想搞搞——但她却对我大发脾气。你为什么没好好照顾奥斯卡？她责问道，为什么？

四天后他们把他接回家了。我也继续过自己的日子。回家看望孤独的妈妈和破败不堪的伦敦街道小区。我想要是我真够朋友就该每星期去帕特森看他一次，但我没有。我怎么跟你说呢？那时候正是夏天，我也正在追几个新认识的女孩子，而且我还有了工作。没时间，其实也没兴趣。我的确给他打过几次电话看看他还好不好。那也算是碰运气了，因为我一直以为他妈妈或姐姐可能会告诉我说他已经不在了。但是他没事，他说他获得了"重生"。他再也不想自杀了。他有很多东西要写。这总归是个好兆头。我要成为多米尼加的托尔金，他说。

我只找过他一次，那是因为我正好去帕城看一个相好。之前没打算去的，但后来我还是调转车头，到一家加油站给他打了个电话，接下来我就到了他长大的那幢房子里。他妈妈病得太重，都出不了房间，他呢，瘦得我都不认识了。自杀很适合我，他开玩笑说。可以这么说吧，他的房间比他本人还呆。天花板上挂着《星球大战》里的X翼战机和钛战机模型。唯一来自现实的东西就是我和他姐姐在他最后一块石膏上的签名（右腿伤得比左腿重）；其余的都是来自罗伯特·海茵莱因、伊萨克·阿西莫夫、法兰克·赫伯特、塞缪尔·德拉尼等等科幻作家的思想慰藉。他姐姐不欢迎我，所以当她从敞开的房门前走过去的时候，我故意大笑着说哑巴过得还好吗？

她不喜欢待在这儿,奥斯卡说。

帕特森有什么不对?我大声问,嗨,哑巴,帕特森有什么不对?

统统不对,她在楼下厅里喊。她穿着运动短裤——单是看看她那微微颤动的大腿肌肉,就不虚此行了。

我和奥斯卡在他房间里坐了一会儿,也没多谈。我就瞪着他那些书和游戏,等着他说点什么;他肯定知道我不会不提那事的。

真傻啊,他终于开口了,愚蠢的念头。

一点没错。你到底是怎么想的,老奥?

他痛苦地耸耸肩。我不知道我还能怎么办。

小子,你不想死。你记住我这话。没小妞陪是很糟,但死比没小妞陪还要糟十倍。

就这样谈了大约半个钟头。就说了这一件事。我准备走的时候,他说:告诉你吧,让我这么干的,是诅咒。

我不信那玩意儿,奥斯卡,我们父母那辈人才信呢。

我们也一样,他说。

他会好起来吗?我问洛拉,一边往外走。

我想会好的,她回答道,一边正往冰块格子里加自来水。他说春季开学就回德马莱斯特。

那样行吗?

她沉吟了一会儿。这就是你心目中的洛拉。行,她回答。

你最清楚。我掏出汽车钥匙。你的未婚夫还好吗?

他很好,她淡淡地说,你和苏里扬还好吗?

听见这名字都烦。早就分手了。

然后我们站在那儿互相凝视着。

假如我们活在一个美好的世界,我就会越过冰块格子吻她,我们的问题就迎刃而解了。但你当然知道我们是在怎样一个世界。可不是什么中土世界。于是我只点点头,说了声,回见,洛拉,就开车回家了。

故事本该到此结束,对吗?不过是一段回忆,关于我以前认识的一个想自杀的书呆子,仅此而已,仅此而已。但事实证明,德莱昂家的人绝对不是你轻而易举就能摆脱的。

大四开学还没两星期,他就出现在我的宿舍!带着他的新作,还问我的写作情况!我简直不敢相信。我最近听说他准备去他原来的中学应聘文字编辑,去布朗克斯社区大学上课,但他却出现在这里,站在我门口,唯唯诺诺地拿着一个蓝色文件夹。你好啊,见到你真高兴,尤尼尔。奥斯卡,我叫了他一声,满腹疑惑。他更瘦了些,头发仔细修剪过,脸也刮得很干净。你别说,他看上去挺不错。虽然张口还是不离科幻小说《太空歌剧》——他刚完成了四部曲计划的第一部,已经全身心沉浸其中了。也许是因为我的死亡,他叹了口气,但很快控制住自己的情绪。对不起。在德马莱斯特当然没人愿意跟他同住了——真没想到(我们都知道忍受者的忍受力有多大)——所以他春季开学就一个人住一间双人宿舍,这对他来说不见得是好事,他开玩笑说。

你这样体魄强健的人离开,德马莱斯特再也不是原来的样子了,他平静地说。

我哈了一声。

有闲暇的话一定要来帕特森看我。我有数不尽的最新日本动画片,让你一睹为快。

一定,老弟,我说,一定去。

我再也没有去过。我很忙,真的:打台球、修学分、准备毕业。另外,那年秋天发生了一桩奇迹:苏里扬突然出现在我门口,比以前更俏了。我想重新开始。我当然说好啦，于是我们一块儿出去，当天晚上就跟她干了一场。我的天啊！某些黑鬼到了最后审判日也干不成，而我要干不成还真做不到，想尽办法都没用。

虽然我没拿老奥当回事，可他依然动不动就来找我，要么带来新写的一章，要么就是什么女孩的新故事，他在公交车上、大街上或者课堂上遇到的女孩。

还是原来那个奥斯卡，我说。

是啊，他有气无力地说，还是原来那个我。

罗格斯始终是个疯狂的地方，不过去年秋季尤其叫人烦心。十月份，我在利文斯顿认识的四个一年级女生，因为贩卖可卡因让警察逮走了，她们是那儿最安静可爱的姑娘。俗话说得好：不会跑的飞得远。在布什大楼里，蓝大队和阿尔法队因为什么蠢事大打出手，有好几个星期大家都在议论黑人和拉美人会爆发冲突，可结果什么也没发生，人人都在为聚会和男女之事忙得不亦乐乎。

那年冬天，我甚至有时间待在宿舍里写了一个很不错的故事，说的是以前在多米尼加住在我家后面的一个女人，人人都说她是婊子，可她却在我妈和外公出去干活的时候照顾我和我弟弟。我那位教授简直不敢相信。我很感动。整个故事没有一丁点儿的打打杀杀。但还是没用。那年我连一项写作奖也没获得。之前我还是觉得挺有希望的。

接下来就是毕业考了，你猜最后我撞上了谁？洛拉！我几乎认不出她来了，头发留得特别长，还戴了一副大大的廉价眼镜，很另类的白人女孩才戴的那种。手腕上的银镯子多得足够赎出皇亲贵族了，牛仔裙底下伸出来的那两截大腿长得让人见了都觉得不公平。她一瞧见我就把裙子往下拉拉，又有什么用？那回正好在公交车上，我刚去见了一个相貌平平的女孩回来，她则去参加一个朋友的傻透腔的告别聚会。我漫不经心地走到她身边，她说，好啊。她的眼睛大得出奇，没有一丝狡黠。也许是没有一丝期待。

你最近怎么样？我问道。

很好。你呢？

正想着休息一阵。

圣诞快乐。然后，她就像一个德莱昂家的人，继续埋头看她的书了！

我拨一下那书。《日语入门》。你到底在学些什么？他们还没把你轰出去吧？

明年我要去日本教英语，她静静地说，那会非常有意思。

不是"我在考虑"，也不是"我申请了"，而是"我要"。日本？我笑起来，有那么点不怀好意。一个多米尼加人去日本干吗？

你说得没错，她答道，很不耐烦地翻过一页，为什么还有人想到哪儿去，既然他们已经在新泽西了？

我们都沉默了一会儿。

听着有点儿尖刻，我说。

抱歉。

我说过：那会儿正是十二月。我的印第安女朋友，莉莉，正在学院大道等我回去，还有苏里扬。但我脑子里想的根本不是她们。我在想那年我唯一一次见到洛拉的情景。她当时正在亨德森教堂门前读一本书，那入迷的样子我都以为会把她自己弄伤。我听奥斯卡说，她和几个女朋友住在埃迪森，在一家公司打工，为下一个重大旅行存钱。那天我看见她就想跟她打声招呼，但我没上去，觉得她不会理我。

我看着商业大道从眼前滑过去，远处就是18国道的信号灯。这是罗格斯对于我来说最重要的一刻。前排几个女孩子正在嘻嘻哈哈地谈论某个男生。她双手搁在书上，指甲涂成了青紫色。而我的手就像一对巨蟹爪子。过不了几个月我恐怕就要回伦敦街道小区了，而她则会去东京或者京都或者其他她要去的地方。我在罗格斯碰到的所有小妞中，我平生碰到的所有小妞中，洛拉是唯一没有真正被我抓到手的一个。而为什么我总感觉只有她才最了解我？我想起苏里扬，想到她从此会再也不理我了。我想起我其实是不敢做个好人，因为洛拉不是苏里扬；要是和她在一起，我就得成为我压根不想成为的那种人。我们快到学院大道了。这是最后一次机会，于是我就像奥斯卡那样，开口道，和我一起吃晚饭吧，洛拉。我保证，我不会想着脱你裤子的。

是啊，她应了一声，翻书页的时候差点要把它撕下来了。

我按住她的手，她看了我一眼，那眼神那么沮丧那么揪心，仿佛她已经跟着我走了，却一辈子都不理解这是为什么。

还好吧，我说。

不对，非常非常不好。你太小了。不过她没有把手抽回去。

我们去了汉迪她的住处，我还没来得及伤她，她就阻止了一切，揪住我的耳朵把我从她下身拖上来。为什么这张脸，即使直到现在，即使过了这么多年，我似乎总也忘不了？工作辛苦而疲倦，缺少睡眠而臃肿，残忍中出人意料地透着脆弱，这就是、永远就是洛拉的模样。

她看着我，看得我都受不了，这时她说：不许骗我，尤尼尔。

我不骗你，我许诺道。

别笑。我的用意很单纯。

再没什么可说了。除了这个：

那年春季开学后我又搬回来和他住了。我考虑了一个冬天。直到最后一刻我还下不了决心。我在德马莱斯特他的房间外面徘徊了很久,虽说等了整整一个上午,可到最后关头我还是想溜之大吉,但就在这时我听到楼梯井里传来说话的声音,他们把他的东西拿上来了。

我不知道究竟谁会更惊讶:奥斯卡、洛拉,还是我。

如果用奥斯卡的话来说就是,我高举双手说,美隆①。他愣了愣才听懂这个词。

美隆,最后他说。

国道上那一跤之后的秋天很黑暗(我在他日记里读到的):黑暗。他还想自杀但他害怕。主要是怕姐姐,但也怕自己。怕可能出现的奇迹,怕酷热的夏天。阅读、写作、陪妈妈看电视。你要是再敢做蠢事,他妈妈都发誓了,我一辈子都饶不了你。不信你就试试。

我信,夫人,他郑重其事地说,我信。

那几个月他失眠了,所以最后只能开着他妈妈的车半夜出去瞎转悠。每次他出了这幢房子,都想这是最后一次了。开车哪儿都去。在卡姆登迷了路。找到了我从小长大的居住区。在夜总会打烊的时候穿过新不伦瑞克,看着人们一个一个走出来,肚子疼得要命。甚至还开到原始林去了。寻找当年他救下洛拉的那家咖啡馆,但它已经关门了。也没开其他商店。有一天晚上他让一个搭车的上了车,是个大肚子。她几乎说不来英语,是从危地马拉偷渡来的,满脸麻子。她要去玻斯安玻尔,我们的英雄奥斯卡对她说:别着急。我带你去。

上帝保佑你,她说,但还是提防着好像随时要从车窗往外跳。

---

① 精灵语,意为"朋友"。

他给她留了电话号码,以防万一,但她从未打过。他料到了。

有几天晚上他开得太久、太远,都趴在方向盘上睡着了。忽而他想到自己小说中的人物,忽而又觉得自己漂浮起来,一种优美的迷醉,一路沉下去,直到被一个声音惊醒。

洛拉。

世上最激动人心的事(他写道)莫过于用一瞬间的苏醒来拯救自己。

第二部

没有人是不可或缺的。特鲁希略却是不可替代的。因为特鲁希略并非普通人。他是……宇宙的力量……如果有谁试图将他与同时代的普通人相比较,那必然是错误的。他……生而具有特殊命运。

——《民族报》

当然我又试了一次。这次比第一次还蠢。十四个月过去了,外婆宣布我该回帕特森,回到我妈妈身边了,我真不愿意相信她竟然这么说。这简直是对我最大的背叛。后来我和你断交的时候,我才又有这种感觉。

可我不想回去!我争辩道,我要留在这里!

可她不听。她把双手悬在空中,仿佛对此无能为力。这是你妈妈的要求,这是我的要求,这是完全正确的。

那我的要求呢?

对不起,孩子。

这就是你的生活。你为自己积聚起来的所有幸福将一扫而光,仿佛它们毫无价值。如果你问我,我要说世上根本无所谓诅咒。我看世上只有生活。这就足够了。

我还不成熟。我退出了田径队。我不去上课,也不再搭理那些女伴,包括罗西奥。我告诉马克斯我们完了,他就那么看着我,好像我一枪击中了他的眉心。他想拦住我不让我走,但我冲着他尖叫起来,就像我妈妈那样,他只得垂下手,死了一般。我想我这是在帮他忙。不愿意再伤害他了,那毫无必要。

最后几个星期我真是愚蠢至极。我看我当时一心只想蒸发,我也真就想法子蒸发了。我另找了个人混,我就是这么胡闹来着。他是我一个同学的爸爸,追了我很久,甚至当着他女儿的面也不收敛些,所以我就给他打了个电话。在圣多明各有一件事情你能指望得上。不是镁光灯,不是法律。

是性。

性永远跑不了。

我才懒得谈情说爱。第一次"约会"我就由着他带我去了一家情人旅馆。他是那种爱慕虚荣的政客,民主解放党党员,有自己的豪华空调越野车。我脱下裤子的时候,你真没见过谁会像他那样兴奋。

直到最后我向他要两千美元。是美元,我特别指出。

外婆说得没错:蛇都自以为咬到了老鼠,直到最后咬到獴。

那是我做婊子的关键时刻。我知道他有的是钱,不然不会开口,这也算不上敲诈。我看我们好像一共干了九回,所以我认为他得到的远远多于付出。完事之后我坐在旅馆里喝朗姆酒,他把鼻子凑在小袋子里吸食可卡因。他不怎么喜欢说话,这点很好。我们每次做完了他都为自己感到羞愧,这让我很开心。他抱怨说这笔钱是留给女儿上学用的,等等等等。这钱是你从国库里偷来的,我微笑着对他说。他开车送我到家门口的时候,我才亲了他一下,就是为了感觉到他的退缩。

最后那几个星期我不太和拉英卡说话了,但她总是滔滔不绝地拉着我说。我要你好好读书。我要你有空就来看我。我要你牢牢记住自己是打哪儿来的。她为我的离开准备得妥妥当当。我恼火极了,都不想理她,也不愿意想想我走了她该多伤心。自从我妈妈走后,我就是最后一个和她一起生活的人。她开始收拾房子,就好像要走的是她自己。

怎么?我问,你和我一起走?

不是,孩子。我要去乡下住上一阵子。

但你讨厌乡下啊!

我必须去那儿，她有气无力地解释道，但愿只住一段时间。

没想到，奥斯卡打来电话。想趁我回去之前先和我改善关系来着。这么说你就要回家来了。

你休想，我说。

做事不要操之过急。

做事不要操之过急。我不由得大笑起来。你听见过自己说话吗，奥斯卡？

他叹了一口气。总是听见。

每天早晨我一醒来都要看看那笔钱是否还在床底下。那时候，有了两千美元，你爱上哪儿就能上哪儿，我自然是想去日本或印度果阿，以前学校里一个女生向我提过那儿。也是一个小岛，但很美，她认真地告诉我们。完全不像圣多明各。

最后，她来了。她做事情从来都是大张旗鼓，我妈妈。她坐了一辆硕大无朋的黑色林肯来的，可不是普通的出租车，附近的孩子倾巢出动过来看热闹。我妈妈装作没看见围观的人群。司机当然还想接她走。她看上去很瘦，满脸倦意，我不相信那个出租车司机。

别管她，我说。你难道不感到羞耻吗？

我妈妈伤心地摇摇头，眼睛看着拉英卡。你什么都没教会她。

拉英卡连眼睛都没眨一下。我已经尽力教她了。

然后就是关键时刻，每个做女儿的都会害怕的时刻。妈妈仔仔细细打量了我一番。我从来没有像现在这样苗条，我一辈子都没有像现在这样漂亮、这样惹火，可你知道这只母狗说什么来着？

该死的，你怎么这么丑？

十四个月——就这么结束了。仿佛什么都没有发生过。

如今我自己也为人母了，才明白她只能那么做。她就是那样的人。俗话说得好：香蕉熟了就不会返青。即使到了临终前她也不愿向我表示哪怕一点点爱意。她哭泣，不为我不为她自己而只是为了奥斯卡。我可怜的孩子，她抽泣道，我可怜的孩子。你总认为只要有父母在，就算到了最后关头也会有转机，会变得更好。我们的情况可不是这样。

也许我应该逃走。我应该等到我们回到美国之后，像火把那样等待着，慢慢地、慢慢地燃烧，直到他们放松警惕，然后某个早上我就突然消失。就像爸爸突然从妈妈身边消失，从此杳无音信。就像一切烟消云散的东西一样突然消失。不留一丝痕迹。我会住在很远的地方。我会非常幸福，我敢肯定，而且我永远不会要孩子。我会让阳光把皮肤晒黑，再也不会躲着它，我要任头发凌乱，然后她在大街上和我擦肩而过都不会认出我。那就是我的梦想。但如果说这些年来让我学会什么的话，那就是：你永远都逃不脱。永远。唯一的出路就是待在里面别动。

而我认为这些故事都在说这个道理。

没错，毋庸置疑的是：我可以逃走。不管有没有拉英卡，我都可以逃走。

可是，马克斯死了。

我再也没有见过他。分手后就再也没有。可怜的马克斯，他对我的爱无法用语言形容。我们每次做爱他都说他真幸运。我们并不是住在一个街区或一个居民区。有时候那个政客开车带我去情人旅馆，我敢说我看见马克斯正穿梭在不息的车流中，胳膊下夹着拷贝盘（我曾劝他去买个背包，但他说他喜欢这样）。勇敢的马克斯，他有本事从两辆汽车的保险杆中间穿过去，就像谎言能从一个人的牙缝中间滑出来。

可是有一天他计算错误——我知道是因为伤心——结果被夹在一辆开往希巴欧的巴士和一辆开往巴尼的巴士中间。头骨粉碎，电影胶片洒得满街都是。

等我听说了这事儿,他们已经把他下葬了。他姐姐打电话告诉我的。

他最爱你了,她抽泣着说道,最爱你。

是诅咒,你们中也许有人会这样说。

是生活,而我会这样说,生活。

你从没见过一个人走得如此平静。我把从政客那儿拿来的钱都给了他妈妈。他的小弟弟马克西姆拿着这笔钱买了一艘帆船回了波多黎各,我听说他干得不错。他开了家小商店,他妈妈不住在洛斯·特雷斯·布拉索斯了。我的卖身所得毕竟换来了一点好结果。

我永远爱你,外婆在机场说。接着转身走了。

直到我上了飞机后才忍不住大哭起来。我知道这样很可笑,但我真的哭个不停,直到最后遇到你。我知道我从没有停止过偿还。其他乘客肯定以为我疯了。我就希望妈妈来打我几下,骂我是白痴、畜生、笨蛋、没教养,希望她换位子,但她没有。

她按住我的手,就这么一直按着。前排的女人回过头来说:叫你女儿别哭了,她说,让你家这个混蛋别再胡闹了。

我觉得最对不起坐在我们旁边的那个老人。看得出他是去探亲的。他衣着考究,上装熨得平平整整。没事儿,姑娘,他说着拍拍我的背。圣多明各永远在那儿。开始就在,最后还在。

我的天哪,我母亲嘀咕了一声,然后闭上眼睛睡着了。

第五章　可怜的阿贝拉德
（1944—1946）

名　医

家里人若谈起那整段历史——似乎从来不曾谈过——他们总是从同一个地方开始：阿贝拉德以及他说过的特鲁希略的恶行。[1]

阿贝拉德·路易斯·卡布莱尔是奥斯卡和洛拉的外祖父，一名外科医生，在拉扎罗·卡德纳斯[2]时期和二十世纪四十年代中期在墨西哥城求学，那会儿我们都还没有出生呢，他在拉贝加省的地位相当显赫。一个非常严肃的人，彬彬有礼，相貌堂堂。

（你应该能够猜到这故事的结局了。）

在那遥远的过去——还没有罪恶，没有银行倒闭，也没有流放——卡布莱尔家族在高原地区还是排得上号的。虽说不如圣地亚哥的拉尔·卡布莱尔家族那样富可敌国、历史显赫，但绝对不是穷酸败落。自从1791年定居拉贝加以来，卡布莱尔家就一直是皇亲

---

[1] 当然也可以从其他地方开始，更合适的地方——如果你问我，我就从西班牙人"发现"新大陆讲起——或者从1916年美国入侵圣多明各讲起——但既然那是德莱昂家的人为自己选择的开端，那么我又算老几，胆敢对他们的家族史说长道短？——作者注

[2] 墨西哥总统，1934—1940年在位。

国戚,和阿玛瑞拉宫、里奥加姆一样,都是当地的标志;由阿贝拉德父亲兴建的哈特维府邸①从来就是邻居们的谈资,这幢拥有十四个房间的宅第,占地宽广,布局凌乱,风格杂糅,四周长满扁桃树丛和低矮的芒果树,老早的奠基石已被移入阿贝拉德的书房;他家在圣地亚哥还有一处以现代艺术风格装饰的公寓房,那是阿贝拉德周末处理家族事务的地方;刚刚翻新过的马厩可以舒舒服服地安顿十来匹马,而那些马呢:六匹柏柏尔族的骏马,皮毛宛如羔皮纸;当然还有五个全天候听从召唤的仆人(肤色较为接近)。当这个国家的其他人还依岩石而居、靠木薯片果腹、肠道里有数不尽的寄生虫嗷嗷待哺的时候,卡布莱尔一家却品尝着意大利面和甜香肠,轻轻擦着贝尔里克②餐具上的哈里斯科③白银。外科医生的收入的确可观,但阿贝拉德的投资(如果那时就有这类东西的话)才是家族财富的真正来源:阿贝拉德从他那位看什么都不顺眼、做什么都别扭的父亲(已故)手里继承了圣地亚哥多家生意兴隆的超市、一家水泥厂以及数座农场。

  你也许会认为卡布莱尔家族是一群幸运儿。夏天他们会去斯拉特港,"借住"在某位表亲的"茅舍"里,待不上三星期就匆匆打道回府。阿贝拉德的两位千金,杰奎琳和阿斯特丽德,在母亲的密

---

① 哈特维,说不定你已经忘了,他是泰诺人中的胡志明。当西班牙人在多米尼加共和国实施第一次种族灭绝时,哈特维离开了这个岛国,乘船去古巴寻求援军,他的远航在大约300年后为马克西姆·戈麦斯所效仿。哈特维府邸的得名,是因为据说早年间它属于一位神父的后人,这位神父曾在西班牙人对哈特维处以火刑之前为其施洗。(哈特维站在柴堆上说的那番话已广为传诵:天堂里有白人?那我宁愿去地狱。)然而,历史对哈特维并不公正。如果形势不很快发生变化,他的结局会和他的同志"疯马"一样,在异国他乡和一头熊锁在一起。——作者注
② 北爱尔兰地名,盛产瓷器。
③ 墨西哥省名。

切关注下游泳和嬉水（她们常患"黑白混血色素退化障碍症"，又称"晒黑"），而她们的母亲却不敢让太阳晒得更黑，成天躲在阳伞下——她们的父亲则要么在倾听战事新闻，要么沿着海岸漫步，脸上总露出凝重专注的神情。他赤着双脚，只穿一件白衬衫和背心，裤腿高高挽起，略带蓬松的鬓发仿佛火炬，他有一种中年人的慈祥，身体也已微微发福。偶尔，贝壳的残片或垂死的鲨会引起他的注意，于是他匍匐下来，透过宝石雕花的镜片仔细观察，这时候，在他快乐的女儿和惊恐的妻子看来，他简直就像一条正嗅着粪块的狗。

直到今天，在希巴欧还是有人记得阿贝拉德，他们会告诉你，他不仅是位高明的医生，更是国内数一数二的天才：永不止歇的好奇心，令人惊叹的禀赋，尤其擅长语言和计算。老爷子博览群书，无论是西班牙语、英语、法语，还是拉丁语或希腊语；收藏珍本图书，倡导稀奇的抽象概念，经常给《热带医学杂志》投稿，还是一位费尔南多·奥尔蒂斯[①]式的人种学爱好者。总之，阿贝拉德是个极为聪明的人——虽说在他求学过的墨西哥城算不得绝无仅有，但在最高统帅拉斐尔·列奥尼德斯·特鲁希略·莫利纳治下的岛国却是极为罕见了。他常常鼓励女儿多读书，并准备让她们继承父业（她们不满九岁的时候就能说一口流利的法语，阅读拉丁文了）。他对学问真的是孜孜以求，任何一门新知识，无论多么晦涩多么细琐，都能将他一举送出范艾伦辐射带。他家的客厅，装饰着雅致的墙纸——那是他父亲第二任妻子的杰作，是当地鸿儒的头号聚会之所。火药味十足的辩论会持续整个晚上，而即使阿贝拉德每每为这些乏善可陈的论点感到沮丧——根本比不上墨西哥国立自治大学的水准——他也不会因此厌倦这样的夜晚。他的女儿常常在跟父亲道

[①] 费尔南多·奥尔蒂斯，古巴散文作家、文化研究学者。

过晚安之后，又在第二天清晨发现他依然忙着和朋友们莫名其妙地激辩，两眼通红、头发蓬乱、头昏脑涨却仍精力旺盛。她们走到他面前，他挨个亲亲姐妹俩，叫她们小乖乖。他常常向朋友们夸耀，这些聪明的年轻人将会超越我们。

特鲁希略的时代绝非思想者的黄金时代，也绝不适合沙龙辩论、主持聚会或是成就非凡事业，但阿贝拉德真是够谨小慎微的了。绝不允许交换任何有关当代政治（比如特鲁希略）的话题，一切只限于抽象层面，任何人（包括秘密警察）只要愿意都能参加他的聚会。假如你喝醉不留神说错了"失败的偷牛贼"的名字，那绝对只是因为无心。通常来说，阿贝拉德尽最大可能不把领袖放在心上，他奉行的是"回避独裁之道"，这可真是莫大的讽刺，因为阿贝拉德总是表现出对特鲁希略统治的无与伦比的狂热。① 无论是作为个人，还是作为其医学会的执行官，对于多米尼加党，他都是不遗余力；他和妻子——也是他最优秀的护士和最得力的助手，会参加特鲁希略组织的每一次医疗活动，不管地点是在多么偏僻的乡村；而当领袖以103%的选票赢得选举时，没有谁能比他更能忍住讪笑了！民众多么热情！为祝贺特鲁希略举行的各种宴会，阿贝拉德肯定会驾车前往圣地亚哥出席。他到得最早，走得最晚，脸上始终微笑，嘴上什么都不说。关闭乖戾的理性引擎，完全顺应权力的推动。轮到他的时候，他就握住领袖的手，崇敬之情汩汩而出（如果你认为特鲁希略不是同性恋，那么听听"犹大牧师"乐队怎么唱

---

① 而更具讽刺意味的是，尽人皆知阿贝拉德在特鲁希略政权最疯狂的时期仍保持低姿态——一如既往地避免遭人瞩目。比如说，1937年，当多米尼加共和国的朋友们大肆迫害海地人、海地裔多米尼加人以及海地人模样的多米尼加人，当种族残杀愈演愈烈的时候，阿贝拉德却把自己的脑袋、眼睛和鼻子埋进书本（任凭妻子藏匿他们的仆人，绝不稍加过问），而当大屠杀的幸存者带着惨不忍睹的刀伤，闯进他的外科诊所时，他又尽最大努力给予治疗，伤势再重也绝对不置一词。他的表现跟平常毫无不同。——作者注

的，你又有新念头了），然后悄然隐入人群（就像奥斯卡最喜欢的电影《步步惊魂》里那样。离领袖越远越好——他从来不抱非分之想，自以为是特鲁希略的同僚、伙伴或必不可少的人物——毕竟招惹他的那些黑鬼最终都无一例外地不得好死。阿贝拉德家族并未完全受制于领袖，这一点没什么损害，他父亲的地产和投资，无论是就地理位置或是竞争力而言，都不妨碍领袖的任何产业。很幸运，他和"王八蛋"的瓜葛非常有限。①

也许阿贝拉德和"失败的偷牛贼"会在历史的殿堂中擦肩而过，如果不是因为1944年起，阿贝拉德就打定主意让妻子和女儿待在家里，而没有按照惯例带她们出席领袖的活动。他向朋友们解释说，他妻子有些"神经紧张"，必须由女儿杰奎琳照顾，但她们不再露面的真实原因却是特鲁希略臭名昭著的贪婪，以及女儿杰奎琳异乎寻常的容貌。阿贝拉德的这位矜持、聪慧的大小姐再也不是原先那样又高又瘦、笨拙羸弱的模样了；青春仿佛着了火一般，把她变成如花似玉的妙龄淑女。她得了严重的三围招摇症，这一状况在四十年代中期注定会惹大麻烦，这麻烦就叫作"特——鲁——希——略"。

无论你向哪一位长者打听，他们都会告诉你：特鲁希略是个独裁者，而他更是多米尼加的独裁者，换句话说，他就是这个国家的"头号无赖"。他认定多米尼加领土内的每一个女人都归他所有。有

---

① 他希望他和巴拉古尔之间也能如此。当时"魔鬼巴拉古尔"还没有被誉为"选举窃贼"；还只是特鲁希略的教育部长——你看得出来这项工作他干得有多出色——千方百计给阿贝拉德种种难堪。他要和阿贝拉德谈谈他的理论——其中四成来自法国种族主义创始人戈宾诺，四成来自美国心理学家戈达德，两成来自德国人种优生学理论。他斩钉截铁地告诉阿贝拉德，德国人的理论是在向欧洲大陆泄愤。阿贝拉德点头称是。我懂了（但是你也许会问，到底谁更高明？无从比较。在这场角力中，阿贝拉德，这位希巴欧的奇才，将在大约两秒钟内战胜这位"种族灭绝论的天才"）。——作者注

记录证明，在特鲁希略统治的多米尼加，只要你属于某一阶层，只要你让可爱的女儿出现在领袖视野范围之内，那么用不了一星期，她就会像个老婊子似的舔他的阳物，而你别无选择！这就是生活在圣多明各的代价之一，这是岛上尽人皆知的一个秘密。这样的事情太平常，特鲁希略的胃口太大，国内甚至有不少人——都是些有地位有教养的人，慷慨地将自家女儿献到"失败的偷牛贼"跟前。阿贝拉德可不是这种人——值得称赞；当他一有察觉——当他女儿开始阻断阳光大道上的交通，当一个病人看着他女儿说，你该小心那个家伙——他就把她锁在家里不让出门了。这有点冒险，也不符合他的脾气，可是有一天当他看着杰奎琳准备上学的样子，身体已经成熟，神气却还是个孩子——天哪，她还是个孩子呀，要冒险也就不难了。

然而，要把你家那个明眸善睐、胸脯圆润的女儿在特鲁希略眼皮底下藏起来，可绝不是件轻而易举的事（这好比不让魔王索伦得到魔戒）。如果你认为哪个平常的多米尼加男人是坏蛋，那么特鲁希略就要比他坏上五千倍。这家伙手下有几百个特务，专门负责巡视各省，为他搜索下一个目标；如果拉皮条曾是特鲁希略政府的中心工作之一，那么这个政权可以堪称世界上第一个流氓政府了（或许，实际上就是如此）。在这种大气候下，隐匿你的女人无异于叛国；要是谁胆敢违拗命令不交出女儿，那他将很快发现自己正精神百倍地与八条巨鲨同浴。有一点必须明白：阿贝拉德正在冒巨大的风险，他出身上流，他准备充分，他请朋友诊断其妻子有狂躁症，再把这事儿透过他的精英圈子传出去，但这些都没有用。一旦特鲁希略及其党羽风闻他表里不一，就能在两秒钟内把他投入监狱（并把杰奎琳摁倒在地）。这就是为什么每次领袖缓步在欢迎的队伍前，与大家一一握手，阿贝拉德总以为他那尖利的高嗓门会突然叫道，阿贝拉德·卡布莱尔医生，你那个秀色可餐的女儿在哪儿呢？我从你的邻居那儿听说了很多有关她的事情。这真够让阿贝拉德心惊肉跳的了。

他的女儿杰奎琳自然完全不知道自己的危险处境。那时候人们还比较单纯,而她也是个单纯的女孩;被她那伟大的总统强奸,这种念头绝不可能出现在她聪慧的头脑中。两姐妹中她继承了父亲的才智。她正以全部身心投入学习,因为她决定像父亲那样出国留学,去巴黎医学院学医。去法国!成为第二个居里夫人!夜以继日地埋头苦读,常跟父亲和他们家的仆人埃斯特班·厄尔加洛操练法语,厄尔加洛出生在海地,仍说着一口地道的法语。① 他的两个女儿都毫不知情,还像穴居矮人霍比特族那样无忧无虑,从来想不到魔鬼的黑影已经在地平线上浮现。每当休息日,当阿贝拉德不在诊所看病,也不在书房写作的时候,他会站在后窗前看着两个女儿还在玩幼稚的儿童游戏,直看得心如刀绞,才默然离开。

每天早晨,杰奎琳开始做功课之前,会在一张白纸上写下:
Tarde venientibus ossa.

留给迟到者的只有骨头。

这件事他只跟三个人提起过。第一个人,自然是他的妻子,索科洛。这里必须声明,索科洛是当之无愧的"人才"。这位来自东部(伊盖省)的大美人,女儿的美貌都是她的遗传。索科洛年轻时活脱脱就是黑皮肤的德嘉·索瑞斯公主(阿贝德拉之所以会追求一个社会地位远低于自己的姑娘,这是主要原因之一),还是他有幸在墨西哥及多米尼加共事过的最出色的护士。考虑到他对墨西哥同

---

① 自从1937年特鲁希略政府发动了针对海地人和海地裔多米尼加人的种族灭绝行动以后,你几乎看不到多少海地人留在多米尼加工作了。一直要到50年代后期,情况才有所好转。埃斯特班却是个例外,因为:(a)他看上去他妈的太像多米尼加人了;(b)种族灭绝甚嚣尘上时,索科洛把他藏在了女儿阿斯特丽德的玩具储藏室里。他躲了整整四天,几乎要被挤成棕色的爱丽丝了。——作者注

行的评价，这一称赞不可小视（他追求她的第二个原因）。她吃苦耐劳的敬业精神及其对民间疗法和传统验方的百科全书般的知识，使她成为他必不可少的工作伙伴。不过，面对他对特鲁希略的种种忧虑，她的反应和大多数人一样。她是个聪明伶俐、训练有素、工作勤奋的女人，即便是面对被大砍刀劈伤的手臂，面对喷涌不断的动脉鲜血，她连眼睛都不会眨一下，可是当她面对一些抽象的威胁，比如特鲁希略，她却固执甚至任性地不愿承认会有什么了不得的问题，继续让杰奎琳穿那些叫人看了透不过气来的裙子。你为什么要对别人说我情绪不稳？她质问道。

他还把这事告诉了情人莉迪亚·阿贝纳德尔夫人。他从墨西哥留学回来后曾向三个女人求婚，但都遭到拒绝，她就是其中一个；如今她成了寡妇，也是他最贴心的情人。她是他父亲希望他想方设法追到手的那种女人，而他无法做到，为此性格暴戾的父亲直到临死前还嘲笑他不像个男人（他追求索科洛的第三个原因）。

最后他还告诉了多年的邻居兼好友马科斯·阿普尔盖特·罗曼。他经常接送马科斯参加各种总统活动，因为马科斯没有车。他的情绪在马科斯那里不由自主地流露出来，因为这问题实在太沉重。那是八月的一天夜里，他们回拉贝加省，汽车沿着原先的海防专用公路行驶，穿过希巴欧黑漆漆的田野，天气太热，他们不得不摇下车窗，这样一来成群结队的蚊子立刻直往他们鼻孔里钻，阿贝拉德不知怎么突然打开了话匣子。在这个国家，年轻姑娘根本不可能不受骚扰地发展，他抱怨道。接着他举出一个女孩的名字，领袖刚毁了她的前程，这姑娘他们俩都认识，从佛罗里达大学毕业，父亲是他们的一个熟人。起先马科斯一言不发；他的脸沉在帕卡德车厢的黑暗里，什么表情也没有，只是一片阴影。一阵揪心的沉默。马科斯对领袖并无好感，曾不止一次当着阿贝拉德的面骂领袖是"畜生"和"傻瓜"，但阿贝拉德还是立刻意识到了自己的草率和鲁莽（这可是秘密警察横行的时期）。最后，阿贝拉德说，你不觉得难过吗？

马科斯低头点燃一支烟，最终他的脸出现了，有些紧张但还是那么亲切。我们无能为力，阿贝拉德。

但假如你也遇到这种事，你会如何保护自己？

我会让自己的女儿越丑越好。

莉迪亚可就现实得多。她坐在衣橱前，梳理着她那摩尔人般的头发。他则躺在床上，同样裸着身子，心不在焉地喝着饮料摸着自己那东西。莉迪亚说，把她送到修道院去。把她送到古巴去。我在古巴的家人会照顾她的。

古巴是莉迪亚梦绕魂牵的地方；是她心目中的墨西哥。她总说要搬回古巴去。

但是我必须得到政府的允许！

那你就申请吧。

可领袖要是察觉了该怎么办？

莉迪亚啪地放下梳子。发生这种情况的几率能有多少？

谁说得准，阿贝拉德小心翼翼地说，在这个国家谁能说得准。

情妇说该把女儿送往古巴，妻子说该把她软禁在家里，而最要好的朋友什么也没说。他谨慎的性格告诉他，应该等待进一步的指示。到了那年年底，指示出现了。

在没完没了的总统接待活动中，有那么一次，领袖和阿贝拉德握手，但之后他没有继续往前走，而是停下来——梦魇成了现实——抓住他的手指不放，用尖细的嗓音说：你是阿贝拉德·卡布莱尔医生吗？阿贝拉德鞠了一躬。愿意为您效劳，阁下。在不到一毫秒的时间里，阿贝拉德已经浑身冷汗；他知道接下来将发生什么；他一辈子都没听"失败的偷牛贼"对他说话超过三个字，这回还能说什么呢？他的眼睛不敢从特鲁希略搽满脂粉的脸上移开，但他用眼角的余光瞥见一群马屁精正在簇拥过来,看来交锋是在所难免了。

我经常在这里看到你,医生,但最近一直没见到你妻子。你跟她离婚了吗?

我们没有离婚,阁下。我的妻子仍是索科洛·埃尔南德斯·巴蒂斯塔。

很好啊,领袖说道,我担心你也许成同性恋了。说着他转过去看着马屁精们,放声大笑起来。瞧您,领袖,他们尖声叫道,您可真会开玩笑。

在这节骨眼上,如果是另外一个黑鬼,他也许会为了捍卫自己的荣誉而斗胆辩解几句,但阿贝拉德可不是那样的黑鬼。他什么也没说。

不过当然喽,领袖继续说道,弯起手指抹去眼角边的一滴泪水,你不是同性恋,因为我听说你有女儿,卡布莱尔医生,她们是不是很漂亮迷人啊?

对于这个问题,阿贝拉德早已预备了十几个答案,但此时他的回答却完全出于本能,不知不觉就冒了出来:是的,领袖,您说得对,我是有两个女儿。但实话跟您说吧,她们还算漂亮,如果您欣赏长胡子的女人。

一时间,领袖一言不发,而在这痛苦的沉默中,阿贝拉德仿佛看见女儿正在自己面前被蹂躏,而他则极为缓慢地沉入了特鲁希略那个臭名昭著的鲨鱼池。但紧接着,天大的奇迹出现了,领袖竟然皱起那张猪脸皮哈哈大笑起来,阿贝拉德也跟着笑起来,领袖往前迈了一步。那天晚上,阿贝拉德回到拉贝加的家中,叫醒熟睡中的妻子,两人一起祈祷,感谢上苍拯救了他们全家。阿贝拉德素来不擅辞令。灵感只可能来自我的灵魂深处,他对妻子说,来自某个守护神。

你是说上帝？他的妻子追问道。

我是说某个人，阿贝拉德悲哀地说。

那又如何？

接下来的三个月，阿贝拉德一直在等待末日到来。等待他的名字出现在报纸的"大众论坛"栏目中，那儿会有几篇含蓄的批评，针对拉贝加的某位骨科医生——这通常预示着政权将开始毁灭一位有地位的人士，比如他——指责你的袜子和衬衫不搭配。他等待一封来信，要求他和领袖单独见面，等待他的女儿在去学校的路上突然失踪。高度的戒备让他几乎瘦了二十磅。开始酗酒。差点失手害死一个病人。要不是他妻子在缝合伤口前发现问题，谁知道会出什么事故？几乎每天都要对妻子女儿大加呵斥。对情妇也没多大兴趣了。当雨季变成夏季，诊所里挤满病人、伤员和不幸的人，当四个月过去了依然一无动静，阿贝拉德简直要大大舒一口气了。

也许，他在自己毛茸茸的手背上写道。也许。

圣多明各机密

生活在特鲁希略时期的圣多明各，从很多方面看，极像奥斯卡特别喜欢的电视剧《阴阳魔界》中的著名情节，邪恶的白人孩子统治着一个完全与世隔绝的小镇皮克斯维尔。这个白人孩子凶残而任性，令"居住区"里的每个人都生活在极度恐惧中，他们无时无刻不在互相攻讦、出卖，只为了不遭到迫害，或被送进可怕的玉米地（每次他施暴之后——无论是让地鼠长出三个脑袋，还是将玩腻了的伙伴逐到玉米地，或让最后一批庄稼遭受雪灾——被吓破胆的皮克斯维尔人都得说，你做了一件大好事，安东尼。大好事）。

1930年（"失败的偷牛贼"窃取政权）到1961年（他被赶下台）期间，圣多明各就是加勒比海的皮克斯维尔，特鲁希略就扮演着安东尼的角色，而我们其他人则是那些"箱子里的跳偶"。这样的比喻也许会叫你摸不着头脑，但是，朋友们：特鲁希略对多米尼加人民的蹂躏及其在国内投下的恐怖阴影，怎么渲染都不算夸张。这家伙统治圣多明各，就像那地方是他一个人的魔多大陆；① 他不仅闭关锁国，将多米尼加隔离在"香蕉幕"之后，甚至把它当作私人种植园，仿佛任何个人、任何东西都归他所有，他想除掉谁就除掉谁，无论是谁的儿子、兄弟、父亲、母亲，概莫能外，他在新婚之夜从丈夫身边夺走妻子，然后当众吹嘘他昨天那个"美妙的蜜月之夜"。他的耳目遍布全国；他的秘密警察比国家安全局更"安全"，每一个人，甚至远在美国的人，都在他们的监视之下。这个安全机构嗅觉灵敏得简直荒谬：要是你在早上八点四十说了领袖一句坏话，那么不必等钟敲十下，你已经在监狱里被赶牛棒痛打屁股了。（谁说我们第三世界的人不讲效率？）让你心惊肉跳的不仅是"黑色星期五先生"，而且还是由他一手造就的整个"老鼠国

---

① 安东尼断绝皮克斯维尔与外界的联系，凭借的也许是头脑的力量，但特鲁希略依靠的却是权术！几乎在他攫取总统宝座的那一刻起，"失败的偷牛贼"就将这个国家封锁起来，断绝了和世界上其他国家的一切往来——我们把这种强行隔离称为"香蕉幕"。至于该国与海地之间因历史原因而不甚明确的边界线——与其说是边界不如说是障碍——"失败的偷牛贼"就仿效小说《来自地狱》里的古尔医生，采取古代地下组织狄奥尼索斯建筑师共济会的纲领，雄心勃勃地妄图筑造历史，以沉默和鲜血、砍刀和屠杀、黑暗和否定的恐怖仪式，强立一条真正的国界，一条不存在于地图却直接刻入一个民族历史和想象中的国界。在特鲁希略"掌权"的第二个十年中期，"香蕉幕"相当成功，在盟国赢得第二次世界大战之后，这个国家的绝大多数人根本没听说过这场战争。而那些知道此事的人则听信舆论宣传，以为特鲁希略对于战胜日本和匈奴至关重要。要不是这家伙强行隔离岛国，他就不可能造就这片私属领地。（说到底，如果你拥有了砍刀的力量，哪里还需要未来主义的机器？）大多数人认为领袖在试图清除外界的影响；而也有人指出他似乎同时接纳了某些东西。——作者注

家",正如每一个"黑暗之王"都有"影子",他也拥有忠诚的人民。①普遍认为,无论哪个时期都有42%到87%的多米尼加人名列秘密警察队伍中。你的混蛋邻居很有可能要置你于死地,仅仅因为他们垂涎你的某件东西,或是因为你在小酒馆里得罪了他们。疯子就是以这种方式出现,你会被自以为是朋友的人出卖,被自己的家人出卖,被一时的口误出卖。这一天你还是守法公民,在自家阳台上咬坚果,第二天你就在监狱里,被人当坚果咬了。形势总是紧张得很,甚至许多人都以为特鲁希略有超能力!谣传说他从来不睡觉,不出汗,他有本事看到、闻到、感觉到百里以外的事情,他有岛上最恶毒的诅咒保护(你不能理解为什么两代人之后,我们的父母还是那样遮遮掩掩,为什么你会意外地发现你的兄弟其实不是你的兄弟)。

不过我们也不要走极端:特鲁希略的确十分可怕,他的统治很像加勒比海的魔多大陆,但是也有许多人憎恨领袖,他们含蓄地表达着蔑视,他们反抗。可阿贝拉德倒不是这样的人。这位伙计可不像他的墨西哥同行,关注世界时事,相信一切都有可能改变。他不指望革命,也不关心托洛茨基曾经就住在离他的学生公寓不到十条街远的墨西哥城科瑶坎区,并在那儿被暗杀;他只想照顾好那些有钱的病人,然后回到书房,不必担心是否会被射穿脑袋或扔进鲨鱼嘴里。时不时会有熟人——通常是马科斯——向他描述特鲁希略新近的暴行:某个富裕的家族被剥夺了所有财产并流放异乡;某家人被统统砍成碎片喂鲨鱼,因为他家的儿子竟敢在一群惊恐万状

---

① 事实上,人民真是忠心耿耿,加林德斯在《特鲁希略时代》中提到,某论文答辩委员会请一名研究生谈谈哥伦布之前的美洲文化,他竟毫不犹豫地回答说,哥伦布之前最重要的美洲文化是"特鲁希略时代的多米尼加共和国"。嘿,真有你的。而更搞笑的却是答辩委员会坚持让该学生通过,理由是"他提到了领袖"。——作者注

的同事面前把特鲁希略比作阿尔道夫·希特勒；某位著名的工会首领在博璐被可疑地暗杀。阿贝拉德认真地听着这些骇人听闻的事件，在一阵尴尬的沉默之后转移话题。他只是不愿意老想着"不幸的人民"的命运，老想着皮克斯维尔的一切。他不希望自己的家人也牵扯上这些事情。阿贝拉德的态度——如果你愿意，可以称为他的"特鲁希略哲学"——就是：他只要低下头，闭上嘴，敞开口袋，再让女儿们躲个十年二十年。到那个时候，他预言，特鲁希略也就死了，多米尼加共和国将成为真正的民主国家。

事实证明，阿贝拉德的预测能力有待提高。圣多明各永远成不了民主之地。他自己也活不过十年二十年。谁也不曾想到，他的好运气早早就到了尽头。

中　伤

1945年对于阿贝拉德和他全家来说是重要的一年。阿贝拉德发表的两篇学术论文赢得了一些赞扬，一篇发表在权威刊物上，另一篇发表在加拉加斯的一家小杂志上。他得到了几个大陆医生的吹捧，的确有些肉麻。超市的生意异常兴隆；刚刚结束的战争使岛国一片繁荣，他的经理们简直都留不住架子上的货物。田产丰收，利润丰厚；世界范围的农产品价格下滑还要过几年才会到来。阿贝拉德的诊所里人满为患，他以精湛的医术成功完成了不少高难度的外科手术；两个女儿前途无量（杰奎琳已被勒阿弗尔德的一所寄宿制名校录取，过了年就要去报到——她逃跑的好机会）；妻子和情人都对他一往情深；甚至连仆人们都心满意足（虽然他没和他们谈过什么）。总之，一切都令这位杰出的医生称心如意。每天晚上都该是跷起二郎腿，叼根雪茄，宽厚的脸上露出灿烂的笑容。

这真是——我们有没有胆量这么说？——美好的生活。

然而这不是。

二月份又要举行一场总统活动（为了庆祝独立日！），而这一次邀请信上写得清清楚楚。邀请阿贝拉德·路易斯·卡布莱尔医生和夫人及女儿杰奎琳出席。女儿杰奎琳的名字被晚会主人特地打了下画线。不是一画，不是两画，而是三画。阿贝拉德一看见这封倒霉的邀请信就差点昏过去。他一下子瘫在桌子上，心都跳到了嗓子眼。几乎整整一个小时，他就那么瞪着这张羔皮纸，然后才叠起来放进衬衫口袋。第二天一大早他去拜访晚会主人，他的一个邻居。邻居正在屋外的畜栏里，恶狠狠地看着几个仆人把一匹种马赶进种马群。他一看到阿贝拉德就沉下脸来。你到底要我做什么？命令是直接由宫里下达的。阿贝拉德慢慢走回到车里，他尽力不让人发现他正浑身颤抖。

他又去找了马科斯和莉迪亚（他没跟妻子提邀请函的事，不想吓着她，也没告诉他女儿。甚至不愿意在自己家里多说一个字）。

上次提到此事他还有些理性，这一回他却有些失常了，疯子似的咆哮起来。气急败坏地和马科斯唠叨了将近一个小时，关于不公正的遭遇，关于彻底的绝望（这一番喋喋不休十分奇怪，因为他绝口不提自己指责的人到底姓甚名谁）。他一会儿怒火万丈，一会儿又自怨自艾。最后他的朋友只好掩住这位名医的嘴，要弄清楚他到底在说什么，但阿贝拉德就是不住口。疯了！真是疯了！我是一家之主！一切该由我说了算！

你能干什么？马科斯以宿命论的口气反问他。特鲁希略是总统，而你不过是个医生。如果他要你女儿参加晚会，你只有服从。

可这太不人道了！

这国家什么时候人道过，阿贝拉德？你学过历史。你比任何人都明白这一点。

莉迪亚就更没同情心了。她看过邀请信，低声骂了一句，转过脸来看着他。我警告过你的,阿贝拉德。我不是叫你一有机会就把女儿送出国的吗?她可以在古巴和我家里人住在一起,一点麻烦也不会有,现在你可倒霉了。他盯上你了。

我知道,我知道,莉迪亚,我该怎么办?

上帝保佑你,阿贝拉德,她激动地说。还有什么选择。这个人可是特鲁希略啊。

回到家里,他看着特鲁希略的肖像。每个良民家里都挂着这样一幅肖像,画上的特鲁希略微笑着俯视着他,呆板的慈祥中透着阴险。

假如医生当机立断带上妻子女儿偷偷登上普拉塔港的渡船,或者假如他们一起逃过国境进入海地,也许他们还有救。香蕉幕虽然强大但还不至于牢不可破。但遗憾的是,阿贝拉德并没有采取行动,只是焦躁犹豫,以为无计可施。他寝食难安,整夜在走廊上踱步,几个月来增加的体重又丧失殆尽(仔细想想,他也许应该听从女儿的观点:留给迟到者的只有骨头)。他一有时间就陪着两个女儿。杰奎琳是父母的掌上明珠,她已经记熟了法语区所有街道的名称,而就在那一年里,她已经接到了不是四个,也不是五个,而是十二个求婚请求。当然那些都是向阿贝拉德夫妇提出的,杰奎琳本人一无所知。但事实就是如此。而阿斯特丽德刚满十岁,相貌、性格更像父亲;不算漂亮,爱开玩笑,笃信上帝。在希巴欧,她的钢琴弹得最出色,无论做什么事情,她都是姐姐的盟军。父亲突如其来的关怀让姐妹俩摸不着头脑:爸爸,你在休假吗?他伤心地摇了摇头。不是,我只是喜欢和你们在一起。

你到底怎么了?妻子问他,但他不愿告诉她真相。让我安静一会儿,夫人。

他的精神越来越差,甚至去了教堂,这在阿贝拉德是从来没有过的(这样做太不明智,因为谁都知道那时候教堂完全在特鲁希略的手心里）。他几乎每天都去忏悔，向神父倾诉，但他没提那件事情，只是祈祷，许愿，愚蠢至极地点几支蜡烛。他每天都要喝干净三瓶威士忌。

如果遇到这事的是他那些墨西哥朋友，他们也许就会紧握钢枪，远走他乡（至少他认为他们会这么做），但无论他是否愿意承认，他毕竟是他父亲的儿子。他父亲是位很有教养的绅士，向来反对儿子去墨西哥求学，却总是很乐意与特鲁希略合作。1937年军队开始大肆屠杀海地人，他父亲允许他们用他的马匹，最后他的马一匹都没有还回来，他也没有向特鲁希略说什么，只是把这归结为生意成本。阿贝拉德酗酒、焦躁，不再去见莉迪亚，把自己锁在书房，最后自欺欺人地说什么事也不会发生。这不过是一次试探。让妻子女儿为晚会做准备。只字不提那是特鲁希略的晚会。尽量让整个事情看上去没任何异样。痛恨自己的谎言，但除此之外他还能做什么呢？

留给迟到者的只有骨头。

也许事情会很顺利地结束，但杰奎琳实在太兴奋了。因为这是她有生以来第一次参加盛大的晚会，谁会想到那将成为影响她人生的一件大事？她和母亲一起去买了礼服，去做了头发，买了新鞋，一个亲戚甚至还送了她一副珍珠耳环。索科洛帮助女儿做着一切准备，没有任何怀疑，可就在晚会前一个星期，她突然做了一些可怕的梦。她梦见自己长大成人的那个小镇，那时候她姑姑还没有收养她，她也还没有被送进护士学校，发现自己有治病救人的天赋。她梦见一条泥泞的小路，两边开满鸡蛋花，据说这条路通往首都。酷热中她看见一个人从远处向她逼近，这个遥远的身影令她惶恐，她尖叫着惊醒过来。阿贝拉德惊慌失措地跳下床，女儿在她们的房间放声大哭。在最后那个星期里，她几乎每天晚上都做这个梦，仿佛倒计时的钟。

还有两天就要见到特鲁希略了，莉迪亚催促阿贝拉德赶紧和她一道上船去古巴。她认识船长，船长会把他们藏起来，她发誓绝对不会出任何问题。以后我们再设法救你女儿，我保证。

我不能走，他悲痛欲绝地说。我不能抛开我的家人。

她继续梳她的头发。他们再没说过一句话。

晚会那天的下午，阿贝拉德正哭丧着脸朝汽车走去，突然看见自己的女儿，一身礼服，站在起居室里，正埋头读一本新的法语书。她是那么圣洁，那么年轻，而就在此时他脑海里突然产生了一个我们学文学的人常常不得不讨论的所谓顿悟。那顿悟并非一道突如其来的光亮，也并非他心中的一抹亮色或一种感觉。他就知道。知道他不能那样做。他告诉妻子别再想那个晚会。把同样的话告诉女儿。不理睬她们惊恐的抗议。迅速跳上汽车，接上马科斯，直奔晚会。

杰奎琳呢？马科斯问道。

她不去。

马科斯摇摇头。什么也没说。

在迎接的队伍里，特鲁希略再次在阿贝拉德面前停下脚步。像猫一样吸吸鼻子。你的夫人和女儿呢？

阿贝拉德浑身颤抖但勉强支撑着。他已经感到一切将要改变。非常抱歉，总统阁下。她们无法出席。

他的猪眼眯缝起来。我明白了，他冷冷地说了一句，一甩手就不管阿贝拉德了。

连马科斯也不看他一眼了。

可怕的笑话

晚会结束后不到四个星期，阿贝拉德·路易斯·卡布莱尔医生被秘密警察逮捕。罪名？"诽谤并恶语中伤总统的人格"。

如果传说可信，那么一切都是因为一句玩笑话。

故事是这样的：那场毁灭性晚会结束后不久的一天下午，阿贝拉德——我们最好先透露一下他的相貌，他个子不高，满脸胡子，敦实粗壮，体力惊人，双眼靠得很紧，总有几分好奇的神情——开着他那辆老帕卡德去圣地亚哥给妻子买梳妆台（当然顺便看望情人）。他的处境依然狼狈。据见到他的人回忆，那天他一副衣冠不整的样子。他心烦意乱。梳妆台很顺利就买到了，用绳子随便捆在汽车顶上，而正当阿贝拉德准备去莉迪亚的住所时，突然在街上遇到几个"哥们儿"，抓住他的衣服非要请他去圣地亚哥会所喝几杯。谁知道他为什么会跟着去？也许是为了保持形象，也许是因为每次邀请都生死攸关。那天晚上在圣地亚哥会所，他大概是为了摆脱对命运的恐惧，兴致勃勃地大谈历史、医学以及阿里斯托芬，最后烂醉如泥。当夜晚的喧闹逐渐平静，他请"哥们儿"帮忙把梳妆台从车顶拿下来，放进后备厢。他解释说，自己不相信那些服务员，他们总是笨手笨脚。那些伙计很客气地答应了。但就在阿贝拉德摸索着掏钥匙的时候，他突然大声地说了一句，我可不希望这里面藏着尸体。毋庸置疑他的确说过这话。阿贝拉德在他的"悔过书"中承认了这一点。这句关于后备厢的笑话，无疑让那些"哥们儿"很不自在，因为他们都清楚帕卡德轿车在多米尼加历史中的阴影。在特鲁希略执政早期，他就是以帕卡德扼杀了民众的两次选举。在1931年的"飓风"中，领袖的追随者经常开着帕卡德来到火堆旁，从后备厢里拖出"飓风遇难者"，让志愿者们焚烧。奇怪的是，那些遇难者尸体都是干的，而且手上都攥着反对党材料。是飓风，追随者开玩笑说，把子弹吹进这家伙脑袋的。哈哈！

至于接下来的事情，直到今天人们仍争论不休。有些人以母亲的名义发誓说，当时阿贝拉德打开后备厢，把脑袋伸进去看看，然后说，噢，这儿没有尸体。阿贝拉德本人也是这么承认的。当然只是一个蹩脚的玩笑，但绝对没有"诽谤"和"恶语中伤"。据阿贝拉德说，他的朋友们都笑起来，然后把梳妆台安置妥当，他就开车去了他在圣地亚哥的寓所，莉迪亚正在那儿等他（都四十二岁的人了，还是很可爱，很关心他女儿）。但是，法官们及其秘密"证人们"却坚称事情并非如此，他们说阿贝拉德·路易斯·卡布莱尔医生打开帕卡德轿车的后备厢，说，噢，这儿没有尸体，一定是特鲁希略替我清理干净了。

结束引用。

依我愚见

这听起来像是马德雷山脉这一侧最不像话的胡言乱语。但一个人的胡言乱语往往决定了另一个人的生死大事。

大难临头

那天晚上他和莉迪亚在一起。不久前他们之间曾有些尴尬。大概十天前莉迪亚突然宣布说她怀孕了——我会给你生个儿子，她得意扬扬地说。可两天之后就证明所谓儿子只是一场空欢喜，可能只是消化不良。他松了口气——盘子里再添些什么也不错，但要是生的又是女儿呢——不过还是有些失望，因为再添个小儿子，阿贝拉德也不会不乐意，即便这孩子是情妇生的，即便他出生在他最倒霉的时候。他知道莉迪亚一直就渴望一件东西，一件她能认定是属于他俩且只属于他俩的东西。她永远在唠叨要他离开妻子，搬过来和她住。如果他们一起住在圣地亚哥，这确实是桩美事，但只要他抬脚跨进家门，看见两个如花似玉的女儿向他奔来，这种可能性就彻底消失了。他是个墨守成规的人，而且喜欢自己现成的舒适生活，但莉迪亚却一直想委婉地说服他，爱情总归是爱情，一切都该听从爱情。他们的儿子不愿露面，她假装达观——我为什么要废弃我的乳房呢，她开玩笑说——但他知道她伤心得很。他也伤心。最近这些天来，阿贝拉德老是做些影影绰绰、令人不安的梦，梦见深夜哭泣的孩子，梦见他父亲的第一幢房子。这让他在白天也心神不宁。他来不及细想，那个不幸的夜晚之后，他就没再见过莉迪亚。他老是跑出去喝酒，我认为，部分原因是他害怕这没能降生的儿子会破坏他们的关系，但实际上他对她依然怀着旧时的情欲。那份情欲，当他们在他表弟阿米尔卡的生日晚会上初次相遇时就几乎将他击倒，那时候，他们俩都那么年轻，那么苗条，那么前程无限。

只有一次，他们没谈到特鲁希略。

你能相信吗，我们在一起已经有这么久了。上一个星期六晚上他们约会的时候，他感慨地说。

我能相信，她悲哀地回答，扯了扯肚子上的肉。我们就像时钟，阿贝拉德。如此而已。

阿贝拉德摇摇头。我们不只是时钟。我们是奇迹，亲爱的。

我多么希望能够停留在此时此刻，能延长阿贝拉德的幸福时光，但这不可能。一个星期之后，两只原子眼睛在日本的平民区睁开，然后，世界被重新塑造，尽管此时人们还未曾意识到。原子弹给日本留下了永久的伤痕。两天后索科洛梦见一个没有脸的人站在丈夫床头，而她却既叫不出声，又说不出话。第二天夜里，她又梦见那个人站在孩子们床边。我一直在做梦，她想告诉丈夫，但他挥挥手，不让她说下去。她开始留意家门前的那条路，开始在她房间里点起蜡烛。在圣地亚哥，阿贝拉德亲吻着莉迪亚的手，她愉快地轻轻一叹，而我们即将看到太平洋战场上的胜利，看到三个秘密警察头子正开着一辆崭新的雪佛兰轿车行驶在通往阿贝拉德家的公路上。已经大难临头。

阿贝拉德被捕

当秘密警察头子（称为军事情报处还太早，但我们权且称他们为军事情报处吧）把阿贝拉德铐上押进汽车的时候，可以毫不夸张地说，这是他一生中遭受的最严重的打击，如果我们暂且不说他在接下来的九年里将遭受一次比一次更为严重的打击。对不起，阿贝拉德终于能说出话来了，他恳求道，我必须给妻子留个字条。曼纽尔会处理的，军情处老大解释道，向三人中最魁梧的那个挥挥手，那家伙已经在房子里东张西望了。阿贝拉德最后看了一眼他的家，曼纽尔正在老练而随意地搜查他的书桌。

阿贝拉德一直想当然地以为军情处都是些恶棍和目不识丁的无赖，但把他押进车里的那两个人倒是彬彬有礼，不像流氓成性的虐待狂，而更像吸尘器推销员。一路上军情处老大都在向他保证他的"问题"肯定会很快澄清。我们遇到过类似情况，老大解释道，有人诬告你，他们的谎言会很快被揭穿的。但愿如此，阿贝拉德说道，既愤怒又恐惧。你不用担心，老大继续说。领袖绝不会把无辜者关进监狱的。老二一直没吭声。他的制服很破旧，而且阿贝拉德注意到，两人身上都有威士忌酒味儿。他竭力想让自己平静下来——恐惧，就像科幻小说《沙丘》教导我们的，是思想的杀手——但他做不到。他看见自己的女儿和妻子被一次又一次地奸污。他看见自己的房子在燃烧。要不是他赶在这些猪猡出现前已经排空了膀胱，他也许会当场尿在裤子上。

阿贝拉德很快被押到圣地亚哥（路上每个行人一看见这辆大众甲壳虫，都立刻别过头去），送进圣路易斯要塞。当他们将他拖进这个臭名昭著的地方，他的心猛地被恐惧刺痛。你们没有搞错吗？阿贝拉德害怕极了，声音都在发抖。别担心，医生，老二说，你就在你应该去的地方。他一直沉默着，阿贝拉德几乎忘了他还能说话。现在轮到老二微笑,老大一言不发凝视窗外了。

  一走进四面石头墙,彬彬有礼的军情处警官就把他交给了两名不那么彬彬有礼的卫兵,他们扒掉了他的鞋子、钱包、结婚戒指,然后让他坐在一间狭窄闷热的办公室里填写表格。空气中弥漫着一股粪便的气味。没有官员出来解释他的案子,没有人听他的申述,而当他刚想提高嗓门抗议这不公正的待遇,正在用打字机填表格的卫兵就凑过来朝他脸上捆了一巴掌。就跟你伸手拿香烟那么容易。这家伙戴着戒指,把阿贝拉德的嘴唇撕裂了。突如其来的剧痛令阿贝拉德更加怀疑,于是他攥紧拳头问道,这是为什么?卫兵再次抓住他使劲摇晃着,在他额头划出一道深深的伤痕。在我们这里就是这样回答问题的,卫兵一字一顿地说完,俯身检查打字机里的表格是否装好了。阿贝拉德抽泣起来,鲜血从手指间涌出。打表格的卫兵就喜欢看这个;他把朋友从其他办公室叫过来。来看看这个家伙!瞧他多喜欢哭!

  还没等阿贝拉德明白过来,他就被推进一间总拘留室,汗臭和屎尿味扑鼻而来,里面挤满了白洛嘉①所谓"罪犯阶级"的不合时宜的代表。卫兵们向其他犯人宣布,阿贝拉德是同性恋兼赤色分子——没有的事!阿贝拉德抗议道——但谁又会去听同性恋赤色分子的抗议呢?接下来的几个小时,阿贝拉德受到了严重的骚扰,身上的衣服几乎都被扯碎了。最结实的那个家伙竟然要他脱掉内衣,而当阿贝拉德被迫从命之后,那家伙竟把内衣穿在自己裤子外面。很舒服,他对朋友们说。阿贝拉德赤身裸体蹲在便壶旁边;如果他想爬到干净些的地方,那些犯人就会冲他吼——待在便壶那儿别动,讨厌的同性恋——于是他不得不在那儿睡觉,在屎尿和苍蝇的包围中,甚至好几次被弄醒,发现有人用干粪块挠他的嘴唇。要塞

---

① 法国人类学家。

里的人对卫生要求不高。一些脑子不正常的人还不准他吃东西，连着三天偷吃他那份少得可怜的食物。到了第四天，一个只有一条胳膊的扒手同情他了，他才能够不受干扰地吃完一整根香蕉。他甚至要把香蕉皮也嚼碎了吞下去，他实在饿坏了。

可怜的阿贝拉德。也就在这第四天，他终于被外面世界的人注意到了。深夜，当其他人都睡熟了，一队卫兵将他拖进一间更狭厌、更昏暗的牢房。他被绑在一张桌子边，还不算太粗鲁。从被人抓住胳膊的那一刻起，他就滔滔不绝地说起来。这完全是一场误会求求你们我的家庭十分受人尊敬你们必须和我妻子及律师取得联系他们会澄清这场误会我不相信我该受到如此卑鄙的虐待我要求这里的负责人来听我的申述。他嘴里飞快地吐出这些话来。就在这时他突然发现卫兵们正在牢房角落里摆弄着一个电动装置，一刹那他安静了。阿贝拉德惊恐万状地盯着这装置，然后，强烈的职业习惯驱使他问道，你们究竟把它叫作什么？

我们把它叫作章鱼，一个卫兵答道。

他们花了整个晚上向他展示如何操作这个装置。

三天之后索科洛才找到丈夫失踪的线索，又过了五天她才获准去首都探监。索科洛在接待室里等着丈夫出现。这房间仿佛是厕所改建的，只有一盏煤油灯噼啪作响，角落里好像堆积了不知多少人的排泄物。索科洛并没有觉得特别的羞辱，因为心中的忧烦使她没有注意这些。似乎过了一个小时（换了别人，恐怕早就忍不住要抗议了，但索科洛坦然承受着臭味、黑暗以及长久的站立），阿贝拉德被押出来了，戴着手铐，身上的衬衫和裤子都短了一截；他蹒跚着走过来，仿佛是生怕手上或口袋里的什么东西会掉出来。只不过是一个星期，他已经完全没了人样儿。眼圈青了，手上脖子上满是淤血，嘴唇碎了，肿得可怕，仿佛是眼白的颜色。前一个晚上他刚被卫兵审问过，被他们用皮棍子狠狠地抽打了一番；一个睾丸已经被彻底打坏了。

可怜的索科洛。这个女人一生都在忍受着不幸的折磨。母亲是个哑巴；父亲酗酒，挥霍无度，将这个小康之家的所有祖产一点一点变卖殆尽，最后只剩下一间茅屋和几只鸡。老头子只得去给别人家种地，一辈子迁徙辗转、贫病交迫、双手残疾。据说索科洛老爹曾经亲眼目睹自己父亲被住在隔壁的一个警察小队长活活打死，受了刺激，从此再也无法复原。索科洛的童年，就是吃了上顿没下顿，就是捡表姐妹穿剩下的衣服，就是一年见父亲三四面。他不跟任何人讲话，整天醉醺醺地躺在自己屋里。索科洛成了个"焦虑"的孩子。有一阵子她的头发逐渐稀少，因为她老是去扯。十七岁时在一家医院实习被阿贝拉德看中，但直到他们结婚一年了，她才开始来月经。甚至成年以后，索科洛仍经常在半夜里惊恐地醒来，认定家里着火了，从一个房间冲到另一个房间，以为会看见五彩缤纷的火苗欢跳着迎接她。每次阿贝拉德读报给她听，她总是对地震、火灾、洪水、牛群受惊逃跑、船只沉没之类的新闻特别感兴趣。家里只有她是信奉灾变理论的，居维叶①也许会因此而自豪。

当她拨弄着裙子上的纽扣，当她调整一下背包肩带的位置，不让头上那顶从梅西百货买来的帽子失去平衡，这时候她以为自己会见到怎样的情景？混乱，当然是混乱，但她没有料到将见到一个面目全非的丈夫，他像个老头儿似的踉跄着，目光里闪动着一种难得看见的恐惧。她是那么坚信灾难会降临，但眼前的情景比她想象的更加可怕。真是大难临头。

---

① 居维叶，法国动物学家，创建比较解剖学和古生物学，著有《地球表面灾变论》。

当她把手按住阿贝拉德，他开始羞愤难当地号啕痛哭起来。他想把自己的遭遇统统说给她听，泪水顺着脸颊流淌个不停。

探监回来后不多久，索科洛发现自己怀孕了。这是阿贝拉德的第三个也是最后一个女儿。

这是躲避还是诅咒？

你告诉我。

总是有这样或那样的猜测。最根本的是，他到底是说过那句话，还是没有说过？（也就是说：是不是他把自己给毁了？）就连家里人也分成两派。拉英卡坚信她表哥什么也没说；那纯粹是陷害，是阿贝拉德的仇人妄图借机谋取他家的钱财、产业和投资。另一些人则不敢肯定。也许那天晚上他的确在会所里说过什么，而不幸的是，他的话被领袖的特务偷听到了。那不是精心策划的阴谋，那只是酒醉后的胡言乱语。至于随后的大屠杀，我怎么知道——那只是运气太背。

大多数人会告诉你，这个故事里有着超自然的力量。他们认为那不仅仅是特鲁希略想搞到阿贝拉德的女儿，而是当他无法得手的时候，他就恼羞成怒，给这家人施加了诅咒。这就是为什么发生了那些可怕的事情。

于是你问，这到底算是什么？事故、阴谋，还是诅咒？我只能给你一个答案，你绝对不会满意的答案：你自己看呢？只有一点可以肯定，那就是什么都不能肯定。在这里我们只有沉默。特鲁希略及其同伙没有留下只字片语——和他们的德国同仁酷嗜文献记录不同。而诅咒本身也不像是会写下任何回忆录。卡布莱尔家族中的幸存者也帮不了什么忙；与阿贝拉德的囚禁及其后的屠杀有关的所有情况，家族内部一律缄口不言，这成为几代人恪守的家规，成为所有试图重述此事者猜不透的斯芬克斯之谜。只有偶然的交头接耳，仅此而已。

也就是说，如果你想获知来龙去脉，我无可奉告。奥斯卡也曾竭力搜寻，在他生命的最后那些日子里，但我不能肯定他是否找到了。

我们还是实话实说吧。有关"特鲁希略想要的女孩"的废话在岛内时常听见。①平常得就像磷虾（不是说磷虾在岛内有多常见，但你明白这意思）。平常得马里奥·巴尔加斯·略萨只要张开嘴巴，就能把它从空气里滤出来。几乎每个人都会在家乡的传说里听到一两个类似的卑鄙故事。这种故事简单得不能再简单，因为它的的确确说明了一切。特鲁希略夺走了你家的房子、财产，还把你爸妈关

---

① 阿纳卡奥娜，又名"金色之花"。新世界的创立者之一，新世界最美丽的印第安女人。（墨西哥人有马琳切，而我们多米尼加人则有阿纳卡奥娜。）阿纳卡奥娜的丈夫就是卡奥纳博，"大发现"时代统治我们这个岛屿的五位部落酋长之一。巴尔托罗梅·德·拉斯·卡萨斯（16世纪多米尼加诗人，墨西哥恰帕斯主教。[译者注]）这样描述她："审慎而威严的女人，言行举止皆高贵优雅。"其他见过她的人则说得更加简要：这女人很美，而且勇敢得像斗士。欧洲人开始像汉尼拔那样屠戮泰诺人，他们杀害了阿纳卡奥娜的丈夫（先按下不表）。于是她像所有杰出的女勇士一般，召集人民进行抵抗，但欧洲人就是原始的诅咒，根本无法阻止。屠杀接连不断。阿纳卡奥娜被俘后试图与欧洲人谈判，她说："杀戮不会带来荣耀，暴力无法补偿我们的荣耀。让我们建起一座爱之桥，让我们的敌人跨过，留下脚印让所有人明鉴。"但西班牙人可不想造什么桥。一场假审判之后他们绞死了勇敢的阿纳卡奥娜。在圣多明各，在我们最早建造的一座教堂的阴暗角落。剧终。
有一个关于阿纳卡奥娜的故事，在多米尼加家喻户晓，她在受刑前夜有机会逃生：只要嫁给一个迷恋她的西班牙人（看见了吗，这就是潮流：特鲁希略想得到米拉贝尔姐妹，那个西班牙人想得到阿纳卡奥娜）。把这机会交给现在岛上的哪个女孩，且看看她填护照申请的速度有多快。然而据记载，阿纳卡奥娜，这个老派悲剧人物，却说，白种人，亲吻我的屁股，尝尝飓风的滋味吧！阿纳卡奥娜的生命就此结束。金色之花。新世界的创立者之一，新世界最美丽的印第安女人。——作者注

进监狱？是啊，那是因为他想把这家的漂亮女儿搞到手！而你家里人不让！

真他妈绝妙。读来兴味无穷。

但是还有一个"阿贝拉德对特鲁希略"的版本，虽然不甚著名。那是一段秘史，宣称阿贝拉德遭遇麻烦并非因为他女儿的屁股或者一个不谨慎的玩笑。

这个版本说他的麻烦起因于一本书。

（请给音乐。）

1944年间（故事是这么说的），阿贝拉德正为自己是否惹恼了特鲁希略而忧心忡忡，这时他开始写一本书，关于——还能是什么呢——关于特鲁希略。其实1945年的时候已经有了这么一个传统，前高官会写书披露特鲁希略政权的内幕。但显然阿贝拉德的书不属于这一类。他写的东西，如果我们拿谣言当真，是揭露特鲁希略政权的超自然之源！讲述"总统的黑暗势力"，提出百姓中流传的所谓"总统有超自然能力，总统不是人类"等等传说，从某些方面看也许是真的。他认为特鲁希略完全有可能是——如果不是事实上，也应该是理论上——来自另一个世界的生物！

我多么希望能拜读这部大作！（我知道奥斯卡也一定想读）那一定是刺激得不得了。嘿，这本有问题的魔法书（据说）在阿贝拉德被捕后当然就被销毁了。连抄本都没有留下。连他的妻子、孩子都不知道这本书的存在。只有一个仆人曾偷偷协助他收集民间传说，等等，等等。我能告诉你些什么呢？在圣多明各，一个故事如果没有超自然的影子就不称其为故事。这就是那么一个很多人传播但没有人相信的虚构。你该想得到，奥斯卡认为这个"大难临头"的故事非常非常有趣，深深吸引了他那个书呆子大脑。神秘的书，一个超自然的、可能来自外星球的独裁者，将自己安置在新大陆的第一个岛屿上，使这岛屿与世隔绝，以诅咒摧毁所有的敌人——这正是一个"新时代的洛夫克拉夫特①神话"。

"阿贝拉德·路易斯·卡布莱尔医生的绝笔佚作"。我敢肯定，这不过是反映了我们这个岛国过于膨胀的宗教想象。仅此而已。"特鲁希略想要的女孩"也许和创世神话一样早已成为陈词滥调，但至少它是可信的，不是吗？它是真实的。

然而不可思议的是，说了这么多，做了这么多，特鲁希略最后并没有向杰奎琳伸手，虽然他已经捏住了阿贝拉德。

同样不可思议的是，阿贝拉德的所有藏书，包括他自己写的四册和他拥有的几百册书，统统不知所踪。官方档案中没有，私人收藏中也没有。一本都没有留下。这些书要么统统遗失了，要么统统销毁了。他家里的所有文件都被没收并据说都被烧了。这让你毛骨悚然吗？连一件手迹都没有留下。我是说，特鲁希略做得可真绝。但是连一张字条都没有，那就比绝更绝了。你会害怕一个混蛋，害怕他写那些干什么。

但是，我说，这只是一个故事，没有任何确凿的证据，这种蠢话只有书呆子才喜欢。

审　判

不管你相信哪种说法，总而言之，1946年2月，法庭判阿贝拉德所有罪名成立，处十八年监禁。十八年啊！憔悴医生阿贝拉德步履沉重地离开法庭，一句话也说不出。索科洛已经身子沉重，不得不防备她袭击法官。也许你会问，为什么报纸上没有任何抗议？为什么民权组织没有任何行动？为什么反对党没有起来捍卫正义？拜托，黑鬼：我们没有报纸，没有民权组织，没有反对党；我们只有特

---

① 美国科幻、恐怖小说家。

鲁希略。再说法律程序：阿贝拉德的律师接到宫里一个电话，立即放弃上诉。我们最好什么也别说，他这样建议索科洛，那样他还能多活几年。什么都不说，什么都说——这没多大区别。已经大难临头。拉贝加那幢十四个房间的宅第、圣地亚哥那套豪华公寓、足够安顿十几匹马的马厩、两家生意兴隆的超市、几处被炸得面目全非的田产，一律被特鲁希略政府没收，最后由领袖及其手下瓜分，其中两个人恰好在那个"中伤"领袖的晚上和阿贝拉德在一起（我可以说出他们的名字，但我相信你已经认识其中一个了。他就是那位可靠的邻居）。而没有任何人的失踪能比阿贝拉德更彻底，更绝对。

失去房子，失去财产，这在特鲁希略统治下是再正常不过了——但是拘捕（如果你更愿意相信荒诞故事：书籍）则使这个家族的命运急转直下，在某种程度上说，触动了危及全家的一个机关。可以称之为不幸的命运，有待偿还的因果报应，等等。（诅咒吗？）不管叫它什么，厄运已经降临到这家人身上，而且有人预言它永远不会过去。

余 波

家里人说，第一个征兆就是阿贝拉德的第三个也是最后一个女儿，生下来就很黑，仿佛预示了她父亲将被囚禁。甚至不仅仅是黑。是纯粹的黑——黑得就像刚果人，像中非人，像萨巴特克人——再高明的多米尼加种族戏法也掩盖不了这事实。在我所属的文化中，孩子若是黑肤色，将被视为不祥之兆。

真正的第一个征兆究竟是什么？

第三个也是最后一个女儿（名叫希帕蒂亚·贝莉西亚·卡布莱尔）出生不到两个月，索科洛突然双目失明，那也许是因为悲伤过度，因为丈夫失踪，因为丈夫的族人都开始像躲避诅咒一样躲避她们,因为产后抑郁。后来她不慎撞上一辆疾驶的弹药车,还被一路拖到阿玛里拉大厦前,直到这时候卡车司机才意识到出事了。就算她没有被当场撞死,当人们把她从卡车底下拖出来的时候也早就死了。

运气真是糟得不能再糟了,但又能怎么样?母亲死了,父亲在监狱,家族里的人又不见了(我是说特鲁希略不见了),两个女儿只好由愿意收留她们的人分别带走。杰奎琳被送到首都她那位富有的教父那儿,阿斯特丽德则去了圣胡安德拉马古阿纳的亲戚家里。

她们再也没有见过面,也再也没有见过她们的父亲。

你们谁不相信任何诅咒的,也不会明白还有什么事在等着她们。索科洛的惨祸过后不久,家里的大管家埃斯特班就在一家餐馆外被人刺死,凶手一直下落不明。又过了不多久,莉迪亚也离开了人世,有人说是因为悲伤,也有人说是死于妇科癌症。她的尸体几个月后才被发现。毕竟,她是独居。

1948年,杰奎琳,家里人的掌上明珠,被发现溺死在教父家的水池里。之前池水已经抽到只有两英尺深。直到这一刻,她依然一如既往地乐观,像一个爱说话的黑人,就连芥子毒气,也能说出它的好处来。尽管深受精神创伤,尽管与父母生离死别,但她从来没有让任何人失望过,而且比大家期望的更好。她在班里学业优异,甚至胜过美国殖民地私立学校的学生,聪明绝顶,常常能指出老师在考题中的错误。她是辩论队队长、游泳队队长、网球冠军,可真是个天才。但她还是没能躲过那场大难,或者说没能躲过自己的命运,这就是大家的评论(虽说令人不解的是,就在她"自杀"前三天,她已经被一所法国医学院录取,而且显然是迫不及待想离开圣多明各)。

她的妹妹,阿斯特丽德——孩子,我们对你所知甚少——也不见得更幸运。1951年,她当时跟舅舅住,一天在圣胡安某座教堂做祷告,被一颗飞过教堂走廊的流弹击中后脑,当场死亡。没有人知道子弹从哪儿来。甚至没有人记得曾经听到过枪支射击的声音。

家里原来的四个人中，阿贝拉德活得最久。而讽刺的是，几乎每一个认识他的人，包括拉英卡，都相信了政府1953年对外宣布他死亡的消息。（他们为什么要这样做？因为）直到他真的去世，外界才知道他原来一直在尼瓜监狱，在特鲁希略的司法机构关押了十四年之久。真是一段噩梦。① 关于阿贝拉德的狱中生活，我可以讲上一千段——一千段故事让你眼睛里挤出盐——但我认为不必多说那荒废的十四年中有多少痛苦、折磨、孤独、疾病；不必多说那一幕幕人间悲剧，而只需要告诉你最后的结局（那样你就可能会想，我其实什么都说了）。

1960年，正当反对特鲁希略的秘密抵抗运动如火如荼之际，阿贝拉德经受了一场特别残酷的审讯。他被铐在椅子上，在酷日下暴晒，额头上紧勒了一道湿绳子。这种简单却极为有效的酷刑叫作"加冕"。一开始绳子只是缠住头颅，但它渐渐晒干后就越勒越紧，疼痛便越来越难以忍受，让人发疯。没有哪个特鲁希略的囚犯不害怕这个酷刑，因为它叫你生不如死又欲死不能。阿贝拉德活下来了，但已经面目全非。他成了植物人。他引以为傲的智慧火焰彻底熄灭了，他短暂的余生将在痴呆中度过。但有些犯人记得，有时

---

① 尼瓜和埃尔·波索·德纳瓜都是死亡集中营——最后的葬身之地——被认为是新大陆最糟糕的监狱。在特鲁希略时代，关押在尼瓜监狱的黑人绝大多数都没能活着出来，而那些活着出来的都希望自己死在里面。我一个朋友的父亲曾在尼瓜监狱关了八年，因为他没能向领袖的父亲恰当地表达敬意。他曾提到一个狱友因为没留神告诉狱卒自己牙痛得厉害，就被卫兵用枪口塞进嘴巴，把他脑袋打了个稀烂。我敢打赌这下就不痛了，卫兵笑呵呵地说（事后大家才知道行凶的那个人正是牙医）。尼瓜监狱关押过许多著名人士，其中包括作家胡安·博施，他后来成为反对特鲁希略政权的头号流亡人物并最终当选多米尼加共和国总统。诚如胡安·伊西德罗·吉米内斯·格鲁龙在其《美洲的盖世太保》一书中所言："宁可让一百只虱子叮一条腿，也不能让这条腿踏进尼瓜监狱。"——作者注

候他似乎清醒了，站在田野间凝视自己的双手，暗暗哭泣，仿佛在回想自己曾经不至于如此凄惨。还有一些犯人，仍然尊称他为"医生"。据说他死于特鲁希略被刺前几天，葬在尼瓜监狱外某处没有任何标记的墓地里。奥斯卡在生命的最后一段日子里曾去探访过。没什么可说的。看上去就和圣多明各的任何一块荒地一样。他点起蜡烛，献上鲜花，祈祷了一番，然后返回旅馆。政府应该为尼瓜监狱的死难者立一块碑，但他们始终没有。

第三个也是最后一个女儿

第三个也是最后一个女儿，希帕蒂亚·贝莉西亚·卡布莱尔，她到底怎么样了？母亲，两个月大的时候就没了；父亲，从来没见过；姐姐，没照看她多久就失踪了；哈特维府邸，从来没见识过。这个不折不扣末世的孩子，她到底怎么样了？她不像阿斯特丽德或杰奎琳那样容易安排。她毕竟是个新生儿，而且大家都说她皮肤太黑，阿贝拉德家的人都不愿意收留她。更糟的是，她先天不足，又瘦又弱。她的哭声似乎有问题，喂养也有麻烦，除了家里人，没人希望这个黑孩子活下来。我知道这样说很犯忌，但我的确怀疑，可能就连家里人也不希望她活下来。有几个星期她真有可能小命难保，要不是一个好心的叫左拉的黑人妇女每天给她喂奶，又照料她好几个小时，她可能就活不了了。快满四个月的时候，她似乎强壮些了，虽然还是很弱，但毕竟体重增加了些。以前她的哭声听上去就像是坟墓里的呻吟，现在越来越响亮了。左拉（成了她的守护天使）抚摸着这女婴的杂色头发，说：我的孩子，再过六个月，你会更结实的。

贝莉没能在她身边待上六个月（这姑娘的星宿不是"稳定"，而是"变化"）。一群不速之客——索科洛的远房亲戚突然降临，要领走这个孩子，他们硬是把她从左拉怀里夺下（正是这群亲戚，索科洛很庆幸自己嫁给阿贝拉德后能将他们统统置于脑后）。我怀疑这些人并不想照顾这孩子，他们只不过是想借此从卡布莱尔家得些酬劳，而当他们发现一分钱也捞不到，只有大难临头的时候，这帮衣冠禽兽就把孩子扔给了阿苏阿远郊的几个更疏远的亲戚。接下来事情可就不妙了。阿苏阿的这些人非常不地道，用我妈妈的说法就是落井下石。照顾这个不幸的孤儿还不满一个月，一天下午，这家的女人就带着孩子失踪了，后来当她回到村里，孩子却不见了踪影。她对邻居说这孩子死了。有些人信以为真。毕竟贝莉一直病恹恹的。这全世界最瘦最小的黑鬼。第三道诅咒。但还是有许多人以为是那女人把孩子卖给别家了。那时候，买卖孩子十分普遍，就跟现在一样。

　　猜得没错。就像奥斯卡某部幻想小说里某个人物的遭遇一样，一个孤儿（可能是也可能不是一场超自然血仇的受害者）被卖到阿苏阿省某家素不相识的人手里。没错——她被卖了。成了一个用人，一个奴隶。住在这个岛国最贫瘠的地区，没有名字，不知道自己的来历，就这样消失了很久很久。①

---

① 我九岁那年就离开了圣多明各，即便如此我也知道做用人是怎么回事。我家屋后的小胡同里就住着两个小用人，当时我没有见过比她们受虐待更深的了。一个叫作索贝伊达，包揽了一个八口之家所有的活儿，做饭、洗衣服、挑水、照顾两个婴儿——而她只有七岁！她从没有上过学，要不是我哥哥的第一个女朋友尤哈娜趁机——背着她家主人——教她学习字母，她恐怕连一个大字都不会认得。每年我从美国回到家乡，这里一切如故。沉默寡言、手脚勤快的索贝伊达会来我们家待上几分钟，跟我外公和妈妈聊几句（还会看几眼小说），然后立刻赶回去继续忙家务（我妈妈总是送给她一些钱，有一次给她买了条裙子，可第二天就看见那裙子穿在她"家里人"身上了）。我当然还想跟她谈谈——社区活动家先生——但她对我和我的那些愚蠢的问题总是躲躲闪闪。你们两个人能谈什么？妈妈反问我，她连自己的名字都不会写。后来到了十五岁那年，她被胡同里的一个混蛋强奸了。现在，妈妈告诉我，那家人又让她的孩子干活了，帮他母亲挑水。——作者注

烫　伤

她下一次露面要到 1955 年。在拉英卡听见传闻后。

我认为我们应该澄清一下拉英卡在所谓"大难"时期的表现。尽管有人认为当时她正流亡在波多黎各，但其实拉英卡就在巴尼，和家族断绝了来往，为三年前去世的丈夫守丧（为避免有人恶意中伤，有一点需要声明：他死于"大难"降临之前，因此他绝非"大难"的牺牲品）。守丧前两年对她来说非常艰难。丈夫是她此生唯一的挚爱，也真心爱她，他去世的时候，他们结婚不过数月。当听说表兄阿贝拉德获罪于特鲁希略的时候，她正完全沉浸于悲哀的深渊，所以并没有为他奔走，为此她一直深感悔恨。她那么痛苦，还能帮什么忙？而当索科洛去世、女儿离散的消息传来，她还是什么也没有做，为此她几乎悔恨终生。让家族里的其他人想办法吧。终于，当她听说杰奎琳和阿斯特丽德都不幸罹难，这才从绵绵不尽的抑郁中振作起来，意识到无论丈夫健在与否，无论她悲痛与否，都不应该忘记对表兄尽一份心。表兄待她向来很好，家族里其他人都反对她的婚姻，只有表兄全力支持。想到这些，拉英卡顿时羞愧万分。她梳妆整齐，动身去寻找表兄的第三个也是最后一个女儿——但是当她找到阿苏阿那个买走女孩的人家时，他们只是带她去看一座小小的坟墓，只剩下这个了。她对这个罪恶的家庭，对女孩的下落深表怀疑，但自己既不能通灵，又不擅长犯罪现场调查，当然无可奈何。她不得不承认这女孩已经死了，而这有一部分应归咎于她。这羞愧和内疚有一个好处：让她从悲哀中挣脱了出来。她重新开始生活，开了几家面包房，全心投入为顾客服务。偶尔会梦见那个黑女孩，已故表兄的最后一粒种子。你好，姑姑，女孩会跟她打招呼，然后拉英卡醒过来，胸口堵得慌。

然后就到了 1955 年。恩主之年。拉英卡的面包房生意兴隆，她已经在这镇上重新确立了地位。就在某个风和日丽的日子,她听见一桩令人吃惊的传闻,好像说是外阿苏阿省有个乡下小女孩想去特鲁希略在当地新建的一所乡村学校上学,可她的父母(不是她亲生父母)不同意。但这女孩倔得很,常常不干活溜去上学,为此不是父母的父母非常恼火,后来在一次争吵中把这可怜的女孩烫伤了,伤得非常厉害;那个不是父亲的父亲,往她背上泼了一盆滚烫的油。那几乎要了她的小命(在圣多明各,好消息传起来像雷,而坏消息像闪电)。这故事离奇在哪儿呢?离奇在传说这个被烫伤的女孩是拉英卡的亲戚!

这怎么可能呢?拉英卡问。

你还记得你那个在拉贝加做医生的表兄吗?因为中伤特鲁希略而被投入监狱的那个?有人,我不知道是哪个人,不知道是哪个人,说那个小女孩就是他的女儿!

听到这消息后的前两天她不愿意相信这种谣言。在圣多明各,大家都喜欢传播各种谣言。她不愿意相信表兄的这个女儿还活着,在外阿苏阿省这个鬼地方!一连两个晚上她都夜不能寐,只好服用大麻,最后,她梦见了死去的丈夫。为了让自己问心无愧,拉英卡请邻居卡洛斯·莫亚(此人是顶呱呱的揉面高手,曾在她逃走结婚前为她揉面)开车送她去那个女孩住的地方。如果她是我表兄的女儿,我一眼就能认出来,她坚信。二十四小时之后,拉英卡回来了,身后跟着贝莉西亚。没人想得到这女孩竟然长得这么高,又这么瘦骨嶙峋、奄奄一息,此时的拉英卡已经坚定决绝地与乡村、乡下人为仇了,他们不仅野蛮地把这女孩烫得半死,甚至把她锁在鸡笼里过夜,以示惩罚!一开始,他们还不肯把她带出来。她不可能是你亲戚,她是个黑鬼。但拉英卡坚持要见她,并对他们施了声音的法术,最后女孩从鸡笼里钻了出来,受伤的脊背让她根本无法弯腰。拉英卡从她那双愤怒的眼睛里,分明看见阿贝拉德和索科洛也正在看着自己。别去管皮肤的颜色了——就是她。第三个也是最后一个女儿。一直以为她失踪了,现在找到了。①

我才是你真正的家里人,拉英卡斩钉截铁地说道,我来这里是为了救你。

转眼之间,一番商议,两人的生活永远地改变了。拉英卡将贝莉安置在家中那间空房里,那曾是她丈夫午睡和雕刻的房间。提交证明文件确立孩子的身份,请医生为她疗伤。女孩的伤势令人发指(至少有一百一十个烫伤点),从后颈到尾骨大面积溃烂,仿佛一个巨大的弹坑,原子弹幸存者身上的世界伤疤。当她终于能够穿上衣服,拉英卡就让她穿戴整齐,在自家门口拍了她生平第一张真正的照片。

---

① 你们中有谁熟悉这岛国的(或者熟悉歌手基尼托·门德斯的)肯定都知道我说的这个地方。这可不是你们常挂在嘴边的风景旖旎的乡村。不是我们梦寐以求、果树遍野的乡村。外阿苏阿省是多米尼加最贫穷的地方。那里是一片荒原,半沙漠地带,就像奥斯卡钟爱的"世界末日"的荒芜之地——外阿苏阿省是边远之地、崎岖之地、邪恶之地,是禁区,是荒原,是不毛之地,是圣火神域,是多宾阿尔沙漠,是《沙丘》中的萨鲁撒塞康达斯行星,是《星际旅行》中的鲸鱼座阿尔法六行星,是《星球大战》中的冰封王座。那儿的居民仿佛是不久前某次大屠杀的幸存者。穷人们——贝莉就在这些不幸的人中间——常常是衣衫褴褛、赤足而行,他们的住处好像是用世界毁灭后留下的碎石瓦砾筑成的。如果让《人猿星球》里的宇航员泰勒空降到这里,他着陆后会叫起来,你终于成功啦!(不对,查尔顿,这不是世界末日,这不过是外阿苏阿省。)唯一在这一纬度地带茁壮生长的非荆棘、非昆虫、非蜥蜴生物,就是阿尔克阿矿区的矿工和本地大名鼎鼎的山羊(它们越过喜马拉雅山,在西班牙国旗上拉屎)。外阿苏阿省就是一片不毛之地。我妈妈和贝莉西亚是同辈人,破纪录地在外阿苏阿省生活了十五年。她的童年要比贝莉幸福得多,但据她说,五十年代初期那里到处是乌烟瘴气,近亲婚配、寄生虫病、十二岁新娘、皮鞭酷刑,比比皆是。她说,每家都是人丁兴旺,因为天黑以后都无事可干,而婴儿死亡率那么高,天灾人祸那么频繁,假如你想延续血脉,就只能大量繁衍后代。如果有哪个孩子不曾经过死神之手的抚摸,人们简直要用异样的眼光看他了(我妈妈就曾侥幸逃过了一场风湿热,而她最亲密的表妹却没有。她最后从风湿热昏迷中苏醒,而外公外婆早已为她准备好棺材了)。——作者注

这就是她：希帕蒂亚·贝莉西亚·卡布莱尔，第三个也是最后一个女儿。疑惑、愤怒、忧愁、寡言，一个受伤而饥渴的乡下女孩，她的表情、她的姿态分明是两个粗黑体的大字：**反抗**。黑皮肤，但显然是这个家族的女儿。这一点毋庸置疑。个子已经超过了青春期时的杰奎琳。眼睛的颜色和父亲完全一致，她那从未谋面、一无所知的父亲。

勿—忘—我

对于过去这九年（以及烫伤的事），贝莉只字不提。似乎她一离开外阿苏阿省，一踏上巴尼的土地，她生活的那一章就立刻被一股脑儿地收进废物箱，就像各国政府处理核废料那样，用工业激光器三重密封，储存在她那幽暗混沌的灵魂深处。据说四十年来，贝莉从未向任何人提及她那个时期的生活，包括她的母亲、她的朋友、她的情人，以及匪徒和她的丈夫。当然也没有向她亲爱的孩子洛拉和奥斯卡提过。整整四十年。有关贝莉在阿苏阿的生活，人们所知极为有限，全都是拉英卡那天从所谓父母那里救出贝莉时听到的。时至今日，拉英卡也不过说了句"她差点就没命了"。

事实上，我认为，贝莉除了在某些关键时刻，就再也没有想过那段日子。加勒比海群岛的人们普遍患有健忘症，一半是不愿意承认，一半是消极的幻觉。要相信力量。以此铸造一个崭新的自我。

庇护所

不过没什么大不了的。最重要的是，在巴尼，在拉英卡家，贝莉西亚·卡布莱尔获得了庇护。她在拉英卡身上获得了从未有过的母爱。拉英卡教她阅读、写作、打扮、吃饭、得体举止。拉英卡成了速成进修学校,因为她负有教化的使命,她受到愧疚、背叛和失败等等复杂情感的驱使。而贝莉,尽管(或者恰恰是因为)遭受过那么多折磨,也是个很用心的学生。她很快适应了拉英卡的课程,就像獴吃鸡一样轻而易举。第一年结束了,贝莉的个性被大致捏了出来,本来,她也许会满口脏话,脾气暴躁,举止粗野放纵,眼神凶狠得像猎鹰,而现在她的言谈举止(以及傲慢神情)却俨然是个叫人敬重的大姑娘了。如果穿上长袖衣服,她的伤疤只在脖子这儿露出一点(那是一大片疤痕的边缘,衣服裁剪得好,就能遮掉许多)。正是这个女孩,将在1962年远赴美国,而她此时的样子,奥斯卡和洛拉永远不会知道。贝莉还没有成人的样子,只有拉英卡见过,那时候她总是和衣而睡,半夜里会尖叫着惊醒。后来的贝莉则是她铸造的一个更完美的自我,这个自我信奉维多利亚式的餐桌礼仪,对肮脏的穷人恨之入骨。

你可以想象,她们之间的关系有些微妙。拉英卡从不谈起贝莉在阿苏阿的情况,也不会旁敲侧击,包括烫伤的事。她就当那段日子压根不存在(就像她当住处附近的那些可怜的混混不存在一样,而事实上,他们已经为患一方了)。甚至当她每天早晚为女孩的后背涂抹药膏的时候,也只是说,坐下,孩子。这种不追根究底的沉默,最合贝莉心意。(而如果时常击打她后背的阵痛也能够轻而易举地遗忘,那该有多好!)拉英卡不提什么烫伤,也不提什么外阿苏阿省,她只提女孩那丢失的、被遗忘的过去,讲述她的父亲,一位有名的医生,讲述她的母亲,一位美丽的护士,讲述她的姐姐杰奎琳和阿斯特丽德,以及希巴欧那幢恢宏的宫殿:哈特维府邸。

也许她们从来就没能成为最要好的朋友——贝莉太急躁,拉英卡太循规蹈矩——但拉英卡的确教会了贝莉很多东西,她在多年之后才懂得感激;一天夜里,拉英卡拿出一份旧报纸,指着报上的一张照片说:这就是你的父亲和母亲。她说,这才是真正的你。

照片是他们的诊所开张那天拍的：他们是那么年轻，那么郑重。

对于贝莉来说，这几个月确是她至今唯一受到的如此庇护。这样一个安全世界她以前想也不敢想。她有穿，有吃，还有自己的时间，拉英卡也不会呵斥她。绝对不会，也不让别人呵斥她。在拉英卡把她送进贵族学校埃尔雷登托之前，贝莉先上过一所公立学校，那里又脏又乱，苍蝇成群。她比同学年长三岁，没有交到一个朋友（她没想过自己还能交上朋友），从那时起，她生平第一次开始记得自己的梦。这真是一种她从来不敢奢望的享受。起先这些梦就像暴风雨般强烈。各种各样的梦，梦见飞翔，梦见失踪，甚至梦见烫伤，她那个"父亲"操起锅的那一刻，他的脸蓦地不见了。梦里这不会让她害怕。只要摇摇头，说一句，你快消失。就没了。

但是，有一个梦却一直纠缠着她。她梦见独自走过一幢空荡荡的大房子，雨点淅淅沥沥地敲着屋顶。这是谁家的房子？她不知道。但她能听见房子里传出孩子的声音。

第一年结束的时候，老师让她到黑板前填写日期，那是班里"尖子生"才有的特权。她站在黑板前，简直像个巨人，被班上的孩子叫作"烫伤的黑鬼"或者"烫伤丑八怪"。贝莉坐回自己的位子，老师瞥一眼她的字迹，说，很不错，卡布莱尔小姐！她永远忘不了这个日子，直到她后来成了"流放地女王"也没有忘记。

很不错，卡布莱尔小姐！

她永远也忘不了。她九岁零十一个月。这就是特鲁希略时代。

第六章　失去的土地
（1992—1995）

黑暗的时代

毕业后奥斯卡回家了。离开时是处男，回来还是处男。把小时候贴的海报——《宇宙战舰大和号》《船长哈洛克》——都撕了，换上大学时代的海报——《光明战士阿基拉》和《终结者Ⅱ》。既然里根和"邪恶帝国"都已经被置之脑后，奥斯卡就再不必向往什么世界末日了。只剩下"大难临头"。他把"劫后余生"游戏放在一边，而迷上了"太空歌剧"。

克林顿刚刚上台，经济仍徘徊在八十年代的水平。他东游西荡，无所事事，差不多就这么过了七个月，才回到唐博斯科技校。每当有哪位老师病了，他就去代课。（噢，多么巨大的讽刺！）他把自己写的故事和小说投出去，但似乎没人感兴趣。他仍然不停地写、不停地投。一年后代课教师转正。他本可以拒绝转正，用"概率免疫"来对抗这个酷刑，他却顺水推舟地接受了。看着自己的未来就此塌陷，对自己说这不妨事。

莫非在我们上次去过之后，唐博斯科已经奇迹般地被海内皆兄弟的基督精神所改造？莫非永恒而仁慈的上帝已经洗净了该校学生的劣根？得啦，黑鬼。当然现在奥斯卡觉得这学校比以前小多了，而那些老大哥似乎在过去五年里生就了印斯茅斯①的"样子",学校招收了更多有色人种的孩子——但有些东西(比如白人的优越感和有色人种的自我憎恨)却毫无改观:令他记忆犹新的那种幸灾乐祸的施虐心理,仍在校园里甚嚣尘上。当年他把唐博斯科视作白痴的地狱,那如今呢,当他长大成人,回来教授英语和历史,这里又该是什么呢?谢天谢地。是一场噩梦。他上课不怎么在行。他心思不在那上面,因此无论哪个年级、哪种脾气的学生都无一例外地欺负他。学生一看见他出现在教学楼里,就哄笑起来。假装把三明治藏起来。打断他讲课,问他有没有搞过女人,不管他怎么回答都报以无情的嘲笑。他知道,学生们嘲笑他,既因为他当时的窘态,也因为他们想象他会如何压坏了某个不幸的女孩。他们把这情景画成漫画——奥斯卡下课后在地板上捡到了,还设计了对白。不,奥斯卡先生,不!还不够晦气吗?每天他都看见那些顶"酷"的孩子欺侮那些胖的、丑的、功课好的、家境坏的、肤色深的、黑的、没人缘的、非洲裔的、印第安裔的、阿拉伯裔的、移民的、新来的、娘娘腔的、同性恋的——而每一次冲突,都让他看到自己的影子。当年欺侮别人的都是白人学生,而现在唱主角的还有其他种族的孩子。有时候他真想帮帮那些挨揍的孩子,说几句话安慰安慰他们,在这个世界上,还有人在关心你。可是,一个窝囊废最最不需要的,就是另一个窝囊废的帮助。这些孩子都满怀恐惧地从他身边逃走了。他心血来潮想建立一个科幻小说俱乐部,在各个教学楼里张贴了海报,然后连着两个星期四放学后,他就坐在教室里,把他最喜欢的那些书漂亮地陈列出来,他听着大楼里嘈杂的脚步声渐渐沉寂,门外偶尔传来几声叫喊"传我上飞船!"②

---

① 科幻小说家洛夫克拉夫特虚构的邪教势力深重的小镇。
② 《星际旅行》中的台词。

"你好—你好!"①,三十分钟后,谁也没有进来,他只得收起书,锁上门,孤独地离开教学楼,听见自己的脚步声居然有几分优雅。

他在学校里唯一的朋友也是一个不信基督的老师,二十九岁,另类的拉美女人,名叫纳塔丽(的确,她使他想起詹妮,只是没有詹妮那么出众,那么有激情)。纳塔丽曾在一家精神病院(是神经病院,她说)工作过四年,信奉巫教。她男朋友斯坦——他们在精神病院认识的("我们的蜜月")——是医疗急救中心的技术员。纳塔丽告诉奥斯卡说,斯坦看见大街上来来往往的人也会莫名其妙地激起性欲。他听了就说,这么看来斯坦有几分古怪。你说得一点没错,纳塔丽叹了口气。尽管纳塔丽相貌平平,整天神神叨叨的,奥斯卡还是给她讲一些哈罗德·劳德②的奇遇。他以为她还不至于风骚到想跟他约会,所以他只是想象他们之间有某种离奇的性欲关系。他想象自己走进她的房间,命令她脱光衣服,给他做吃的。两秒钟后她跪倒在厨房地砖上,赤身裸体只系着围裙,而他依然衣冠整齐。

这样就更加荒诞了。

第一年结束了,纳塔丽,这个课间喜欢偷偷抿一口威士忌、介绍他看《睡魔》和《8号球》、向他借了许多钱一直不还的人,调到里奇伍德去了——哟嚯,她以一贯的冷面滑稽腔调说道,乡下去了——他们的友谊就此结束。他曾给她打过几次电话,但她那位生性多疑的男朋友好像把话筒焊到了头上,从来没有把他的话传给她,于是他就随它去了,随它去了。

社交活动?待在家里的头几年他连一次活动都没有。每星期开车去一次伍德布里奇购物中心,去游戏房看看有哪些电子游戏,去

---

① 科幻广播剧《莫克和明迪》中的台词。
② 斯蒂芬·金小说《末日逼近》中的人物。

"英雄世界"看看漫画书，去瓦尔顿书店看看科幻小说。书呆子巡游。盯着一个在友谊餐厅工作的黑人女孩。他爱上了这个瘦得堪比牙签的小姐，却从来没和她说过一句话。

阿尔和米格斯——好久没和他们联系了。这两个家伙都退了学，一个从蒙茅斯大学，一个从泽西州州立大学，又都在城另一头的布洛克巴斯特找了工作。说不定他们最后会葬在同一个墓穴里。

他也没再见过玛丽察。听说她嫁了个古巴佬，住在蒂内克，生了个小孩，等等等等。

那么奥尔加呢？没人说得准。据说她试图抢劫当地的一家西夫韦超市，效仿达娜·柏拉图①——就算超市里每个人都认识她，她也懒得戴面罩——又说她一直在米德尔塞克斯，不到五十岁都不会出来。

没有哪个女孩子爱上他吗？在他一生中，难道连一个都没有吗？

一个都没有。在罗格斯的时候，他这种基因突变体至少还能找到许多借口接近女生而不致引起对方的恐慌。但现实世界就没有这么简单了。在现实世界里，女生一看见他走过，就会厌恶地转身逃开，在电影院里遇到，就立即换座位。有一次在一辆市区公共汽车上一个女人甚至叫他休要对她想入非非！我知道你在动什么脑筋，她尖声说道，断了这念头吧。

我将永远孤身一人，他在给姐姐的信中这样写道。他姐姐没去日本，而是到纽约来和我在一起了。这世上根本没有什么永远，他姐姐这样回复他。他满腔怒火。写道：我身上就有。

家庭生活？既不让他受苦，但也没让他舒坦。他妈妈愈加憔悴，愈加沉默寡言了。年轻时的那种疯狂已经不再能折磨她，但她

---

① 美国著名女影星，1991年因持枪抢劫遭逮捕。

仍然是个工作狂,默许她那些秘鲁房客拼命往他们住的底楼房间里塞亲戚。至于鲁道尔佛舅舅(朋友都叫他"佛佛"),他又染上了入狱前的那些恶习。他又吸上了,吃晚饭的时候就大颗大颗地冒汗。他搬进了洛拉的房间,所以现在几乎每个晚上奥斯卡都得听他和他那些脱衣舞女友胡闹。舅舅,有一次他实在忍不住了大喊,能否放低些音量,拜托了。鲁道尔佛舅舅在他房间的墙上挂上了他初到布朗克斯时的照片,那时候他才十六岁,全身上下都是波多黎各歌星威利·科隆的时髦服装。后来他去了越南。他妈的整个部队,就我一个多米尼加人,他声称。还有奥斯卡爸妈的照片,那会儿还很年轻,是他们同居那两年里拍的。

你爱他,他对她说。

她哈哈大笑。别说你根本不了解的事。

从外表看,奥斯卡显得很疲倦。他既没长高,也没变胖,只有眼底的皮肤,在多年来无声的绝望中渐渐松弛,有了些许变化。而在他的内心,却已是伤痕累累。他看见眼前黑光闪烁。他看见自己从空中跌落。他知道自己正在蜕化成什么。他正在蜕化成地球上最糟糕的那种人:一个心酸的老傻瓜。他看见自己在游戏房里摆弄着游戏卡度过余生。他不愿意接受这样的未来,但他不知道该如何躲避,不知道该如何逃脱。

诅咒。

黑暗。有时候,他一早醒来就爬不起身,仿佛胸口压了十吨的分量,仿佛正承受着加速力的控制。要是这样还伤不了他的心,那就可笑了。他梦见自己在邪恶星球戈尔多游荡,寻找他艘失事火箭的部件,但撞见的只有残骸的余烬,每一片残骸都发出微弱的辐射。真不明白我究竟是怎么了,他在电话里告诉姐姐。我觉得这最多是"危机",但每次我睁开眼睛,看到的却都是"灾难"。那是他把学生赶出教室喘气,或者叫妈妈滚开的时候,是他一个字也写不出来，或者走进舅舅的盥洗室用左轮手枪抵住太阳穴的时候，是他想起铁路大桥的时候。常常，他躺在床上，想到后半辈子都要靠妈妈伺候饭菜，想到有一天，他妈妈以为他不在家，对舅舅说，我无所谓，只要他在家我就高兴。

后来——后来他不再觉得自己像一只挨打的狗，拿起笔来也不会直想哭了——他又被一种沉重的负疚感压垮了。他会向妈妈说对不起。如果说我的头脑里还有善良的成分，那一定是有人带着它潜逃了。没事的，孩子，她回答说。他会开车来看望洛拉。她先在布鲁克林待了一年，现在搬到了华盛顿高地，留起了长发，曾经怀孕过一次，那可真叫她兴奋，但最后却把孩子打了，因为我瞒着她和别的女孩搞上了。我又回来啦，他一进门就大声宣布。她告诉他一切都好，为他做饭，他就坐在她身边，怯生生地抽着她的大麻烟，怎么也想不通为什么他永远不能保持心中这份爱的感觉。

他开始策划一个科幻小说四部曲以代表他的最高成就。当J. R. R. 托尔金遭遇E. E. "多克"·史密斯。他继续驾车远行。一直开到阿密什郊区，一个人在路边饭店吃饭，偷眼瞟瞟阿密什的姑娘，想象自己穿戴得像个牧师，在汽车后座睡上一觉，然后开车回家。

夜里他有时候会梦见獴。

（也许你以为他的生活不太可能更糟糕了：一天他走进游戏房，惊讶地发现一夜之间新生代的书呆子已经不买动漫游戏了。他们迷上了魔术牌！没人知道魔术牌是怎么流行起来的。再也没有人物和战斗了，只有牌与牌之间无穷无尽的激战。游戏被剥离了一切故事、一切表演，只剩下些直截了当、不加掩饰的操作。可那些笨蛋小孩儿竟然那么喜欢这玩意儿！他试了试魔术牌，想很帅地玩上一把，但就是不行。彻底输给了一个才十一岁的新手，而且发现自己根本无所谓。"他的时代即将结束"的最初征兆。当最新鲜的玩意

儿不再吸引你,当你喜欢旧东西而对新事物不屑一顾)

奥斯卡度假

奥斯卡在唐博斯科快三年了,这天他妈妈问他暑假有什么打算。最近几年的七八月份,他舅舅都是回圣多明各过的,这一年他妈妈认为应该和舅舅一起回去。我已经很久很久没有见过我妈妈了,她静静地说。我有很多诺言需要兑现,最好别等我死了再去。奥斯卡也有好多年没回老家了,上一次回去,正好碰见他外婆最得力的仆人卧床数月,相信边境将再度被犯,大喝一声"海地人!"就一命呜呼了,他们都去参加了葬礼。

真是奇怪。如果当时这黑鬼能说不行,他或许也能挺过来(如果你把这叫作诅咒,叫作悲惨,也没问题)。但这不会是漫威漫画中的"假如?"——沉思默想可得缓缓了——正像他们说的,时间正在变短。那年五月,难得奥斯卡精神特别好。几个月之前,他刚经历了一阵特别严重的黑暗时期,重新开始节食,还经常绕着居住区奋力步行。你猜怎么着?这黑鬼不但坚持下来了,还居然减掉了将近二十磅!神了!他终于修复了体内的离子推进器;邪恶星球戈尔多妄想把他拉回去,但他那艘五十年代风格的火箭"牺牲之子"却永不言败。看哪,我们的宇宙探索者:怒目圆睁,固定在加速椅上,献出他那颗变异的心。

无论如何,他都绝不可能身材修长,但同时他也不像约瑟夫·康拉德的夫人那样平庸。几个星期前,他甚至在公交车上跟一个戴眼镜的黑人女孩搭了几句话。他说,看来你对光合作用感兴趣,而她竟也降低了放电量,回答道,是啊,我很感兴趣。假如他之前没有学过"地球科学",或者他没能把这次轻描淡写的交谈转变成一次艳遇或约会,那又会怎么样呢?假如他在下一站下车,她却没有跟着,像他以为的那样,事情又会怎么样呢?这小子十年来头一次感觉自己恢复了活力,似乎什么都难不倒他,学生也罢,公共广播电视网不再播放《神秘博士》也罢,孤独也罢,源源不断的退稿信也罢,他都无所谓;他觉得自己将无往不胜,而圣多明各的夏天……是的,圣多明各的夏天自有其独特魅力,就连像奥斯卡这样的书呆子也能感受到。

每年夏天,圣多明各都会让流放的引擎猛然间调转方向,竭尽全力将被驱逐的游子拉回家来。机场堵满了衣着多得不合时宜的返乡者;传送带和脖子一同在当年日益沉重的大包小包下呻吟;飞行员为飞机——超载量令人难以置信——以及他们自己的安全忧心忡忡;饭店、酒吧、会所、剧院、堤坝、海滩、景点、酒店、旅馆、临时房间、市郊、侨居地、乡村、甘蔗园,世界各地的多米尼加后裔蜂拥而入。仿佛是谁发出一岛全体撤离的命令:大家都回家!回家!从华盛顿高地到罗马,从玻斯安玻尔到东京,从布里杰坡尔到阿姆斯特丹,从劳伦斯到圣胡安;基本动力学原理正在被修正,以使现实反映最终那一面,和大屁股姑娘搭讪再把她们带到旅馆;这真是一个盛会,对每个人敞开的盛会,除了那些穷人、黑人、失业的、病残的、海地人和他们的孩子、糖厂工人,以及那些孩子,被加拿大、美国、德国和意大利游客看准了糟蹋的孩子——没错,先生,什么都比不上圣多明各的夏天。所以这些年来奥斯卡第一次开口道,妈妈,我听见祖先一直在对我说话。我想也许我该陪你回去。他总是想象着艳遇就在眼前,想象着自己会爱上岛上的一个姑娘。(哥哥不可能永远是错的,不是吗?)

这么一个原则性的突然变化,连洛拉也要取笑他了。你从来就没去过圣多明各。

他耸耸肩。我认为我应该尝试一下崭新的生活。

精简版回乡笔记

　　德莱昂一家于六月十五日飞抵岛国。奥斯卡紧张得要命又兴奋得不得了。但是要说滑稽,谁也比不上他妈妈,她打扮得就像是去觐见西班牙国王胡安·卡洛斯。如果她有一件皮大衣,她也会穿上身的,只要能显示她跨越了千山万水,只要能强调她在多米尼加人中间鹤立鸡群。奥斯卡就从没见过她这么花枝招展、风度翩翩。或者说,从没见过她这么自以为是。从验票员到空姐,贝莉西亚折磨着每个人的神经,终于一家人在头等舱(由她埋单)坐定,她环顾四周,仿佛受了奇耻大辱似的说:怎么看不见一个有素质的人!

　　又据说奥斯卡一路上呼呼大睡,口水都流出来了,连用餐带电影,统统错过,最后飞机着陆,大家鼓掌喝彩,他才醒过来。

　　出什么事了?他惊慌地问道。

　　没事儿,先生。只不过是我们安全降落了。

　　依然是那灼人的炎热,那令他永远难忘的浓郁的热带气味。对他来说,这气味比马德琳小蛋糕更能唤起回忆。那被污染的空气,马路上成千上万的摩托、汽车和破旧的大卡车,成群结队的小贩簇拥在每一个红绿灯前(他发现灯光很暗,他妈妈轻蔑地说,可恶的海地人),行人无精打采地走在烈日的暴晒下,疾驶而过的公交车挤满乘客,让车外的人以为他们正在紧急增援遥远的战场,到处废弃和损毁的楼房,仿佛整个圣多明各就是一座支离破碎摇摇欲坠行将就木的混凝土建筑——还有孩子脸上的饥色,令人难忘——但又有很多地方显示出这似乎是一个在废墟上拔地而起的崭新国家:马路更平整,车辆更气派了,还有崭新的豪华空调公交车,驶往希巴欧甚至更远的地方,美国快餐店(唐恩都乐和汉堡王)以及他不认识名号的当地快餐店(保罗·维克多里纳和厄尔·普鲁旺康四号),

随处可见、人们却视若无睹的红绿灯。而最大的变化究竟是什么呢？几年前拉英卡把她的家当统统迁到首都——我们的规模在巴尼显得太大了——现如今家族在米拉多尔北街置了一幢新房子，在城郊开了六家面包房。我们是首都人了，佩德罗·巴勃罗表哥（是他开车去机场接他们的）自豪地宣布。

拉英卡也和奥斯卡上次来的时候不一样了。原先她似乎超越了年龄，她是这个家族的凯兰崔尔女神，但这次他发现事实并非如此。她已满头白发，尽管身材依然挺拔，皮肤布满了细碎的皱纹，读东西得戴眼镜了。她依然骄傲而精力充沛，一看见他（他们几乎有七年没见了）就用双手按住他的肩膀，说，我的孩子，你终于回到我们身边了。

你好，外婆。又笨嘴笨舌地加了一句：祝福你。

（不过，最令人动容的还是拉英卡和他妈妈。起先两人都开不了口，然后他妈妈掩面痛哭，小女孩似的说道：妈妈，我回来了。两人抱头痛哭，洛拉抽泣起来，奥斯卡有些手足无措，只好去找佩德罗·巴勃罗表哥，帮他把车上的行李一件件往后院搬）

真叫人难以置信，他居然忘记了多米尼加的许多事情：遍地都是的小蜥蜴、清晨的公鸡鸣声，紧随其后便是蕉农和卖鳕鱼的伙计以及卡洛斯·莫亚舅舅的吆喝。卡洛斯·莫亚舅舅头天晚上用朗姆酒把他自己灌了个烂醉，还不记得他和他姐姐了。

而另一件他全然忘记的事，就是多米尼加女人竟然这么美。

去你的，洛拉说。

刚到的那几天，他到处开车兜风，都快把脖子晃断了。

我来到了天堂，他在日记里写道。

天堂？佩德罗·巴勃罗表哥龇了龇牙，露出一脸夸张的鄙夷表情。这里是他妈的地狱。

有关弟弟往事的一些证据

洛拉带了一些照片回家,有奥斯卡在屋后读奥克塔维娅·巴特勒的书;有奥斯卡站在海堤上,手里握着一瓶总统啤酒;有奥斯卡站在哥伦布灯塔下,那儿曾是杜阿尔特别墅的旧址;有奥斯卡和佩德罗·巴勃罗在胡安娜别墅买火花塞;有奥斯卡在沙滩上试帽子;有奥斯卡在巴尼和一头公驴的合影;有奥斯卡姐姐的合影(她穿比基尼的样子简直能让你角膜爆裂)。你能看出他在努力。笑得很开心似的,尽管眼睛里全是困惑。

也许你还注意到,他没穿那件胖子外套。

奥斯卡入乡随俗

在返乡的第一个星期过去之后,在他由表兄弟们陪着逛了几处景点之后,在他多少有些习惯了这里的燥热天气,习惯了被公鸡鸣声惊醒,习惯了大家叫他华斯卡(他的多米尼加名字,这件事他也忘了)之后,在他拒不承认那句在所有游子耳畔回荡的窃窃私语"你不属于这里"之后,在他去了五十来家俱乐部,因为跳不来萨尔萨舞、默朗格舞、巴恰达舞而只能坐在一边喝总统啤酒,看着洛拉和表兄弟们险些踩破地板之后,在他告诉人家不下一百遍,他和姐姐一出生就分开了之后,在他独自消磨了几个安静的上午,写了些东西之后,在他把口袋里坐出租车的钱全施舍给了乞丐,只好打电话叫佩德罗·巴勃罗表哥开车来接他之后,在他看见几个赤足光膀子的七岁男孩为了抢他留在露天咖啡馆碟子里的面包屑而大打出手之后,在妈妈带一家人去殖民区吃饭,招待员乜斜着眼睛看他们(注意,妈妈,洛拉说,他们很可能把你当海地人了——亲爱的,在这里你是唯一的海地人,她反驳道)之后,在一个骨瘦如柴的老人捉住他的双手讨一块钱之后,在他姐姐说"你要是以为这很糟,那你该去看看制糖厂"之后,在他去巴尼(拉英卡长大的村子)待了一天,在茅坑里拉屎还用玉米棒子擦屁股——如今那真成了娱乐了,他在日记里写道——之后,在他多少有些习惯那超现实般令人晕眩的首都生活之后——公交车、警察、难以想象的贫穷、唐恩都乐快餐店、乞丐、在十字路口卖烤花生的海地人、难以想象的贫穷、在每一片海滩上招摇过市的愚蠢的游客、每五秒钟一个全裸镜头的连续剧《西卡·达·席尔瓦》,引得洛拉和表姐妹们乱笑、午后的沙滩漫步、难以想象的贫穷、混乱的大街小巷和居民区锈迹斑斑的棚屋、他每天都得穿越的黑人大军,要是他站着不动就会被撞倒、皮包骨头的看门人站在商店门前,握着破旧的大枪、音乐、大街上听到的粗口笑话、难以想象的贫穷、被另外四个顾客压住挤在出租车角落里动弹不得、音乐、打入铝矾土层的新隧道、隧道里"严禁驴车入内"的标识牌——在他去了博卡奇卡和梅拉别墅,吃了太多炸肉条不得不扔在路边——鲁道尔佛舅舅说,如今那真成了娱乐了——之后,在他外出太久,被卡洛斯·莫亚舅舅训斥之后,在他外出太久,被外婆训斥之后,在他外出太久,被表兄弟们训斥之后,在他重睹希巴欧那令人难忘的美景之后,在他听完妈妈的故事之后,在他不再为糊满每一面空墙的政治宣传标语而瞠目结舌之后——强盗,统统都是强盗,妈妈说——在那个精神有点问题的舅舅(他在巴拉古尔统治时期受过酷刑)跑过来,和卡洛斯·莫亚进行了一场政治大辩论(然后两人都喝得大醉)之后,在他在博卡奇卡第一次晒伤之后,在他在加勒比海游泳之后,在鲁道尔佛舅舅让他吸了海贝大麻之后,在他第一次看见海地人猛踢公交车因为那些黑人说他们"身上有味儿"之后,在他为见到的每一个美女发狂之后,在他帮妈妈装好了两台新空调,指甲被压出淤血之后,在他们带来的所有礼物都分发妥当之后,在洛拉把他介绍给她小时候的男朋友（如今他也是首都人了）之后，在他看到洛拉身穿私立学校制服的照片——身材高挑，眼神忧郁——之后，在他向小时候曾照顾过他的外婆管家的坟墓献了鲜花之后，在他腹泻厉害得每次排泄前都要流口水之后，在他和姐姐一道参观了首都每一个不起眼的博物馆之后，在他不再为人人都叫他胖子（更糟糕的称呼是美国佬）而沮丧之后，在他每次买东西都被痛宰之后，在拉英卡每天早上都要为他祈祷之后，在他因为外婆把他屋里的空调装得太高而感冒之后，他没有和任何人商量就突然决定要跟妈妈和舅舅一起留在岛上，过完夏天再走。不跟洛拉一起回美国了。做出这个决定的时候，他正站在海堤边，在夜幕下凝望大海深处。究竟有什么东西正在帕特森等着我？他想问个明白。那年夏天他没有上课，他把所有的笔记本都带来了。我觉得这想法很不错，他姐姐说。你需要在乡下待一阵子。也许你竟会发现自己是个地道的乡下人。这似乎很可行。有助于清除这几个月来充斥在他头脑和内心中的郁闷。他妈妈对这想法不那么赞成，但拉英卡摆摆手示意她什么也别说。孩子，你可以一辈子留在这里（不过她一说完就让他戴上一枚十字架，这让他觉得有点怪怪的）。

就这样，在洛拉飞回美国（好好照顾自己，先生）而他回乡的恐惧和欢乐消失之后，在他住进外婆在大流放时期建起的房子并开始考虑洛拉走后他将如何过完夏天之后，在他结交岛国女友的幻想成了一个不切实际的玩笑之后——他还能忽悠谁？他既不会跳舞，也没有钱；既不会打扮，又不自信；既非相貌堂堂，又非欧洲血统，他勾引不了岛上的女孩子——在奥斯卡花了一个星期写作并一连五十次拒绝表兄弟们带他去逛窑子的建议（真够讽刺的）之后，他爱上了一个半隐退的妓女。

她叫伊本·皮门特尔。奥斯卡认为是她为他开启了真正的生活。

宝贝儿

她家和他家隔着两幢房子,和德莱昂家一样,也是后来才迁到米拉多尔北街的(奥斯卡的妈妈打了两份工才挣下钱买下这房子。伊本买房子也是靠两份工,不过是在阿姆斯特丹红灯区的橱窗里)。她是个金发的黑白混血儿,说法语的加勒比人称之为混血儿,而我们则称之为金发女郎。她那头乱发宛如末日,红棕色的眼睛,是一个摆脱了贫穷的白种人的亲戚。

起先奥斯卡只当她是个寻常客人。这位身材娇小、腹部微凸的宝贝儿总是穿着高跟鞋走向她的尼桑车(和大多数邻居不同,她没有那种"想做新大陆的美洲人"的模样)。奥斯卡偶然见过她两次——写作间隙他会沿着炎热沉闷的胡同散散步,或者在当地咖啡馆小坐——见她对他微笑。他们第三次见面——朋友们,奇迹就此发生——她在他桌子边坐下,问道:你在读什么书?起先他还没回过神来,然后才意识到:天哪!一位女性正在跟他说话(这样的命运巨变真是前所未有,仿佛他那磨损的"命运之线"被错缠到另外一个幸运儿的线上了)。结果发现伊本认识他外婆,卡洛斯·莫亚外出送货的时候外婆就搭她的车。你就是她照片里的那个男孩,她说着,露出狡黠的微笑。那时候我还很小,他不无戒备地回答,而且战争还没有改变我。听了这话,她没有笑。也许吧。好了,我该走了。倩影移动,俏臀摇摆,美人出门。仿佛探矿者的探测杖,奥斯卡随之勃起。

很久以前,伊本曾念过圣多明各大学,而现在,她早已不是大学女生,眼角都有了细纹,她似乎极为开放,极为世故,至少在奥斯卡看来如此,更有一种性感的中年女人所自然而然流露的强烈的稳重。后来他又在她家门前撞见她(他已经开始注意她了),她说,早上好,德莱昂先生,说的是英语,你好吗?我很好,他答道。你好吗？她笑容可掬。我很好，谢谢。他不知道该把手往哪儿放，就背到身后，像个忧郁的牧师似的。一分钟过去了，什么也没发生，她打开大门，他只好绝望地说了句，这天气真热。是啊，她说。我还以为是因为我更年期到了。她回过身来看着他，也许心里正奇怪，为什么这家伙的眼睛老是回避她；也许她发现他和她在一起感到别扭，便心生慈悲，说道，进来吧。我给你弄点喝的。

房子里空空如也——他外婆家的马槽也空着，不过这没什么要紧——还没时间搬进来呢，她搭讪着说道——只有一张餐桌、一把椅子、一个梳妆台、一张床和一台电视机，他们只好坐在床上（奥斯卡瞟见床底下有几本占星学的书和一套保罗·科埃略的小说。她看出来了，便微笑着说道，保罗·科埃略救了我的命）。她端给他一杯啤酒，给自己倒了一杯双份威士忌，在接下来的六小时里，她把自己的经历向他娓娓道来。你猜得出来，她很久没和人谈过话了。奥斯卡只有点头的份儿，每当她哈哈大笑，他也跟着勉强笑几声。汗水淌个不住。暗想是不是该做些什么。大概聊到一半的时候，奥斯卡才突然恍然大悟，原来伊本滔滔不绝谈论的职业就是卖淫，不禁叫了一声"天哪！"虽说妓女是圣多明各最重要的出口商品之一，但奥斯卡这辈子就没踏进过妓院一步。

他从她卧室窗口望出去，看见外婆正在门前的草坪上找他。他想抬起玻璃窗，叫她一声，但伊本根本没有停顿的意思。

伊本真是个古怪的人。也许她就是那么健谈，是那种性格随和的女人，每个小伙子都能放松地和她相处。但同时她身上也微微有一种漠然，仿佛（用奥斯卡的话来说）是一位被放逐的外星公主，部分地生存于另一个维度中。她很冷静，是那种会从你头脑中迅速溜走的女人，她自己也认识到这种品质并且感到欣慰，仿佛她只愿意激起并品咂男人一时间的关注，而不希求任何持久的东西。她似乎并不介意你隔上几个月才会在夜里十一点打电话去问她"近来可好"。各种复杂的关系她都能应付裕如。她让我想起小时候玩过的含羞草，只不过她是恰好相反。

然而，她的那种绝地武士控制对方思维的招式，对奥斯卡不起作用。这哥们儿一遇到女人，头脑就会变成瑜伽修行者那样。他一旦上了心就会一直上心。那天晚上，当他离开她家，在岛上百万蚊子的袭击下步行回家时，他已经失魂落魄。

（当伊本第四杯酒下肚，西班牙语里冒出了意大利语，这要紧吗？当她送他出门时，几乎脸面朝下瘫倒在地，这要紧吗？当然都不要紧！）

他恋爱了。

他妈妈和外婆在门外等他。老一套的说词，但两人都火冒三丈，简直无法理解他的寡廉鲜耻。你知道吗，那个女人是个妓女！她买那房子靠的是卖淫！

他一下子被她们的震怒压倒了，但不久就站稳了阵脚，开始反攻，你们知道吗，她姑妈是个法官！她父亲是电话公司的！

你要女人，我会帮你物色一个好的，他妈妈说着，瞥一眼窗外，两眼喷火。但那个妓女只会卷走你的钱。

我不需要你帮忙。她不是妓女。

拉英卡那"不容置疑的权威眼神"落在他身上。孩子，听你妈妈的话。

他几乎就要俯首听命了。两个女人将全副精神压在他身上，这时候他舔一舔嘴唇上的啤酒，摇了摇头。

鲁道尔佛舅舅正在看电视里的球赛，突然间只听见他用最动听的声音学着辛普森爷爷[①]的腔调喊道：妓女把我全毁了。

[①] 美国动画片《辛普森一家》中的人物。

奇迹还在继续。第二天早上醒来，奥斯卡努力压制住心中妙不可言的感受，压制住立刻跑去伊本家把自己锁到她床上的渴望。他知道他必须尽量地若无其事，必须约束起狂躁的内心，不然他非爆了不可。且不管爆的是什么。当然这黑鬼将那脑海中的狂想津津有味地咀嚼了一番。你指望什么呢？他就是一个不算太肥的胖小子，从来没有接过吻，从来没有和谁上过床，而现在世界将一个风情万种的妓女推到了他的鼻子底下。伊本，他坚信，是上帝的最后一次努力，要将他送回多米尼加雄风的正道。如果他错失良机，那么就只好继续玩"大恶棍与正义之味方"的游戏了。就是这么回事，他告诉自己。是他大获全胜的机会了。他决定打出最经典的那张牌。等待。所以这一整天他就无精打采地躲在家里，想坐下来写点什么却动不了笔，看了一部喜剧片，穿草裙的多米尼加黑人把穿猎装的多米尼加白人扔进了食人族的油锅，每个人都在闹哄哄地找自己的那份点心。恐怖。还没过中午，他就已经把多洛雷丝——一个三十八岁、浑身伤疤、帮他家做饭洗衣服的"姑娘"——逼得抓了狂。

第二天下午一点整，他换上一件干净衬衫，溜达着去她家（其实他是疾步而去）。门外停着一辆红色吉普车，正和她那辆尼桑面贴面。是辆警车。他站在她家门前，太阳直直地射在他身上。感觉自己像个小丑。当然她结过婚了。当然她有男朋友。他那天体般膨胀火热的愉快心情，瞬间坍塌成一颗微不足道的黑点，坍塌成满腹无从逃脱的忧郁。但第二天他又去找她了，家里没人，等到三天之后他再次见到她，他几乎要以为她已经变形为"先驱者"曾赋予她的模样了。你去哪儿了？他问道，竭力不让声音流露出心底的酸楚，我还以为你在澡盆里跌跤了呢。她笑眯眯地扭一扭屁股。我在使祖国更强大，亲爱的。

他看见她在电视机前做有氧操，身穿运动长裤和所谓的运动背心。要让他不把眼睛落在她身上简直是不可能。第一次让他进来的时候,她尖叫道,奥斯卡,亲爱的!进来!进来!

本书作者的按语

我知道黑人会怎么说。瞧,他写的尽是些热带乡下的事儿。一个妓女,难道她不是小小年纪就吸毒成瘾?谁信他。我是不是该去集市上走一趟,挑一个更有代表性的模特儿?我是不是该把伊本换成另外一个我认识的妓女?她叫贾伊拉,我在胡安娜别墅的时候,她是我的朋友兼邻居,直到今天还住在那种屋顶镀锌的粉红色老式木屋里。贾伊拉——典型的加勒比妓女,半是妩媚,半是扭捏——十五岁就离开家乡,在库拉索岛、马德里、阿姆斯特丹和罗马流浪,生过两个孩子。她那对乳房,十六岁就在马德里挣钱了,几乎赛过喜剧片《爱情和火箭》中卢芭的(遇到贝莉,却要甘拜下风)。她自豪地宣称,她妈妈老家的一半街道都由她的家当铺满了。我是不是该让奥斯卡在名扬天下的拉瓦卡罗遇到伊本?贾伊拉曾在那儿一星期工作六天,一个小伙子在那儿可以趁着等候的时间从头到脚洗个干净,方便极了。是不是那样写就更好了呢?是不是?

但那样的话,我就是在撒谎了。我知道我已经抛出了无数幻想小说加科幻作品的混合体,但这应该是奥斯卡·瓦奥短暂而奇妙一生的真实记录。我们为什么就不能相信有伊本这样一个人存在,为什么就不能相信奥斯卡这小伙子能在年满二十三岁之后小小地走运一次?

这是你的选择。如果选了代表"幸福的无知"的蓝色药丸,请继续。如果选了代表"痛苦的真理"的红色药丸,请返回黑客帝国。

萨巴纳·伊格莱西亚来的女孩

在他们的照片里,伊本显得很年轻。这是因为她的微笑,因为她每次拍照时拗出的造型,她仿佛是在全世界面前展示自己,仿佛在说,你们瞧,这就是我,要么带我走要么别烦我。她的穿着也显得很年轻,但她实实在在已经三十六岁了。这个年纪,做什么都是黄金时期,除了做脱衣舞女。在大特写里,你能看出她眼角的细纹,而她也一直在抱怨小腹不再平坦,抱怨乳房和臀部开始松弛。她说,这就是为什么她不得不每星期要有五天去健身馆。十六岁的时候,那样一副身材毫无问题;而四十岁的时候——哦哟!——你就得把它当全职工作了。奥斯卡第三次去伊本家,她依然端了一杯双份威士忌,然后从壁橱里取出相册,给他看自己的那些照片,十六岁的,十七岁的,十八岁的,每一张都是在海滩上,都穿着八十年代初的比基尼,都是秀发浓密、笑意盈盈,都搂着某个八十年代的中年欧洲人。看着那些浑身上下毛茸茸的白种老男人,奥斯卡不禁自以为大有希望。(我猜,他说,这些人是你叔叔?)每张照片下方都印着日期和地名,因此他能够追寻伊本卖笑生涯的足迹。意大利,葡萄牙,再到西班牙。我那时候多美,她伤感地说道。的确,她的微笑足以令阳光失色,但奥斯卡却认为她现在风采依旧,外表的些许改变似乎只为她增添了光彩(褪色前的最后一道光亮),他把这想法告诉了她。

你的嘴可真甜,亲爱的。她一口喝干第二杯双份威士忌,喘了口气,你什么星座的?

他真是害了相思病!他把写作放在一边,几乎每天都往她家跑,就算明知她在工作也不例外。说不定她病了,说不定她已经决心从良,那就可以嫁给他了。他的心房豁然敞开,他觉得足下生风,他觉得快飘起来了,他觉得真是轻盈。外婆不断告诫他,说就连神明也不可能爱一个妓女。没错，舅舅笑起来，不过谁都知道神明喜欢同性恋。舅舅似乎非常兴奋，他的外甥再不是一只傻鸟了。我简直不敢相信，他骄傲地说。说到底雄鸽还是个男人。他把奥斯卡的脖子掐到新泽西警察专门用来对付黑鬼的锁镣里。什么时候的事？我一回家就去查一查具体的日期。

我们言归正传：奥斯卡和伊本在她家里，奥斯卡和伊本在电影院，奥斯卡和伊本在沙滩上。伊本滔滔不绝地讲着，奥斯卡也偶尔插上几句。伊本对他说起她的两个儿子，斯特林和珀费科特，跟着外公外婆住在波多黎各，她只有逢年过节才见得到他们（她在欧洲那些年，他们只见过她的照片和她寄回来的钱，而当她最后回到岛上，他们已经长成小男子汉，她不忍心将他们从其唯一认同的家庭中夺走。这些话只会让我将信将疑，奥斯卡却深信不疑）。她告诉他自己堕过两次胎，告诉他曾在马德里入狱，告诉他卖笑有多难。她问，有什么事既是不可能而同时又不是不可能的呢？她说假如自己没在圣多明各大学念过英文，那她可就更惨了。她告诉他曾和一个巴西朋友——是个做过手术的两性人———道去柏林，那火车有时候开得真叫慢，你都可以伸手到路边摘花而不会碰到旁边的花。她告诉他她有个多米尼加男朋友，是个上尉；还有外国男朋友：意大利的、德国的、加拿大的。这三个幸运儿分别在不同的月份来看她。你真运气，他们都成家了，她说，不然这个夏天我都得忙了（他本想叫她别再提起这些家伙，可也许她只会笑话他。所以他只说了句，我可以带他们在岛上转转，我听说他们喜欢旅行者。她听了大笑起来，还叫他好好玩）。他也说起有一次他和大学里那些哥们儿一道开车去威斯康星参加游戏集会，那是他唯一一次远行，他们在温内贝戈印第安人居留地露营，和当地的印第安人共饮。他说起自己对姐姐洛拉的热爱，说起她的经历。他还说起曾想结束自己的生命。这是伊本唯一一次听完之后一言不发。她只是斟满两杯酒，举起杯子。为活着干杯！

他们从来没有谈过在一起有多久了。也许我们应该结婚，有一次他提起来，他是认真的，而她回答，我会是一个不称职的妻子。他去她家的次数太多，甚至有好多回见识了她那恶名昭著的"脾气"，她表露出外星公主的那一面，变得冷酷而不近人情，会因为他把啤酒洒出杯子而骂他是美国蠢货。那种时候她就敞开大门，躺在床上，什么事也不干。很难讨好她，但他会说，喂，我听说耶稣去中央广场发放避孕套了；他会说服她去看电影，走出家门坐在电影院里似乎能使她的公主脾气得到些许控制。然后她就会平静一些。她会带他去一家意大利餐馆，无论她的情绪是否好转了，都要喝到烂醉。真是糟透了，他只好把她抱进车厢，在这座陌生的城市开车回家（之前他突然想到了办法：他打电话给克里夫斯，他家里人经常叫的出租车司机是个福音会教徒。他会二话不说立刻过来，给他带路回家）。他开车的时候，她总是枕着他的腿和他说话，一会儿是意大利语，一会儿是西班牙语，有时候说起当年监狱里女囚犯斗殴的事，有时候说些甜言蜜语，嘴唇挨着他的睾丸那么近，这感觉好得让人想不到。

拉英卡发话了

事情不像他告诉你的那样，他不是在大街上遇见她的。是他的表兄弟，那些笨蛋，带他去夜总会，他是在那儿遇见她的。他是在那儿被她勾住的。

奥斯卡记下的伊本

我从没想过要回圣多明各。但我从监狱里出来以后，没办法还清欠人家的债，我妈妈又病了，于是我只好回来了。

起先日子很难。一旦你见过世面，你就知道圣多明各是这世界上最微不足道的地方。而如果说，我在那些年的流浪中学到了什么的话，那就是：一个人可以习惯任何东西，甚至是圣多明各。

有些事从未改变

噢，他们很亲密，但我们又得问一些难以回答的问题：他们有没有在她的车里接过吻？他的手有没有撩起过她的超短裙？她有没有搂着他，低声轻唤他的名字？她有没有吮吸他而他有没有摩挲她那头末日般的乱发？他们有没有睡过？

当然没有。奇迹到此为止。他观察她，想找到一些蛛丝马迹证明她爱他。他开始怀疑，也许这一切不可能在这个夏天发生，但他已经想好到感恩节就回来，然后是圣诞节。他告诉了她，她却用奇怪的眼神看着他，只喊了一声他的名字，奥斯卡，带着一丝悲哀。

很显然，她喜欢他，喜欢他说那些疯话，喜欢他注视一件新玩意儿的神情就仿佛它来自另一个星球（比如有一次她发现他在卫生间里盯着一块皂石看——这到底是何种奇特的矿石？他问道）。在奥斯卡看来，他似乎是她仅有的几个真正的朋友之一。除了她那些男朋友，外国的和本国的，除了她那个在圣克里斯托瓦尔做精神科医生的姐姐，除了她那个在萨巴纳·伊格莱西亚身患重病的母亲，似乎她的生活空旷得就和她的房子一样。

轻装上阵，每当他提议为她买盏灯或其他什么的时候，她这样评论她的房子，他怀疑她也会这样评论广交朋友。而他也知道他并不是唯一来这儿看她的人。有一天他在她床边的地板上发现三个用过的避孕套，就问她，莫非你遇到了梦淫妖魔？她无所谓地笑了笑。那是一个不懂什么叫"停止"的男人。

可怜的奥斯卡。夜里他梦见自己的火箭飞船——"牺牲之子"——升空飞离,梦见它正以光速驶向阿娜·奥布雷贡①屏障。

奥斯卡破釜沉舟

从八月初起,伊本开始经常提到她的男朋友,那个上尉。好像是他听说了奥斯卡,还想跟他见见面。他可吃你醋了,伊本有气无力地说。那就让他来见我吧,奥斯卡说,每个男朋友都会在见过我之后感觉良好。我不知道,伊本答道。也许我们不该老待在一起。你是不是该找个女朋友了?

我已经有女朋友了,他回答道,我的精神女友。

一个吃醋的第三世界警察男友?也许我们不该老待在一起?要是其他黑人,也许就会像史酷比狗那样多留个心眼——哦,什么意思——也许会好好想想是不是要在圣多明各多待一天。听说上尉只想让他难受难受,三拳两脚把他解决。他总是忍不住要想,如果一个多米尼加警察说他想见见你,那你绝不能以为他是要向你献花。

避孕套事情发生后不久的一天夜里,奥斯卡在他那间凉意过重的空调房里醒来,异常清醒地意识到他又走上了那条路。他又迷上了一个他无法想念的女孩。那种尴尬事又要发生。你得立刻放手,他告诫自己。但他知道,非常清楚地知道,他不会就此罢休。他爱伊本(而爱情,对于这小子来说,就像一道紧箍咒,无法摆脱无法否认)。前一天晚上,她喝得烂醉如泥,不得不由他扶着上床。她嘴里不停地说着,天哪,我们得当心,奥斯卡,可一粘上床,她立刻扭动着蜕下衣服,根本不管他就站在眼前。他尽量不去看她,直

---

① 西班牙著名女影星。

等她钻进被窝，但见到的一切烧得他两眼冒火。他刚转身要走，她却坐起来，玲珑的胸脯裸着。先别走。等我睡着了再走。他就在床单上躺下，睡在她身边，等外面路灯熄了才回家。他看见她玲珑的胸脯，他知道这时候才回家已经太晚了，仿佛有低沉的声音在他耳边说，太晚了。

最后的机会

两天后奥斯卡看见舅舅在检查他们家的大门。出了什么事？舅舅让他看那门，指着门廊另一侧的混凝土墙壁说：我想昨天夜里有人朝我们家开枪。他勃然大怒。该死的多米尼加佬。说不定用枪扫射了附近整个地区。真运气我们都还活着。

他妈妈用手指戳了戳弹孔。我看我们没什么运气。

我看也是，拉英卡说着，直直地瞪着奥斯卡。

突然间奥斯卡觉得脑袋被什么异样的东西拽了一下，别人也许会称之为"直觉"，但他却根本没有仔细去想，只说了句：我们没听见枪声，大概是因为都开着空调，说完就朝伊本家走去。那天他们说好了去杜阿尔特省玩。

奥斯卡挨揍

八月中旬的某一天，奥斯卡终于见到了上尉。同时也获得了初吻。因此你可以说那天改变了他的一生。

伊本又喝醉了（之前她刚发表了长篇大论，阐述他们应当互相留"空间"，而他则一直垂着脑袋听着，心里想着晚饭的时候她为什么总是攥着他的手）。当时很晚了，他开着尼桑跟在克里夫斯的车后面，那是他们常走的路线，突然有几个警察凑上来，先让克里夫斯过去，再叫奥斯卡从车上下来。这不是我的车，他解释道，是她的车。他指了指熟睡的伊本。我们明白，请你把车暂时靠边停。他照做了，心里有点忐忑，但这时伊本突然坐起来妩媚地看着他。你知道我想要什么，奥斯卡？

我不敢问，他答道。

我想要，她说着，扭了扭身子，一个吻。

他还没来得及反应，她已经把他抱住了。

第一次被女人身体紧紧抱住的感觉——哪个人能够忘怀？而那真正的初吻——说实话，我早已把这两个第一次忘记了，但奥斯卡永远不会。一时间他都不敢相信。真的是，真就是！她的嘴唇柔软温润，舌头探进他嘴里。然后四周亮起灯光，他心里说，我要飞升了！我——要——飞——升——了！但他很快意识到那两个叫他们停车的便衣——那两人看上去像是外星球来的，为方便起见我们把他们叫作"所罗门·格伦迪"和"大猩猩哥罗德"①——正拧亮手电筒往车里照。而站在他们身后，满脸杀气注视车里这一幕的那个人，嘿，当然是上尉了。伊本的男朋友！

哥罗德和格伦迪猛地把他从车里拉出来。那么伊本有没有拼命抱住他？有没有对打断他们亲吻的粗暴行为表示抗议？当然没有。这女人又醉过去了。

上尉。一个四十来岁的精瘦男子站在他那辆一尘不染的红色吉普旁边，衣冠楚楚，身穿宽松长裤和精心熨烫的绅士衬衫，皮鞋亮得赛过甲虫壳。他是那种身材高挑、举止傲慢、英俊冷酷的黑人，能令绝大多数人自惭形秽。也是那种连后现代主义都难以为其罪行开脱的大恶棍。在特鲁希略时期他还小，没赶上结交权贵的机会，直到北美侵略时期才获得军衔。他跟我父亲一样，也支持入

---

① 两者都是美国漫画中的怪兽。

侵的美军，又因为他工于心计，对左翼分子绝不心慈手软，而晋升——不，是跃居——最高警衔。在魔鬼巴拉古尔手下奔忙。埋伏在汽车后座向工会成员射击。焚毁运动组织者的房子。用撬棍当头打人。对他这种人而言，十二年时期真是美好时光。1974年他把一位老妇人的头摁到水下直至咽气（她试图在圣胡安省组织农民要求土地权利）；1977年他用富乐绅皮鞋后跟踩住一个十五岁男孩的喉咙说"祝你好运"（又一个制造麻烦的共党分子，这下他妈的总算解决了）。我很了解这家伙。他家在皇后区，每年圣诞节他都会给表兄弟们带几瓶尊尼获加黑牌威士忌。他的朋友都叫他费托，他年轻时想做律师，但自从被秘密警察吸引去，就将法律事业抛诸脑后了。

这么说来你是纽约人啰。奥斯卡一看见上尉的眼神，就知道自己麻烦大了。要知道，上尉的两只眼睛靠得很近；不过，那双眼睛蓝得恐怖。（活脱脱就像好莱坞的李·范·克里夫！）要不是括约肌收得紧，奥斯卡可就要把午饭、晚饭甚至早饭都哗哗地拉出来了。

我什么也没做，奥斯卡胆怯地说。又脱口而出，我是美国公民。

上尉一挥手赶走一只蚊子。我也是美国公民。我在纽约州布法罗市加入了美国国籍。

我在迈阿密入了美国国籍，大猩猩哥罗德说。我可没有，所罗门·格伦迪叹了口气。我只是有居留权。

请您一定相信我，我什么也没干。

上尉微微一笑。这混蛋居然还长了一副第一世界的牙齿。你知道我是谁?

奥斯卡点点头。他虽然涉世不深但还不傻。你是伊本的前男友。

我可不是她的前男友，你这该死的笨蛋！上尉吼道，喉结弹出来仿佛克里克发鲁斯①的画里那样。

她说你是她前男友,奥斯卡坚持说。

上尉掐住他的喉咙。

那是她说的,他呜咽着。

奥斯卡还算幸运;要是他长得像我朋友佩德罗,多米尼加的超人,或者像我哥们儿本尼,一个模特儿,那他说不定当场就给毙了。但就是因为他胖乎乎的挺难看,因为他看上去真就像个一辈子走背运的该死的笨蛋,上尉对他生了几分咕噜②式的同情,揍他几下就算了。奥斯卡可从来没有被一个受过军事训练的成年人"揍过几下",只觉得自己好像刚被 1977 年匹兹堡钢人橄榄球队全体防守队员压过一般。他上气不接下气,以为自己将很快窒息而死。上尉的脸凑到他眼前:要是你再敢碰我的女人,我就宰了你,笨蛋。而奥斯卡拼尽全力喃喃地说,你是前任,在我之前。格伦迪和哥罗德把他提起来(费了点劲),塞进他们的丰田凯美瑞,开走了。奥斯卡最后看一眼伊本。只见上尉揪着她的头发把她从尼桑里拖了出来。

他想从车里跳出来,但大猩猩哥罗德死死扣住他,叫他一点反抗的力气都没有。

圣多明各的夜晚。当然是灯火管制。就连灯塔也熄灭了。

他们带他去哪儿?还能有什么地方,自然是甘蔗地。

永恒的回归?奥斯卡又惊又怕,竟然尿了裤子。

你不是在这儿长大的吗?格伦迪问那个肤色更黑些的同伴。

你这蠢货,我是在斯拉塔港长大的。

真的吗?你好像有时候跟我还说几句法语。

---

① 加拿大漫画家。
② 《魔戒》中的人物。

一路上奥斯卡都竭力想说出话来，但根本不行。他已方寸大乱（遇到这种情况，他总是设想他心目中的秘密英雄会突然出现，掐住对方的脖子，就像武艺高强的吉姆·凯利，而此时他那个英雄不知上哪儿玩儿去了）。一切都发生得那么快。这是怎么回事？他到底哪一步做错了？他真不敢相信。他快死了。他努力去想象伊本出现在他的葬礼上，身穿薄如蝉翼的黑色长裙，但他没法儿集中精神。他看见妈妈和拉英卡站在他的墓前。难道我们没有警告过你吗？难道我们没有警告过你吗？看着圣多明各在他眼前滑过，心中涌起难以名状的孤独。这究竟是怎么回事？怎么会发生在他身上？他那么乏味，那么胖，他又是那么恐惧。他想到他的妈妈、他的姐姐、他那些还没来得及完成的小画像，他忍不住哭起来。你要忍住别哭，格伦迪说，但奥斯卡就是忍不住，甚至把手塞进嘴里都不行。

他们开了很久，最后突然停了下来。到甘蔗地了。哥罗德和格伦迪把奥斯卡从车里拖出来。他们打开后备厢，却发现手电筒的电池没电了，于是只好开车去一家小店买电池，再开回来。他们在跟店老板讨价还价的时候，奥斯卡想过逃跑，他想从车里跳出来，沿着大街跑，喊救命，但他动不了。恐惧是思想的杀手，他在脑子里反复念着这句话，但就是不能强迫自己行动。他们有枪！他凝视着夜色，希望外面恰好有一队美国海军陆战队士兵走过，但只看见一个男人独自坐在坍塌的房屋前的摇椅上。一时间奥斯卡认定那家伙没有脸，但那两个杀手不一会儿就回来发动了汽车。手电筒又亮起来了，他们把他押进甘蔗地——传来一阵窸窸窣窣的声音，那么响亮而陌生，在脚下一闪而过（是蛇？是獴？），头顶是群星，自命不凡地聚在一起。而这地方他竟然莫名地熟悉；他有一种强烈的感觉，感觉他曾到过这里，很久很久以前。这感觉远不如似曾相识的梦境，他还没来得及细想，这感觉已经消逝，被他的恐惧所吞没，这时候那两个人叫他停下来，转过身。我们有件东西要给你，他们和气地说。这句话把奥斯卡拉回现实。他叫起来，请别动手！他们并没有把他的头套起来把他扔进永恒的黑暗，哥罗德只是用枪托对准他的脑袋狠狠砸了一记。顷刻间剧痛打碎了他的恐惧，他鼓起勇气挪动双腿，想转身逃跑，但他们立刻挥动枪托用力打到他身上。

不知道他们是想吓唬吓唬他还是想干脆杀了他。或许上尉下了命令他们却没有执行，或许他们正是照他的吩咐行事，又或许是奥斯卡运气好。谁说得准呢？我只知道，这一顿暴打令所有暴打相形见绌。仿佛"众神的黄昏"①，这一顿殴打那么残酷无情，就连卡姆登，"遭受最终重创之城"，也几乎要引以为荣了（是的先生，什么也比不上用这种获得专利的佩斯梅枪托抽脸的感觉了）。他尖叫，但这不可能阻止殴打；他求饶，但这也不可能阻止殴打；他晕厥，但并没有解脱；那两个黑鬼踢他的睾丸，竟叫他勃起！他想爬进甘蔗林，但他们又把他拉出来！这就像一场早上八点开始的噩梦般的美国语言学会讨论：没完没了。嘿，哥罗德说，这小子害得我浑身冒汗。基本上他们是轮流打他，但有时候是一齐动手，又有好几次奥斯卡肯定打他的是三个人而不是两个，坐在小店门口的那个没有脸的人也参与了。最后，所有的生命力量开始消逝，奥斯卡觉得自己在外婆前面。她坐在摇椅上，看见他就怒斥道，我怎么跟你说的别碰那些婊子？难道我没跟你说过你这是在找死吗？

最后哥罗德跳起来，一双靴子重重落到他头上，而就在那一瞬间，奥斯卡敢发誓有第三个人在他们身边，就躲在甘蔗林里。可奥斯卡还没有来得及看清那张脸，就听见他们说：亲爱的王子，晚安，然后他又觉得自己坠下去，向着18国道坠下去。他毫无办法，

---

① 瓦格纳歌剧《尼伯龙根的指环》的最后一部，一切都被大火和洪水吞没。

毫无办法，只有坠下去。

克里夫斯的营救

他之所以没有在那片茫茫无际的甘蔗林里度过残生，完全是因为克里夫斯这个身为福音会教徒的出租车司机有胆量，有智慧，而且有善心，悄悄尾随那几个警察，等他们离开之后，他才打开头灯，把车开到他们最后停下的地方。他没有手电筒，在黑暗中转悠了几乎半个小时。正当他准备放弃搜寻，等天亮后再来时，突然听到有人在唱歌。那声音动听极了，而克里夫斯经常在教堂里唱圣歌，所以能听出不同。于是他拼着全力循歌声奔去，然后，在他即将拨开最后几株甘蔗时，一阵狂风呼啸着刮过甘蔗林，差一点把他掀翻在地，仿佛飓风迎面而来，仿佛天使腾空飞起，接着，这倏忽而来的风又倏忽而去，只留下肉桂的焦香。只见几株甘蔗后面，躺着奥斯卡。不省人事，两耳流血，似乎离死神只有一步之遥。克里夫斯使出浑身力气，但他一个人根本无法将奥斯卡拖回车里，只得将他留在原地———定要坚持住！——开车到附近的制糖厂，找了几个海地雇工帮忙，这很费了一点时间，因为他们不敢擅自离开，生怕被监工毒打，落到奥斯卡那样的下场。最后克里夫斯终于说服了他们，一同奔回犯罪现场。这家伙可真肥，一个雇工叫道。是个大香蕉，另一个开玩笑说。超级大香蕉，第三个人说。然后他们把奥斯卡扛进出租车后座。车门一关上，克里夫斯就疾驰而去。上帝保佑，开得飞快。那些海地人朝他乱扔石块，因为他答应过要把他们送回住处的。

加勒比式的亲密接触

奥斯卡记得自己做过一个梦，梦里有一头獴和他聊天。只是那獴是一头神奇的獴。

会变得怎样呢,孩子?它问道。会更多还是更少?

一时间他几乎想说少。太累了,太痛了——少!少!少!——但隐约间他记起他的家人。洛拉、妈妈,还有外婆拉英卡。记起他曾经那么小,那么无忧无虑。床头放着他的饭盒,每天早晨一睁眼就能看见。人猿猩球。

多,他嘶哑地说道。

—— —— ——,獴说道,然后就被一阵大风卷入了黑暗。

是死还是活

鼻梁断裂,颧弓碎裂,第七根颅神经严重损伤,三颗牙齿折断,脑震荡。

但他还活着,是不是?他妈妈问。

还活着,医生点点头。

我们祈祷吧,拉英卡严肃地说。她握紧贝莉的手,垂下头。

如果她们注意到现在和过去有惊人的相似,就不必多说什么了。

堕入地狱的简要情况介绍

他昏迷了三天三夜。

昏迷期间他依稀觉得自己做了一连串怪诞的梦,但可惜啊,他吃过第一餐——一碗鸡汤——之后,就把这些梦全都忘了。唯一记得的是一张狮王阿斯兰[①]似的脸,闪动着金色的眼睛,它一直在对他说话,但他却一个字也听不清,一切都被邻居家震耳欲聋的梅伦

[①] 小说《纳尼亚传奇》中的主角。

格舞曲声掩盖了。

只是到了后来,当他快走到生命尽头的时候,才记起那其中一个梦。在一座残垣断壁的城堡里,有一个老人站在他面前,递给他一本书。那老人戴着面具。过了好一会儿,奥斯卡才集中起目力,却发现那书上一片空白。

书上一片空白。拉英卡的仆人听见他这么说,接着他就挣脱了无意识的国度而回到了现实世界。

活　着

就这样结束了。德莱昂家的母亲一得到医生的出院许可,就立刻订好机票。这不是开玩笑的;这种事情她自己也经历过。用最简明扼要的话,即使他神志不清也听得明白。你这婊子养的没用的蠢货,这就回家。

不,他从变形的嘴唇间挤出一个字。这对他也不是开玩笑的。他一醒来发现自己还活着,就立刻问起伊本。我爱她,他喃喃地说,他妈妈答道,闭嘴!快给我闭嘴!

你干吗冲着孩子乱吼?拉英卡质问道。

因为他是个白痴。

家庭医生排除了硬脑膜外血肿的可能,但不能保证奥斯卡没有脑损伤(警察是她的男朋友?鲁道尔佛舅舅吹了声口哨。我敢打赌肯定有脑损伤)。这就送他回家,医生建议,但整整四天,奥斯卡都坚决不让家人送他上飞机,这充分说明了胖小子的固执;他大把大把地服用吗啡,全身上下痛得厉害,他没有一刻不在犯偏头痛,右眼看不见东西,脑袋肿得就像象头畸人约翰·梅里克。每当他试着想站起来,地面就仿佛从他脚底抽走。我的老天爷啊!他心里喊着。这就是挨揍的滋味!难以忍受的剧痛,无论如何都克制不住。

他发誓再也不去描写任何打斗场面了。但也并非一无益处。这顿毒打给了他一种尴尬的启示，他意识到——可惜毫无用处——如果伊本并没有拿他当回事，上尉恐怕不会对他下此毒手。这就证明了他和伊本的关系。我是该庆贺，他问床头的柜子，还是该痛哭？还有其他启示吗？一天他看着妈妈换床单，突然想到一直以来他所听说的所谓家族诅咒，大约确有其事的。

诅咒。

他尝试着用舌头翻滚出一个词。去你妈的。

他妈妈愤怒地举起拳头，但被拉英卡拦住了，她们的肢体撞到一起。你疯了吗？拉英卡说道，奥斯卡不知道这是指他妈妈还是指他。

至于伊本，她没有回复呼机，有好几次他一瘸一拐地蹒跚到窗前，发现她的尼桑不在那儿。我爱你，他向着大街高喊。我爱你！有一次他激动地好不容易找到她家门前，却被舅舅及时发现给拖了回来。而夜里，奥斯卡就躺在床上，痛苦地想象着伊本被谋杀的各种下场。最后当他脑袋快要爆裂的时候，他就试着用心灵感应寻找她的下落。

第三天，她来了。她坐在他床边，他妈妈就在厨房里把锅敲得震天响，还故意高声喊着"婊子"给他们听。

请原谅我没办法起来，奥斯卡低声说，我的颅骨还有些问题。

她一身白衣，刚洗过澡，头发还是湿漉漉的，凌乱的棕色鬈发。当然她也被上尉狠狠揍了一顿，当然她眼圈乌黑（他甚至把.44式手枪捅进她的阴道，质问她到底爱谁）。不过她身上没有什么不是奥斯卡乐意亲吻的。她的手指放在他掌心，告诉他，她再也不能和他来往了。奥斯卡无法看清她的脸，只见一片模糊，她已全然退入她的那方天地。只听见她悲戚的呼吸。一星期前看见他在打量一个细瘦的小姑娘，还半开玩笑地说"只有狗才喜欢骨头，奥斯卡"，可现在她上哪儿去了？每次总要试五套衣服才肯出门，可现在她上哪儿去了？他努力想看清她的脸，可只看到对她的爱。

他拿出这些天写满的几页纸。我有那么多话要跟你说——

我要和——结婚了，她突然说道。

伊本，他叫道，想找出一句合适的话，但她已经走了。

到此为止。他妈妈和外婆以及舅舅发出了最后通牒，一切就这样了结了。他们开车前往机场，奥斯卡没有心思眺望大海，看一眼沿途的风景。他在辨认前天晚上写下的那些东西，慢慢念着那些字。天气真好，克里夫斯说。他抬起头，眼里噙着泪。是啊，天气真好。

在飞机上他就坐在舅舅和妈妈中间。天哪，奥斯卡，鲁道尔佛紧张兮兮地说，看上去他们是要把你往死里整。

他姐姐到肯尼迪机场来接他们，一看见他的脸，她就哭起来，甚至回到我的公寓以后还忍不住要哭。你应该去看看先生，她抽泣道，他们真是想要他的命。

到底是怎么回事，奥斯卡，我打电话去问他，我几天没管你，你就差点把小命给丢了？

他的声音似乎很郁闷。我吻了一个女孩，尤尼尔。我终于吻了一个女孩。

但是，老奥，你差点被人杀了。

还不算太糟，他说，我还有几个得分点没丢。

可两天之后，我看到他的脸，看到他那副模样：天哪，奥斯卡，我的天哪。

他摇摇头。手上的游戏比我的来访更重要。

他写下一个词给我看：诅咒。

一个建议

轻装上阵。她伸出双臂拥抱自己的房子，也许是拥抱整个世界。

又见帕特森

他回家了。他卧床,他逐渐恢复。妈妈气愤不过,看都不想看他一眼。

他彻头彻尾地废了。他知道他爱她就像他知道他从没爱过别人。他知道他该怎么办——学洛拉的样子飞回去。该死的上尉。该死的格伦迪和哥罗德。每个人都该死。白天神志清醒的时候还好说,可到晚上了睾丸就变得冰水一样,顺着该死的双腿直往下淌,就像失禁。一次又一次地梦见甘蔗林,可怕的甘蔗林,只不过在梦里挨揍的不是他,而是他的姐姐、他的妈妈,他听见她们在呼号,在哀求他们住手,求求你们别再打了,但他没有循着哭声跑过去,而是逃走了!尖叫着醒来。不是我。不是我。

《病毒》他看了不下一千遍,当看到那个日本科学家最终抵达火地岛并获得真爱时,他的心也碎了不下一千次。《魔戒》我估计他读了不下一万遍,从发现这部书起,他就把它当作最大的嗜好、最好的慰藉。那年他九岁,迷茫、孤独,和他最要好的那个图书管理员告诉他说,来,看看这本书吧。这个小小的建议改变了他的一生。几乎把三部曲都翻烂了,可读到那句"躲开远哈拉德的黑人,就像躲开人魔"时,他不得不停下来,他的头、他的心都痛得厉害。

毒打过去六个星期之后,他又梦见了甘蔗林。但这次,当哭声响起,当骨头开始崩裂,他没有逃跑,而是聚起曾经拥有和即将拥有的所有勇气,迫使自己做一件他不敢想也不敢做的事。

他凝神谛听。

第三部

这件事发生在一月份。当时我和洛拉在华盛顿高地，分住两个公寓——这时候白人娃儿的入侵还没有开始，你走遍上曼哈顿也看不到一个瑜伽蒲团。我和洛拉都不擅此道。我可以告诉你很多事情，但这与题无关。你只要知道我们一星期能谈上一次就很走运了，尽管我们还算是男女朋友。这当然都是我不好。我总是管不好自己的鸡巴，虽说她是世界上最漂亮的女孩。

不管怎么说，那个星期我一直待在家里，职介所也没来过电话，这时候奥斯卡在街上呼我。有好几个星期没见他了，他刚回来那几天我们还见过。是你啊，奥斯卡，我说，上来，快上来。我在大堂等他，他一迈出电梯，我就一把把他抱住。你好吗，兄弟？我美得很，他说道。我们坐下来，我抽出一支荷兰牌烟，他帮我点上。我要回唐博斯科了。当真？我问。当真，他回答。他的面孔还是一塌糊涂，左半边有点耷拉着。

你要来一支吗？

我可以陪你。不过浅尝辄止。我不想把器官熏黑。

那是他最后一次坐在这张沙发上，看上去心平气和。有点心不在焉，但心平气和。那天晚上我告诉洛拉说那是因为他最终决定活下去，但事实证明，情况比这复杂。你真该见见他。他那么消瘦，分量全掉了却还那么，沉静。

他最近在忙什么？写作，当然喽，还有阅读。还准备从帕特森搬出去。想把过去彻底抛在脑后,开始全新的生活。正在考虑该带走些什么。只允许自己带十本书,只挑精华中的精华(用他的话来说),只留下必需品。只带我能拿得动的。似乎又是奥斯卡的怪癖,而后来我们才知道其实并不是。

他吸了一口烟,说道:请原谅我,尤尼尔,我来这里另有所图。希望你能帮我一个忙。

随便什么都成,兄弟。说吧!

他想在布鲁克林买一套公寓,需要钱作贷款抵押。我应该料到这一点的——奥斯卡从不开口借钱——但我没有,只好把钱全掏出来给他了。出于内疚。

我们抽着烟谈起我和洛拉之间的问题。你真不应该和那个巴拉圭女孩发生肉体关系,他郑重指出。我知道,我说,我知道。

她爱你。

我知道。

那你为什么骗她?

假如我知道为什么,那就没问题了。

也许你应该想想明白。

他站起来。

你不等洛拉回来吗?

我必须回帕特森了。我有个约会。

你开什么玩笑?

他摇摇头,这个鬼家伙。

我问道:她漂亮吗?

他笑了笑。她很漂亮。

星期六,他走了。

第七章　最后的旅程

他上次回圣多明各，着陆时的掌声让他大吃一惊。这次他有了心理准备，飞机着陆时，他也拼命鼓掌，把手都拍疼了。

他一到机场出口处就给克里夫斯挂了个电话，一个小时后这小子来接他，看见奥斯卡正被一群出租车司机团团围住，拽着他上车。克里斯蒂亚诺，克里夫斯叫道，你们都在干什么？

这是"原始之力"，奥斯卡严肃地说。他们不愿意丢下我。

他们在她家门前停下，等了差不多七个钟头才见她回来。克里夫斯想劝他离开，可他根本不听。然后就见她的尼桑停了下来。她瘦多了。他的心就像一条受伤的腿，一下子揪紧了。刹那间，他想，放手吧，回唐博斯科继续过苦日子吧，但她一弯腰下了车，仿佛面对着整个世界，他的犹豫消散了。他摇下车窗。伊本，他唤道。她停下来，手遮在眼睛上，认出了他。她也唤出他的名字。奥斯卡。他关上车门，朝她走去，紧紧把她搂住。

她说的第一句话是什么？亲爱的，你必须马上离开这儿。

就在大街中央，他告诉了她事情的经过。他告诉她他爱她，告诉她他伤得很重但现在恢复了，告诉她只要能和她单独待上一星期，哪怕是短短的一个星期，他就能全然无恙了，就能面对必须面对的一切。而她说我不懂你的意思，于是他重复了一遍，说他爱她胜过一切，说对她的爱情无可动摇，所以请跟我走，给我力量，然后，如果她想结束，就让它结束吧。

也许她的确有点爱他。也许在内心深处,她真的想把健身包往水泥地上一扔就跟他上出租车。但她这辈子太了解上尉那种男人了,她曾经被那种男人逼着在欧洲白白干了整整一年,才开始真正为自己挣钱。她也知道在多米尼加,和警察分手,被大家叫作"子弹"。健身包终于没被扔在大街上。

我要给他打电话了,奥斯卡,她说着,眼里有些湿润。趁他还没来,请你快走吧。

我哪儿也不去,他说。

快走,她喝道。

不行,他答道。

他还是进了外婆家(他留着房门钥匙)。一小时后上尉露面了,汽车喇叭摁了很久,但奥斯卡懒得出去。他翻出拉英卡所有的照片,一张一张地看着。拉英卡从面包房回来,见奥斯卡正趴在厨房桌上写着什么。

奥斯卡?

是的,外婆,他头也不抬地回答,是我。

这很难解释,后来他写信告诉姐姐。

我敢说这真的很难解释。

加勒比的诅咒

那二十七天里他只做了两件事:研究、写作,还有就是找她。坐在她家门前,打她的传呼机,去她工作的"河边胜景"俱乐部,一看到她的车开出去,就赶紧往超市奔,恐怕她是去那儿。但十有八九不是。邻居们见他站在路边都纷纷摇头说,瞧那个疯子。

起先她只是觉得恐惧。她不想再和他有任何瓜葛。她不愿跟他说话，不愿搭理他。第一次在夜总会见到他，她就害怕得双腿发软。他知道她被自己吓得够呛，但身不由己。不过，到了第十天，连恐惧的力气也没了，于是每当他跟在她后面或者出现在她工作的地方冲她微笑，她就生气地低声说，请你回家去，奥斯卡。

看见他的时候，她很痛苦，而看不见的时候，她一样痛苦，因为她会认为他被杀了。他写了一封又一封缠绵的长信，从她家门缝里塞进去，都是用英语写的，而得到的唯一回音却是上尉和他朋友打电话来威胁要把他碎尸万段。每次受到威胁，他就记下具体时间，然后打电话给大使馆说，某某警官威胁要杀他，你们能提供保护吗？

他满怀希望，因为如果她当真要他消失，完全可以把他骗到外面，让上尉做掉他。因为如果她愿意，完全可以不让他进入"河边"。但她没有阻拦他。

天哪，你舞跳得真好，他在一封信里写道。而在另一封信里，他制定了详细的方案，如何娶她并带她回美国。

她也开始写一些简短的回信，在夜总会里交给他，或者把信寄到他家。奥斯卡，求你了，我已经一星期没有睡好了。我可不希望你受伤或者被打死。快回家去。

但是我的美人，天底下最美的美人，他回信说，这就是我的家。

回你真正的家，亲爱的。

一个人不能有两个家吗？

第十九天晚上，伊本按响了门铃，他放下手中的笔，知道是她来了。她俯身打开车门，他钻进去想吻她，但她说，别这样。他们开车往拉罗马纳驶去，那儿或许没有上尉的朋友。没什么新鲜事儿可谈的，但他说，我喜欢你的发型，她就哭起来，又笑着说，真的吗？你不觉得这发型让我看上去很贱吗？

你和贱扯不到一起，伊本。

我们怎么办？洛拉飞过去看他，求他回家，告诉他说那样只会害死伊本，害死他自己；他听着，然后平静地说，她不明白什么是危险。我完全明白，她吼道。不，他伤心地说，你不明白。他的外婆试图行使她的权力，试图发出她的声音，但他再也不是她曾经理解的那个小男孩了。他变了。他已经获得了某种自己的力量。

在他"最后的旅程"开始后的两个星期，他妈妈来了，有备而来。你得回家，马上。他摇摇头。我不能回去，妈妈。她攥住他想拉他走，而他却像乌纳斯一样纹丝不动。妈妈，他柔声说，你会伤了你自己的。

你会杀了你自己的。

我不想那样。

我去了吗？当然去了。和洛拉一道去的。事到临头，夫妻同命。

你说呢，尤尼尔？他一看见我就问。

没办法。

奥斯卡·瓦奥的结局

那二十七天竟是如此短暂！一天晚上，上尉和几个朋友突然闯进"河边"，奥斯卡怒视他十秒钟，浑身颤抖，最后愤然离去。懒得打电话给克里夫斯，直接跳进看见的第一辆出租车。有一次在"河边"的停车场，他又想吻她，她却把头别过去，身子却没有转开。别这样。他会杀了我们的。

二十七天。每一天、每一刻都在写，如果那些信可以当真，那么他就几乎写了三百页。几乎有门了，一天夜里他在电话里告诉我，有时候他会给我们打电话。什么事？我问他，什么事？

你会知道的,他只是这么说。

接着,预料中的事发生了。一天夜里他和克里夫斯从"河边胜景"出来,开车回家途中,遇到红灯不得不停下,突然间有两个人闯进他们的出租车。不用说,正是大猩猩哥罗德和所罗门·格伦迪。很高兴又见到你了,哥罗德说,然后在车内的有限空间里,他们对他大施拳脚。

这一次,当他们开着车把他押回甘蔗地的时候,他没有哭喊。夏收即将开始,甘蔗长得又高又密,随处都能听见它们互相撞击着嗒嗒作响,仿佛是会行走的食肉植物。而在浓重的夜幕背后,似乎又能听见黑白混血儿的窃窃私语。成熟的甘蔗散发出令人难忘的气味。天上有月,一轮皎洁的圆月。克里夫斯求他们放过奥斯卡,他们却哈哈大笑起来。哥罗德说,你还是想想你自己吧。奥斯卡也豁开撕破的嘴唇笑了一声。别担心,克里夫斯,他说。他们下手已经晚了。哥罗德显然不能同意。我看我们其实很及时。他们的车经过一个公交车站,恍惚间奥斯卡看见自己的家人都上了一辆公交车,其中甚至有他可怜的已故外公和可怜的已故外婆,而司机竟是那头獴,售票员就是那个没有脸的人。但那不过是最后的幻象,在他眨眼睛之间就消失了。最后出租车停了下来,奥斯卡心灵感应地发出信息,给他妈妈(我爱你,尊敬的女士),给舅舅(别再吸了,舅舅,好好活下去),给洛拉(很遗憾发生了这些事,我永远爱你),给所有他爱过的女人——奥尔加、玛丽察、安娜、詹妮、纳塔丽,以及所有他不知其名的女人——当然还有伊本。①

他们把他押进甘蔗地,命令他转身。他努力想站得更凛然些(他们把克里夫斯捆住扔在出租车里,等他们一转身,他就溜进甘

---

① "无论你走多远……无论你在这无垠的宇宙中到达何方……你永远不会……孤独!"(观察者,《神奇四侠》,1963 年 5 月 13 日。)——作者注

蔗地，最后会把奥斯卡送回家）。他们看着奥斯卡，他也看着他们，然后他开口说话。从他嘴里流出来的话仿佛来自另一个人，他的西班牙语好得出奇。他对他们说他们这样做是错的，他们正在把伟大的爱情从这世界上抹去。爱情是那么稀有，那么容易被千千万万种其他事物埋没，假如说有谁知道这一条真理，这个人就是他。他对他们说起伊本，说他是多么爱她，他们冒了多大的风险，他们有着共同的梦想共同的语言。他对他们说就是为了她的爱情，他做了那些事情，那些事情他们根本无法阻拦，对他们说如果他们杀了他，也许他们不会觉得有什么不妥，他们的孩子也不会觉得有什么不妥，但是当他们衰老了，当他们被车撞了，他们就会感觉到他正在世界的另一头等着他们，在那里他不是胖子，不是傻瓜，不是没女人爱的浑小子；在那里他是英雄，是复仇者。因为你梦想成为什么（他抬起一只手），你就能成为什么。

他们恭恭敬敬地听他说完，然后开了口，他们的面孔渐渐隐入黑暗，听着，我们放你走，但你告诉我们 fuego 英语怎么说。

开枪，他未加思索地冲口而出。

奥斯卡——

第八章　尾　声

就这些。

我们飞过去收尸。我们安排了葬礼。只有我们,连阿尔和米格斯也没来。洛拉哭个不停。一年后,他妈妈癌症复发,这一次它站稳了脚跟不走了。我和洛拉去医院看她。一共六次。她还能再活十个月,但这时候她多少已经放弃了。

我尽力了。

你做得够多了,妈妈,洛拉说,但她不听。把伤痕累累的后背转向我们。

我尽力了但还不够。

他们把她葬在儿子墓旁,洛拉读了她以前写的一首诗,就这样完了。尘归尘,土归土。

家里请过四次律师,但没有提起任何指控。大使馆说无能为力,政府说无能为力。我听说,伊本还住在米拉多尔北街,还在"河边"跳舞,但拉英卡一年后把房子卖了,搬回到巴尼。

洛拉发誓再也不回那个恐怖的国家。在我们分手前的某天晚上,她说,我们是千千万万个特鲁希略。

至于我们

希望我能够说有办法,是奥斯卡的死把我们连在一起。我的生活一团糟,洛拉离开我半年去照顾她妈妈,然后就像许多女性一样,所谓"土星回归"了。一天她打来电话,问我前一天晚上去哪儿了,我找不到什么合适的借口,她就说,再见了,尤尼尔,照顾好自己。而大约一年来,我就在那些陌生女孩和该死的洛拉之间周旋,狂妄自大地期待着我们能够和解,却毫无进展。到了八月份,我从圣多明各回来,我妈妈告诉我,洛拉在迈阿密遇到一个男人,就搬到迈阿密了。她已经怀孕,正准备结婚。

我打电话给她。你怎么回事,洛拉——

但她挂了。

最后的注释

许多许多年过去了,我还会想起他来。这个令人难以置信的奥斯卡·瓦奥。我经常梦见他坐在我床边。我们回到了罗格斯,回到了德马莱斯特,似乎我们永远都会在那儿。在那些梦里,他从来不会像临死前那么消瘦,仍然胖得很。他想和我说话,拼命想告诉我什么事,但我常常一个字也说不出,他也一样。于是我们只是静静地坐在那儿。

他死了五年以后,我开始做另一种梦。梦见他或者梦见酷似他的人。我们在某个断壁残垣的城堡中,到处是落满灰尘的旧书。他站在一堆书中间,神秘兮兮的样子,脸藏在一张凶恶的面具后面,但在眼孔后面,我看见那对熟悉的紧靠在一起的眼睛。这家伙举起一本书,招呼我过去瞧个仔细,我想起来,这一幕在他痴迷的某部电影里发生过。我想逃避,而长久以来我的确是在逃避他。然后过了一会儿,我才注意到奥斯卡的手没有指缝,手上的书没有一个字。

面具后的眼睛在微笑。

破咒。

不过，有时候，我抬头看他，却发现他没有脸，我便大叫着醒来。

梦

整整十年过去了，终于到了这一天，经历的磨难你难以想象，迷失彷徨了那么久——没有洛拉，没有我，什么都没有——最后我醒来，发现自己躺在一个毫不相干的人旁边，上唇满是鼻涕和血污，我叫道，行了，瓦奥，行了。你赢了。

至于我

现在我住在新泽西的玻斯安玻尔，在米德尔塞克斯社区大学教作文和文学创作，甚至在榆树街的顶头买了幢房子，离钢铁厂不远。虽说比不上那些酒店老板斥巨资购置的豪宅，却也不算太寒酸。我的同事们大多认为玻斯安玻尔是个垃圾场，恕我不敢苟同。

这并不完全符合我小时候的梦想：教书，在新泽西定居，但我尽量努力做好。我的妻子很爱我，我也很爱她，她是萨尔塞多人，我配不上她，有时候我们会讨论要不要孩子，却一直没有决定。我觉得如果有也不错。我再也不去乱追女孩子了。至少，不是经常如此了。我不上课、不练习棒球、不健身、不陪妻子逛街的时候，就待在家里，写点东西。这些年我写了不少。从清晨蒙蒙亮，写到夜里漆漆黑。向奥斯卡学习。你看，我焕然一新了，焕然一新，焕然一新。

至于我们

不管你信不信，我们仍然会见面。她、古巴人卢本，还有他们的女儿，几年前搬回到帕特森，把旧房子卖了，买了幢新的，三口之家到处跑（至少我妈妈这样告诉我的——洛拉，还是那个洛拉，仍然常去看她）。碰巧我也会遇到她，在集会上，在我们以前常去的书店里，在纽约市的大街小巷。有时候那个卢本也在，有时候不在。但她女儿则跟在她身边。眼睛像奥斯卡。头发像希帕蒂亚。她总是在观察。小小年纪就喜欢读书，如果洛拉说得没错。跟尤尼尔说声好，洛拉命令道。他是你舅舅最要好的朋友。

你好，舅舅，她不太情愿地说。

舅舅的朋友，她纠正道。

你好，舅舅的朋友。

洛拉把头发留长了，总是鬈得厉害；她比以前壮了，也不像以前那么单纯了，但她仍是我的梦中女神。见到我总是很高兴，没有恶意，相处融洽。一点恶意都没有。

尤尼尔，你好吗？

我很好，你呢？

当希望还没有完全落空的时候，我常常做一个愚蠢的梦，梦见我们的关系还能挽回，梦见我们像以前那样一起睡在床上，电扇呼呼地转着，我们喷出的烟雾缭绕在头顶。我终于说出了挽回我们关系的那一番话。

—— —— ——。

但我还没来得及说出那些元音，就醒了。满头大汗。你知道，这些美梦从来没能成真。

从来没有，永远不会。

不过这也不算太糟。偶尔遇到，我们会相视一笑，会放声大笑，会轮流叫她女儿的名字。

我没有问过她女儿是不是开始做梦了。我从来没有提起我们的过去。

我们只谈奥斯卡。

快讲完了。快结束了。当观察者即将完成其宇宙职责并返回月球的蓝色区之前,仅有最后几件事要向你交代,这些事直到最后才会被再次提起。

看看这个女孩:漂亮的小姑娘,洛拉的女儿。黝黑,敏捷,用她曾外祖母拉英卡的话说:像个小兽。她可能会是我女儿,如果那时候我能聪明点,如果我能……谁也没有把她当宝贝看待。她爬树,她顶着门框上蹭屁股,以为没人听见的时候她就学说脏话。说西班牙语和英语。

没有比利·巴特森或者他变身而成的超人英雄"神奇上尉",只有闪电。

目前看来,真是一个幸福的孩子。幸福!

但她脖子上挂着一根项链、三枚护身符:一枚是奥斯卡小时候戴的,一枚是洛拉小时候戴的,还有一枚是贝莉回到避难所后拉英卡给她的。长辈的强大法力。三道屏障抵御"邪恶之眼"。背后是一个方圆六英里的祈祷基座(洛拉一点不傻,她让我妈妈和拉英卡都做了她女儿的教母)。真是强有力的监护。

不过,总有一天,保护圈会失效。

每一种保护圈都会失效。

她将第一次听到"诅咒"这个词。

她将梦见"没有脸的人"。

不是现在,而在不久后的将来。

如果她是这个家族的女儿——我猜她是的——总有一天她会抛弃恐惧,她会寻找答案。

不是现在,而在不久后的将来。

总有一天,在我最意想不到的时候,有人会敲响我家的门。

我叫伊西丝。多洛雷斯·德莱昂的女儿。

天哪！快进来，孩子！快进来！

（我会注意到她仍然戴着护身符，注意到她的长腿跟她妈妈一模一样，眼睛就像舅舅）

我会给她倒一杯饮料，我妻子会特地为她准备糕点；我会尽量以轻松的口吻问起她妈妈，我会拿出当年我们三个人回来后拍的合影，而当天色变暗，我会带她去地下室，打开那儿的四个冰箱，里面藏着她舅舅的书、游戏、手稿、漫画和各类文件——那些冰箱是防火、防震、防所有灾难的最理想的东西。

一盏灯、一张桌子、一张小床——我把一切都准备好了。

她会跟我们住几个晚上？

随便她。

也许，仅仅是也许，假如她像我所希望的那样聪明、勇敢的话，她会理解我们所做的以及我们所学到的一切，会提高自己的洞察力，然后她让它彻底结束。

这，就是我在最快乐的时候所希望的。是我的梦想。

当然也有其他时候，当我抑郁、烦躁，当我深夜还坐在书桌前，辗转难眠，翻阅（从所有书里挑出的）奥斯卡留下的那册破旧的《守望者》的时候。他最后那次旅行带了没几件东西，这本书是其中之一。原件。我翻着这本书，无疑是他最喜欢的三本书之一，直翻到那令人震惊的最后一章："充满爱的强大世界"。翻到唯一被他圈过的那一幅。奥斯卡——他一辈子都不会在书上乱涂乱画——在那幅画上勾了三个圈，用那支他拿来写最后几封家信的粗体笔。那是阿德里安·维迪特和曼哈顿博士最后的对话。当变异人脑将纽约市摧毁之后；当曼哈顿博士谋杀了罗夏之后；当维迪特"拯救世界"的计划成功之后。

维迪特说:"我做对了,不是吗?最终一切都会解决的。"

曼哈顿,正从我们的宇宙消失,回答道:"最终?没有最终,阿德里安。任何事都不会终结。"

最后的信

完结前他曾往家里寄过信。有几张卡片,上面印着些俏皮的套话。给我写过一封,把我叫作"芬瑞斯伯爵"①,建议我去阿苏阿的沙滩玩儿,如果我还没去过的话。还给洛拉写过一封,把她叫作"我亲爱的贝尼·格塞瑞特②女巫"。

后来,大约在他死了八个月之后,帕特森家里收到一个包裹。通过多米尼加特快。里面是两本手稿。一本是他为自己那部未完的巨著写下的更多章节,E. E."多克"·史密斯风格的四卷本太空剧——《星球灾难》,另一本是他写给洛拉的一封长信,显然是他最后的文字,写在被害之前。在那封信里,他谈到他的调查以及正在写的新书将以另一个包裹寄出,告诉她注意查收。其中有我在这次旅行中写下的所有东西。我想会对你有用。等你读到我的结论你就会明白的(这是治疗我们疾病的良药,他在页边的空白处写道。宇宙的 DNA)。

可问题是,那个倒霉的包裹从来没有寄到!要么是在邮寄过程中遗失了,要么是他还没来得及付邮就被害了,要么就是他托付邮寄的那个人忘记了。

总之,那个寄到的包裹里有一些令人惊讶的事情。就在那二十七天即将结束的时候,这家伙的的确确把伊本从首都带了出

---

① 《沙丘》中的人物,生活在沙丘宇宙中。
② 《沙丘》中的人物。

去。整个周末他们就躲在巴拉霍纳的某处海滩,趁着上尉"因公"出差,你猜怎么着?伊本当真吻了他。你猜还发生了什么?伊本当真干了他。谢天谢地!他说他真是喜欢,他说伊本的气息和他原以为的完全不同。他发现,她散发着喜力啤酒般的气味。他写到每天晚上伊本都会梦见他们被上尉发现了。有一次她从噩梦中惊醒,惊恐万分地说,奥斯卡,他来了。她真以为他找来了。奥斯卡跳起来就向上尉扑过去,但其实那不过是宾馆挂在墙上的玳瑁装饰。都要把我的鼻子撞扁了!他写到伊本细细的毛发几乎延伸到肚脐,写到当他进入的时候她的眼睛斜了,但真正让他兴奋的并不是性交的快感——而是他一生中第一次获得的亲密感,为她梳理毛发,脱去她的内衣,看着她裸着身子走进浴室,或她突然间坐在他腿上,并把脸偎依在他的颈边。那种亲密,听她讲起小时候的故事,对她讲起他一直都是童男。他写到他真是难以相信为了这一天他竟然等了这么久这么久(伊本要给这种等待起个名儿。嗯,叫什么呢?也许,她说,可以叫它"一辈子")。他写道:这就是人人都在说的东西!魔鬼!我要早知道了该多好。这么美!这么美!

鸣　谢

我要感谢：

多米尼加人民。以及那些关注着我们的人。

我亲爱的外祖父奥斯特曼·桑切斯。

我的母亲，弗丘德斯·迪亚斯，以及两位姨妈艾尔玛和梅赛德斯。

艾尔·哈马维先生和夫人（他们给我买了第一部词典，并让我参加科幻小说俱乐部）。

圣多明各、胡安娜别墅、阿苏阿、帕尔林、老桥、玻斯安玻尔、伊萨卡、锡拉丘兹、布鲁克林、亨茨角、哈勒姆、皇家墨西哥地区、华盛顿高地、下北泽、波士顿、坎布里奇、罗克斯伯里。

关心我的每一位老师，借给我书的每一位图书管理员。我的学生们。

安妮塔·德萨伊（帮助我获得麻省理工学院的工作：我感激不尽，安妮塔）、朱莉·格劳（她的信仰和毅力令这本书得以完成）、妮科尔·阿拉齐（十一年来从未停止对我的鼓励，甚至在我自己都想放弃的时候）。

约翰·西蒙·古根海姆纪念基金会、里拉·华莱士《读者文摘》基金会、哈佛大学拉德克利夫高级研究院。

贾米·曼瑞克（关注我的第一位作家）、戴维·穆拉（向我展示绝地武术的高手）、弗朗西斯科·戈德曼、臭名昭著的弗朗克·G.（是他带我去墨西哥并在那儿开始本书的创作）、埃德韦奇·丹迪卡（我亲爱的妹妹）。

德布·查斯曼、埃瑞克·甘斯华斯、朱里卡·兰迪瓜、珍妮特·林格伦博士、安娜·玛丽亚·梅嫩德斯、桑德拉·谢加特，以及利奥妮·扎帕塔（以上诸位阅读了本书）。

亚历杭德拉·弗劳斯托、赞尼塔、阿丽霞·冈萨雷斯（在墨西哥期间给我帮助）。

奥利弗·比德尔、哈罗德·德尔皮诺、维克多·迪亚斯、维多利亚·洛拉、克里斯·阿巴尼、胡安娜·巴里奥斯、托尼·卡佩兰、科克·福斯科、西尔维奥·托里斯-赛朗特、米歇尔·大岛、索利达·维拉、法比亚娜·瓦利斯、埃利斯·科斯、李·兰贝里斯、阿丽萨·科斯、帕特里霞·恩格尔（以上诸位在迈阿密期间给我帮助）、施里卡·皮莱伊（把黑人姑娘打扮漂亮）、莉莉·奥伊（好极了）、肖恩·麦克唐纳（为本书最终完稿提供了帮助）。

曼尼·佩雷斯、阿尔弗雷多·德维拉、亚历克里斯·培尼亚、法哈德·阿什加尔、安妮·阿什加尔、马里索尔·阿尔坎塔拉、安德烈亚·格林、安德鲁·辛普森、迪姆·琼斯、丹尼丝·贝尔、弗朗西斯科·埃斯皮诺萨、查德·米尔纳、托尼·戴维斯、安东尼（为我提供了住宿之便）。

麻省理工学院河头书店。《纽约客》杂志。所有给我帮助的学校和机构。

我的家人：达娜、玛丽察、克利夫顿、丹尼尔。

赫尔南德斯家族：拉达、索雷尔、戴比、丽碧。

莫耶家族：彼得和格里切尔。以及曼纽尔·德尔维拉（安息吧，布朗克斯之子，布鲁克林之子，真正的主角）。

本赞家族：米拉格洛斯、贾森、贾维尔、塔妮亚、孪生兄弟马特奥和因迪亚。

桑切斯家族：安娜（无私的帮助）以及迈克尔和基娅拉。

皮纳家族：妮维娅·皮纳和我的教子塞巴斯蒂安·皮纳。以及梅伦格舞。

奥诺家族：楚尼亚·奥诺博士、马季可·奥诺夫人、辛亚·奥诺，当然还有佩琛。

阿梅莉娅·彭斯（来自布鲁克林和葡萄园黑文）、奈非尔提提·雅克（来自普罗维登斯群岛）、法比亚诺·梅森纳维（来自大坎普和圣保罗），以及霍梅洛·德尔皮诺（他是第一个带我去帕特森的人）。

罗德里格斯家族：路易斯、桑德拉、我的教女卡米拉和达利亚（我爱你们）。

巴蒂斯塔家族：佩德罗、切萨里娜、朱尼尔、爱丽佳和我的教女阿隆德拉。

伯纳德-德莱昂家族：多纳·罗萨（我的另一位母亲）、塞莉娜斯·德莱昂（挚友）、罗斯玛丽、凯尔文和凯拉、马尔文、拉法尔（即拉菲）、阿里尔、我的儿子拉蒙。

伯特兰·王、米奇宇基·奥诺、舒亚·奥诺、布莱恩·奥哈罗兰、希塞姆·埃尔哈马威：一开始就是我的好兄弟。

丹尼斯·本赞、本尼·本赞、彼得·莫耶、赫克托·皮纳：最后成了我的好兄弟。

还有伊丽莎白·德莱昂：领我走出深重的黑暗，并给予我光明。